천하무적

천하무적 4

이나원 新무협 판타지 소설

초판 1쇄 찍은 날 § 2003년 10월 21일
초판 1쇄 펴낸 날 § 2003년 10월 31일

지은이 § 이나원
펴낸이 § 서경석

편집장 § 문혜영
편집 § 장상수 · 권민정 · 유경화 · 김민정
마케팅 § 정필 · 강양원 · 이선구 · 김규진 · 홍현경
펴낸곳 § 도서출판 청어람
등록번호 § 제1081-1-89호
등록일자 § 1999. 5. 31
어람번호 § 제2-0272호

주소 § 경기도 부천시 원미구 심곡1동 350-1 남성B/D 3F (우) 420-011
전화 § 032-656-4452   팩스 § 032-656-4453
http://www.chungeoram.com
E-mail § eoram99@chollian.net

값 8,000원

ISBN 89-5505-859-4 04810
ISBN 89-5505-717-2 (SET)

천하무적

이나원
新무협 판타지 소설

4 영웅연(英雄宴)

도서출판
청어람

목

차

제32장
산적이 되는 방법

"이곳인가?"

오랜 여행으로 인해 흙먼지를 전신에 뒤집어쓴 청년이 산 중턱 바위 끝에 앉아서 아래를 내려다보며 중얼거렸다.

"음… 이상하네, 정말 이상해. 분명 저것이 혼원팔진도가 분명한데 말이야."

심심했던지 나뭇가지를 질경질경 씹어대면서 청년이 고개를 갸우뚱거렸다. 그리고는 등 뒤의 봇짐을 땅에 내려놓고는 그 속에 손을 집어넣어 무언가를 찾기 시작했다.

"음… 이것도 아니고 요것도 아니고… 그게 어디 적혀 있었지?"

여행을 다니면서 필요한 물품들이 청년의 손에 의해 하나둘 내던져졌고 봇짐이 바닥을 드러냈을 때 청년이 봇짐 속으로 들이밀었던 머리를 꺼내고는 환한 웃음을 지었다.

"찾았다! 요놈이 거기까지 파고들었다니……."

낡은, 그래서 너덜너덜한 종잇조각이 금방이라도 바람에 날릴 것 같은 책자를 꺼내고는 청년이 휘파람을 불며 건성건성 책자를 넘겼다.

　"건(乾)과 곤(坤)이 천지를 휘감고, 음(陰)과 양(陽)이 자연을 벗 삼고, 화(火)와 수(水)가 그 속에 섞여서 생(生)과 사(死)를 나누니 어딘가에 분명 저 안으로 들어갈 수 있는 방법이 있을 터인데… 그게 무엇이란 말인가? 계속 이대로 두고 보며 기다려야 한단 말인가? 에잇, 황궁에도 개구멍은 있는 법이데… 정말 모르겠다!"

　안 그래도 지저분한 더벅머리를 그에 못지않게 더러운 왼손으로 헝클어뜨리며 청년이 일어섰다.

　"황생! 잘 먹고 잘살아라! 너 잘났다!"

　오른손을 내밀어 엿먹이는 자세를 취한 후 청년이 돌아서서는 앉아 있던 바위에 두 손을 갖다 댔다. 아무것도 없는 절벽에다가 오랜 친구를 만나 정겨운 욕(?)을 하는 정경을 보인 것이다.

　부르르…….

　겉보기에도 사람 하나 크기의 거대한 바위가 청년의 손 힘을 이기지 못하고 차츰 들려졌다. 아래까지 깊숙이 박혀 있던 바위는 다 뽑히자 겉에 드러난 것보다도 세 배 정도 더 커 보였다.

　"흥! 두고 보라고! 내 대에서 이 지긋지긋한 혼원팔진도를 없애 버릴 테다."

　짜증과 오기가 교차된 말들이 청년의 입에서 나오고 있었다.

　쾅!

　청년이 바위를 절벽 아래로 던지자 한순간 바위가 사라지더니 저 아래 지역에서 가루가 된 모습으로 모습을 보였다. 그것은 바위가 눈에 보이지 않을 정도로 빨리 던져져서 그런 것이 아니라 상당한 공간이 눈에 보이지는 않지만 존재하고 있고 그 공간을 통과하자 바위가 부스러질 만큼에 압력을 받아서 그렇게 된 것이었다.

*   *   *

예관사 홍형석의 기학 수업.

수업이 시작되자마자 엎드려 자는 자세를 취하려던 사람이 있었으니, 바로 단청이었다. 늘 그렇듯이 홍형석의 말이 시작되는 것과 동시에 몸을 엎드리는 동작 속에는 자연스러움이 묻어 있었다.

'이럴 줄 알았다.'

홍형석은 사실 곁눈질로 단청 쪽을 예의 주시하고 있다가 예상대로 단청이 엎드리자 오늘만은 그냥 두지 않으려는 듯 마음을 굳게 먹고는 그를 향해 붓을 집어 던졌다.

쌔앵~ 탁.

'무언가가 날아오고 있다.'

단청은 비록 눈을 감고 엎드린 상태였지만 이것을 눈치 채지 못할 리 없었다. 하나 몸을 일으켜 대응하기에는 그 무언가가 너무 사소하고 하찮게 느껴졌기에 엎드린 상태에서 오른손만을 빼서는 검지와 중지만을 펴서 잡아버렸다.

"오옷!"

기학 수업을 듣는 대부분이 무(武)와는 담을 쌓은 문관생들이나 예관생들이었으므로 신기에 가까운 그 솜씨에 입을 다물지 못하고 일제히 감탄 어린 시선을 단청에게로 향했지만, 단 한 사람만은 화를 참지 못하고 흥분했다. 바로 붓을 날린 예관사 홍형석이었다.

"거기 너! 맨날 자는 녀석!"

분명 자신을 지칭한다는 것을 잘 알 텐데 단청은 꿈쩍도 하지 않고 죽은 듯이 엎드려 있었다.

강의실 내의 관생들이 그런 단청을 흥미진진한 눈으로 바라보았다.

상황을 이미 파악한 단청은 자신이 실수를 범했다는 것을 알고는 어쩔 줄 모르고 있었다. 소위 말하면 이것도 사부가 내리는 사랑의 매와 같은 것인데 그것을 막은 것과 진배없는 행동을 보였으니… 게다가 너무도 많은 시선이 자신을 바라보자 쪽팔리기도 해서 깊이 잠든 척하고 있는 중이었다.

"사형, 일어나요."

보다 못한 나일이 단청을 흔들자 그제야 부스스한 눈빛을 내며 단청이 깨어났다.

"이 녀석아, 너는 여기에 자러 왔냐? 내 이곳에서 이십 년을 가르쳤지만 너 같은 관생은 처음이다!"

홍형석은 슬그머니 고개 든 단청에게 호통 쳤다. 자신이 잘못한 것을 반성하는지 단청이 고개를 수그렸다. 사람의 심리가 그런 것이다. 단청 같은 미남이 고개를 숙이고 입술을 깨물면서 반성하는 모습을 보이면 금방 받아들여진다. 반면에 나일처럼 얼굴에 건달기가 주루룩 배어 있는 사람이 단청 같은 흉내를 낸다면 복수를 다짐거나 아니면 장난친다고 더욱 길길이 날뛰며 호통 칠 것이다. 홍형석도 단청의 모습을 보면서 금세 화가 누그러져 호통 치던 것을 멈추었다.

"흠. 그래, 잘못은 아는구나. 오늘만은 제발 자지 말고 들어다오. 자, 그럼 다시 수업에 들어가겠습니다."

짝!

손바닥을 한 번 친 후 관생들의 시선을 자신에게로 유인하며 홍형석이 다시 수업을 진행해 나갔지만, 어느새 단청의 고개는 다시 슬그머니 책상 위로 붙어버렸다. 수업과 취침 시간을 동일시하는 습관이 몸에 밴 탓이리라.

그 모습을 보며 나일의 눈동자에 감탄의 기색이 어렸다.

'저렇게 간이 크다니… 근데 너무하잖아! 예전에 내가 조금 졸았는데
도 그렇게 쥐어패더니만……'

아련하게 떠오르는 지난날의 기억에 나일은 남몰래 몸서리를 치며 홍
형석이 볼 수 있도록 슬쩍 손가락으로 엎드린 단청을 가리켜 보였다.

"오늘은 얼마 전에 있었던 영웅문제의 기보 중 아주 훌륭한 것이 있어
서 그것을 보며 수업을 하도록 하겠다."

언제나처럼 커다란 바둑판이 강의실 정면에 붙어 있는 기학 전용 강의
실에서 홍형석이 제자들을 둘러보며 말했다.

"바둑 격언에 '반외팔목(盤外八目)'이란 말이 있다. 바둑을 직접 두는
사람보다 옆에서 구경하는 사람이 여덟 집 정도는 유리하다는 뜻이다.
거기~ 관생! 이것의 의미하는 바를 말해 보겠나?"

홍형석은 나일의 손가락 끝을 보고 이내 엎드려 자는 단청을 발견했
다. 그리고 끓어오르는 화를 억지로 가라앉히고 단청에게 질문을 던진
것이다. 자지 말라고 한 지 얼마나 됐다고 벌써 또 잔단 말인가?

'아~ 그러면 안 돼요. 차라리 벌을 세우거나 때려야 해요.'

이런 말이 나일의 입에서 튀어나오려 했다. 단청이 누구인가? 한번 입
을 열어 자신의 지식을 과시하기 시작하면 한두 시진은 떠들어대는 사람
이었다. 아니나 다를까, 번쩍 고개를 쳐든 단청의 눈빛에서 광채가 빛나
기 시작했다. 눈은 감고 있었지만 잠든 것이 아니기에 홍형석의 목소리
를 다 듣고 있었던 것이다.

"그 말의 의미는 대국 중인 사람은 감정이나 승부욕에 휩쓸려 바둑수
의 변화를 냉정하게 보지 못하니 제삼자가 보는 것이 더 정확하다는 의
미입니다. 실제로 고수들이 둔 바둑을 구경하던 하수가 '여기 간단한 수

가 있었는데요' 하고 지적할 때 대국자들이 깜짝 놀라는 경우가 있습니다. 실전 감정에 휩싸여 쉬운 수를 놓치는 일이 적지 않은 것이니 항상 조심하고 또 조심하며 여러 입장, 즉 상대방이나 관전자의 입장에서도 생각을 하며 대국에 임해야 한다는 뜻입니다."

'휴우~ 다행이다.'

단청은 이번엔 자신의 유식함을 자랑하고 싶지 않았는지 말을 늘리지 않았기에 나일은 한숨을 몰아쉬었다. 아마도 자신이 전공 수업 때 한 말 때문인지도 모르겠다. 그때 한 시진 동안 이야기를 늘어놓았기에 한마디 했는데 그게 먹힌 듯했다.

'잘 아는데? 무관의 관생이지만 제법 정확하고 조리있군.'

홍형석은 자신의 붓을 잡아낸 단청이 당연히 무관의 관생이라 오인하고는 고개를 끄덕였다. 무관생은 무공을 전문으로 익히기에 논리적인 면이 문관생에 비해 부족한 편인데, 단청의 대답은 홍형석이 흡족한 마음을 가지고 단청을 다른 눈으로 보게 하는 데 충분했다.

"잘 말했어. 바로 그 뜻이지. 지금 여기에 놓여진 기보는 사마연이라는 아이와 단청이라는 아이가 둔 영웅문제의 사강전 기보다. 아주 대단한 경지에 이른 아이들이야."

홍형석은 자신이 깨운 사람이 단청이라는 것을 모르는 듯 그의 바둑에 관해서 칭찬을 하며 그 기보를 풀어 나갔다. 기학 수업을 듣는 관생의 수는 대략 이백 명. 게다가 영웅학관 관생 대부분은 자율적으로 수업에 열심히 참여해서 영웅증을 따는 것을 목표로 삼기에 출석 따위는 부르지 않는 것이 관례였다. 그렇기에 홍형석도 얼굴을 아는 몇몇의 이름만 알고 있을 뿐이었다.

"무슨 일이지?"

수업이 다시 진행되었지만 홍형석이 자신에게서 눈을 떼지 않고 감시

한다는 것을 알고는 멀뚱하게 수업을 듣던 단청에게 어떠한 기이한 울림이 들렸다. 레어를 떠나올 때 설치해 둔 마법진에서 혼자 내버려 두고 온 복희가 자신을 부르는 소리였다.

수업 중임에도 단청은 나일에게 지금 즉시 레어에 갔다 오겠다고 넌지시 이야기를 했다.

"왜요?"

나일이 소곤거리며 단청에게 물었다.

"레어에 침입자가 있는 것 같구나."

"말도 안 돼. 누가 거기를……."

텔레포트(레어로 공간 이동).

나일의 말이 채 끝내지 않았지만 단청은 얼굴을 찌푸리며 주문을 외웠다. 레어 주변에 설치해 둔 진이 설마 뚫리는 일이야 없겠지만 혹시 모를 사태를 위해서 급히 몸을 움직이는 것이다.

"아싸! 갔구나, 갔어. 영원히 돌아오지 않으면 좋으련만……."

불가능한 기대를 하고 있는 나일과는 반대로 잠시 눈을 돌린 사이에 자신이 감시하던 단청이 사라져 버리자 홍형석은 깜짝 놀랐다.

"어, 어디 갔어!"

"누구요?"

나일이 두 눈을 껌벅이자 홍형석이 단청의 자리를 가리켰다.

"화장실 갔는데요."

나일이 천연덕스럽게 지껄이자 홍형석의 얼굴이 일그러졌다.

'그새 샜단 말이야! 내 이놈을……!'

홍형석은 도저히 수업 할 기분이 나지 않았다. 오늘은 절대로 자는 것을 묵과하지 않고 어떻게든 수업을 진행시키려 했는데 그 대상자가 어느새 도망을 쳐버린 것이다.

"오늘 수업은 이만하겠다. 몸이 갑자기 안 좋아서."

열과 성의를 다해 수업을 진행하기로 유명한 홍형석이 그 말을 남기고 거칠게 문을 열고는 나가 버렸다.

관생들이 갑자기 나가 버린 홍형석을 보며 그 연유에 대해서 웅성댔다. 물론 그 와중에도 열심히 책을 챙기는 사람이 있었으니, 바로 나일이었다.

그때 주연발이 막 책을 챙기고 일어서려는 나일에게 다가왔다.

"야! 나 좀 보자."

낮게 으르렁대는 목소리로 소매를 붙잡은 주연발을 보며 나일이 코웃음을 쳤다.

"니 볼 게 뭐 있다고?"

"이게 어디서 감히! 여기는 보는 눈이 있으니 따라와라!"

주연발은 나일을 향해 눈을 부라리곤 영웅학관 뒷산으로 끌고 갔다.

그곳에는 이미 주연발이 끌어들인 무관의 관생 다섯 명이 있었다. 얼마 전에 당한 모욕을 되갚고자 끌어들인 무관의 관생들이었다. 힘으로는 못 당하자 응원군을 준비한 것이다, 그것도 무려 다섯 명이나.

"엇! 저놈은 나일이잖아!"

주연발의 뒤를 따라 올라오는 인물이 나일임을 그들이 못 알아볼 리가 없었다.

비무 시합마다 더러운 성질을 한껏 드러내고 있어 부딪치고 싶지 않은 인물 일 순위로 떠오른 나일이었다.

"어쩌지?"

주연발의 부탁으로 손봐주려고 기다리던 무관생들이 웅성거렸다. 나일의 무공을 모두가 은연중에 인정하고 있는 터였다. 나일이 이겼던 관생들이 하나같이 무관에서도 손꼽히던 기재였기 때문이다.

"아무리 저놈이 세고 성격이 더러워도 우리는 다섯이잖아! 우리가 설마 지겠냐? 주연발 얼굴을 봐서라도……."

결국 그들은 저 성격 더럽기로 유명한 나일에게 덤비기로 의견을 모았다.

"나한테 무슨 볼일인데?"

으슥한 곳에 도착하자 그곳에 있는 다섯 명의 사내를 둘러보며 나일이 물었다.

'이게 얘네들 믿고 까부는가 본데…….'

나일이 입가에 비릿한 조소를 지었다. 주연발이 큰소리를 치며 자신을 끌고 올 때부터 예상은 했지만 그것이 사실로 드러나자 오히려 같잖게 느껴졌다.

"아, 우선은 내 친구들과 볼일을 보고 그 다음에 나와 이야기하자고."

주연발이 한 걸음 물러나자 나일의 앞으로 두 명의 건장한 청년이 나섰다. 그 둘은 허리에 검을 차고 있었고 옷소매에는 매화가 수놓아져 있었다.

"무정왕룡 주연발에게 무례를 범하다니. 죽고 싶은가 보지?"

화산의 제자 악현진이 나일을 향해 으르렁대자 주연발이 흡족한 표정을 지었다.

"야! 맞고 꺼질래, 그냥 꺼질래? 아니면 죽어서 묻힐래?"

나일이 얼굴을 일그러뜨리며 묻자 악현진이 두 걸음이나 물러섰다. 원래 이런 표정에는 익숙한 나일이었기에 효과적으로 인상을 구기자 이런 상황을 처음 겪는 악현진이 자신도 모르게 물러서고 만 것이다.

"그래, 나를 보자고 한 이유가 뭔데?"

고개를 돌려 주연발을 보며 묻자 주연발은 악현진을 향해 눈짓을 보냈다.

"쳐라!"

순간 물러난 걸음을 다시 앞으로 향하며 마치 악당들이나 내뱉는 단어를 악현진이 외쳤고, 그에 따라 나머지 네 사람도 나일을 향해 덤벼들었다.

"이것들이 미쳤나! 눈에서 피눈물을 흘리도록 해주지!"

나일은 그들이 덤벼드는 모습을 보다가 팔짱을 낀 채 발길질만으로 상대해 갔다.

"아압!"

"타앗!"

모두들 나일의 실력을 한 번쯤은 보았는지라 가볍게 보지 못하고 기합소리를 힘껏 지르며 몸을 날렸다. 하나 그것은 쓸모없는 몸짓에 불과했다.

퍼버벅! 빠각! 빠각!

둔탁한 소리와 함께 다섯 사내들의 비명 소리가 들려왔다. 아직까지도 뒷짐을 진 나일이 그들을 단 일 초식에 모두 쓰러뜨린 것이다.

나일은 그대로 서서는 잠시 들어 보였던 발을 땅에 내리며 입맛을 다셨다. 아마도 너무 쉽게 끝난 것이 아쉬운 것이리라. 하기사 조금쯤은 기대를 했는데 소림의 혜진이나 무당의 유현상에 비해서 그들은 턱없이 약했다.

"이것들이 어디서 감히 덤비나? 니들 오늘 잘못 걸렸어!"

나일은 사내들의 몸을 걷어차다가 고통을 참지 못하고 악현진이 그의 다리를 손으로 붙잡으려 하자 갑자기 길길이 날뛰었다. 이제는 숫제 발로 걷어차던 것에서 아예 밟아서 뼈를 부러뜨리는 것으로 전환한 것이다. 그런 나일의 변화를 보며 쓰러진 나머지 네 명이 악현진을 원망 어린 눈으로 바라보았다.

'이제는 정말 이판사판이다. 정말로 죽을지도 모른다.'

그런 생각들이 그들의 머리 속에 가득하자 아픈 몸을 이끌고도 물러서지 않으려 했다. 아마도 주연발의 부탁만이었다면 그대로 널브러져 있을 테지만 자신들의 목숨이 걸렸단 생각이 들자 질 것을 알고 있음에도 덤벼드는 것이었다. 그들의 반항이 멈추는 순간이 무자비한 폭행의 시작이 되는 것이리라.

빠박!

"으아아아……!"

"이것들이 나한테 덤벼들어? 오늘 니들한테 이 나일님의 무서움을 몸소 가르쳐 주마!"

나일은 잔인한 웃음마저 입가에 실실 피워내면서 처절하게 그들의 다리와 팔을 부러뜨려서는 한 군데에 차곡차곡 쌓기 시작했다.

"그만! 그만!"

그 장면을 생생하게 바라보던 주연발이 경악하며 소리쳤음에도 유유히 모두를 모아 작은 동산을 만든 나일이 그제야 몸을 주연발에게로 돌렸다.

"그렇지 않아도 너는 특별 대우하고 싶었는데… 어떻게 해줄까?"

"으~악!"

콰당!

나일이 머리를 쓸어 올리며 느끼한 웃음을 지은 채 주연발에게 다가서자 주연발이 비명을 질러댔다. 얼마나 놀랐는지 벌써 하얗게 질린 얼굴로 소리소리 지르며 뒷걸음을 쳐대다가 다리가 엉켜서 넘어진 것이다.

"사람 살려!"

일부러 비명이 다른 곳에 새어 나가지 않을 만한 장소로 물색한 것은 바로 주연발이었다. 그러므로 자신의 비명을 듣고 올 사람이 없다는 것은 누구보다 주연발 자신이 잘 알고 있었다. 그럼에도 불구하고 비명을 지를 만큼 주연발은 공포에 싸여 있었다.

그런데 그 순간 누군가가 나타나서는 나일의 앞을 가로막았다.

광풍신룡 모용건은 주연발이 누군가를 끌고서 학관의 후미진 뒷산으로 향하는 것을 보고는 따라왔었다. 모용건은 사실 주연발을 좋아하지 않았다. 모용건 스스로가 자신보다 뛰어난 사람은 없다는 자만심에 가득 차서 사람을 대할 때 자신의 눈 아래로 두고 있었다. 그렇기에 문(文)을 제외하고는 모든 면에서 자신보다 못하다고 느끼는 주연발 또한 예외가 아니었다. 또 가문의 위세를 믿고 가끔씩 다른 사람들에게 횡포를 부리는 주연발을 마음에 들어하지 않았다.

"또 어떤 바보 같은 놈을 손봐주려고 하는군. 심심한데 구경이나 하러 갈까?"

모용건은 그런 가벼운 마음으로 이곳에 왔었다. 그런데 예상외로 주연발 일행이 얻어터지는 게 아닌가? 그리고 그 인물은 이번엔 주연발을 향해 다가서고 있었다. 비록 주연발을 좋아하지는 않는다고 해도 혈맹 관계인 연왕부의 아들이 맞을 위기에 놓이자 몸을 드러내어 나일의 앞을 가로막은 것이었다.

"넌 뭐야?"

나일이 가소롭다는 듯이 모용건에게 물었다. 모습을 드러낸 신법이 뛰어나기는 하지만 아직 자신의 상대가 되려면 멀었다고 생각한 것이다.

"이만하면 되지 않았나. 이쯤에서 그만 하지."

나일이 방금 드러낸 실력도 실력이었고 주연발이 잘못을 했기에 모용건은 말로써 일단 만류를 했다.

"휴우… 잘 와주었소! 저자를… 죽여주시오!"

조금만 더 늦게 모용건이 나타났으면 자신도 다른 사람들처럼 묵사발이 날 뻔했다는 생각에 가슴을 쓸어 내리며 주연발은 안도의 한숨을 쉬었다. 그리고는 학관 내의 관생 중 최강자로 꼽히는 모용건을 믿고는 나일을 손가락으로 가리키며 분노의 음성을 토해낸 것이다.

따악!

모용건은 주연발을 자신의 앞에 세운 후 앞통수를 갈겼다.

"뭘 잘했다고. 잘못했으면 책임을 져야지."

모용건이 주연발을 마땅치 않아 하는 요인 중의 하나가 바로 자신이 저지른 일을 스스로 해결하지 않고 다른 사람의 손을 빌리려 하는 것이다. 마치 어린아이가 부모의 등 뒤로 숨으려는 듯한 모습을 보며 모용건은 혈맹 관계라는 것도 잊은 채 주연발의 머리를 쳐버린 것이다.

"헛!"

순간 깜짝 놀란 주연발이 모용건을 쳐다봤다. 같은 편이라고 생각했는데 자신에게 이렇듯 모욕을 주다니, 화가 나기보다는 어이가 없었다.

씨익.

나일은 간만에 괜찮은 놈을 봤다는 생각에 자신도 모르게 미소를 지었다.

"그래, 너는 정신이 제대로 된 놈이구나! 근데, 너! 이놈 부하 아니었냐?"

순간 모용건의 눈썹이 찌푸려졌다.

"감히 나를 뭘로 보고… 이딴 놈의 부하라니!"

자존심 강하기로 둘째가라면 서러워할 모용건이 참을 수 있겠는가? 당연히 이런 말을 나일에게 내뱉었다.

"아님 말구. 그나저나 빨리 비켜라, 너는 내가 봐줄 테니까."

제 딴에는 최대한 선심을 썼다는 모습으로 나일이 모용건을 향해 비키라는 시늉을 했다.

"그럴 수는 없다."

모용건도 자신이 많이 양보했건만 자기의 욕구대로만 하려는 나일을 보며 차갑게 말을 내뱉었다.

"이게 정말."

얼굴을 일그러뜨리며 나일이 모용건을 향해 달려들었다. 무공을 익힌 사람들의 최대 단점이 맞부딪치기 전에는 결코 쉽게 물러서지 않는다는 것이다. 그것은 나일도, 모용건도 예외일 수 없었다. 한바탕의 격타음이 끝난 후의 결과는 예상외로 싱거웠다. 그리고 그 결과는 모두가 자신의 눈을 의심하게 했다.

아무리 지금 영웅무제에서 나일이 악명을 떨치고 있다고는 해도 영웅학관 관생 중 최고수인 모용건이 삼 초를 버티지 못하고 쓰러지다니…….

팍! 파바박, 파박, 파바박! 쓰윽.

나일에게는 당연한 결과였지만 옆에서 그 장면을 직접 목격한 사람들은 경악을 금치 못했다.

달려들며 뻗은 나일의 손은 막아내려고 양손을 힘껏 뻗은 모용건의 팔을 피해 목뒤의 인후혈을 아주 간단히 격타했다. 그리고 쓰러지려는 모용건을 일으켜 세우듯 발길질을 해서 고정시키고는 다시 다리를 차서 넘어지려는 모용건의 얼굴을 격타했다. 이미 이 순간 모용건은 지금껏 경험하지 못한 아픔에 정신을 잃고 있었다. 나일이 그런 모용건을 앞으로 돌려서는 이마에 발을 갖다 대곤 씨익 웃어 보였다. 모용건의 완패!

나일도 약간의 호의를 모용건에게 가졌기에 그리 심하게 대하지는 않아서 모용건은 크게 뼈를 상하지는 않고 그저 단순한 타박상을 입었지만 워낙에 아픈 곳을 고르고 강한 힘으로 쳤기에 한순간 정신을 잃는 것은 면하지 못했다.

다시 모용건이 정신을 차렸을 무렵 나일은 다시 주연발을 향해 걸어갔다.

"이리 와. 또 까불어보시지. 이번엔 누가 나오나 보자구."

순진한 양을 잡아먹으려는 늑대처럼 나일이 날카로운 이빨을 드러내며 다가섰다. 주연발이 놀라서 후닥닥 뒤로 물러섰지만 당황했는지 그 뒷걸음에 또다시 자신의 다리가 꼬여 발라당 넘어져 버렸다.

"이게 뭐야, 너무 싱겁잖아."

넘어진 상대를 격타하는 것은 강진 땅의 날건달이라 불렸던 시절부터 그의 특기였다.

파바박! 파박!

몸 구석구석을 때리다가 나일의 발이 주연발의 얼굴에 다가가 멈췄다.

"잘해라. 그리고 내가 하나 충고해 주지. 구비화에게서 떨어지는 게 좋을 거다. 같이 있는 거 한 번만 더 보이면 그땐 알아서 해라."

그 말과 동시에 나일이 발을 땅에 내려놓았다. 마음 같아서는 주연발의 얼굴도 엉망으로 만들고 싶었지만 문득 구비화의 얼굴이 떠오르자 발을 멈춘 것이다. 자신도 왜 멈췄는지 이해는 가지 않았지만 더 때리고 싶은 마음이 사라져 버렸다.

"너희들도 오늘 있었던 일이 창피하지? 그러니까 조용히 지내라!"

주먹을 들어 보이며 협박을 한 후 나일은 유유히 사라져 갔다.

"왔느냐?"

"예."

"물건은 틀림없겠지?"

쓰윽.

무언가 심상치 않은 대화를 나누는 두 사람은 나일과 노진이었다.

"음, 아주 좋군."

나일은 방금 노진이 건네준 빨래들을 하나하나 검사했다.

"좋아, 일단은 합격이야! 자, 오늘부터는 훈련이다."

노진은 두려웠다.

이제 나이 열셋! 그리 길지 않은 시간이지만 나름대로 행복하게 살아왔던 시간이었다. 그런데 저 채주를 만나고부터는 하루하루가 너무 힘이 들었다.

어제 나일은 자신의 사형 단청이 레어로 돌아가자 주연발 일행에게 교육을 내려준 후 단청이 아침에 빨래를 해놓으라고 던진 옷가지를 들고 노진을 찾았다. 그리고는 내일 이 시간까지 빨래를 해놓으라고 명령했다. 단청이 있었다면 자신이 응당 했어야 할 일이지만 단청이 없는 마당인지라 노진에게 미룬 것이다.

명문가에서 곱게 자란 노진은 생전 처음 빨래를 하기 위해 수업도 들어가지 않고 우물가로 향했다. 그리고 괜한 나일의 트집을 미연에 방지하기 위해서 정성을 다해 빨래 해서 양지바른 곳에서 잘 말린 후 나일에게 가져온 것이다.

빨래 검사를 마친 후 나일은 노진을 이끌고 목 좋은 산길로 향했다. 영웅학관에서 조금 떨어진 이 산길은 사람의 왕래가 많지도 적지도 않으니 행사에는 딱이라 할 수 있지만 바로 아래에 포청(捕廳)이 위치해서 실제로 행사를 하기에는 불가능한 곳이었다.

"자, 그럼 실전에 들어가 볼까?"

이만하면 연습을 하기에는 괜찮은 자리라 여기며 나일은 노진을 세우고는 누가 오는가를 살폈다.

마침 저쪽에서 누군가가 오는 것이 보였다.

"나가."

나일이 자신을 밀치다시피 던져 버리자 노진은 당황스러웠다.

도대체 이게 무슨 짓이란 말인가? 노가장의 후계자로 아무 부족함 없이 자라왔건만, 저 나일이란 인간을 만나면서부터 자신의 인생은 꼬여왔던 것이다.

'어머니, 아버지, 제발 좀 살려주세요.'

그렇게 빌어보았지만, 저 채주의 손에서 자신을 구해줄 수 있는 사람은 세상에 존재하지 않는다는 것을 이미 알고 있었다. 자신의 혼자 힘으로 세상을 살아가야 하는 것이다. 빨래만 해도 그렇다. 왜 자기 것도 아닌 남의 것을 소중한 보물처럼 열심히 빨아야 한단 말인가?

또한 나일에 의해 강제로 지나가는 행인 앞으로 밀쳐지자 도무지 무엇을 해야 하는지 몰라서 멀뚱히 그 행인의 얼굴을 바라볼 뿐이었다.

"돈을 얻으란 말이야!"

그 순간 나일의 전음이 노진의 귀를 파고들었다.

돈이라……

도대체 어떻게 하면 돈을 얻을 수 있을까?

솔직히 하기는 싫었지만 안 하면 자신만 손해라는 것을 아주 잘 알고 있는 노진이었기에 돈을 얻을 수 있는 방법을 강구하기 시작했다. 그 순간 노진의 머리 속으로 한 가지 기억이 떠올랐다.

"잠깐만요!"

지나가던 행인 이언지는 웬 꼬마가 부르자 걸음을 멈춰 섰다. 이언지는 일찍 수업을 마치고 당민삼의 안위를 위해 근처의 작은 암자로 불공을 드리러 가는 길이었다.

"무슨 일이냐, 꼬마야?"

머리를 쓰다듬어 주면서 이언지가 노진의 옆에 붙었다.

"그, 그러니까… 목마른 사슴이… 우물을… 아! 그 다음에 뭐드라? 아무튼 가련한 저를 도와주세요……."

그런 것이었다.

노진은 얼마 전에 시장통에서 구걸하던 거지를 흉내 내고 있었던 것이다.

"저쌩! 쪽팔리게. 그것도 이언지 소저한테……."

당민삼과 술을 마신 후 당민삼 모르게 그가 좋아하는 사람을 수소문했고 학관 정보통인 정성천에게 그것이 이언지 소저라는 것을 귀띔받고는 구경한 적이 있었기에 이언지를 한눈에 알아볼 수 있었다. 사실 당민삼과 이언지는 몰랐지만 그들 사이가 심상치 않다는 것은 학관 내에 파다하게 소문이 난 상태였다. 다급한 마음에 나일이 급히 숨었던 나무에서 뛰쳐나와 자신의 얼굴을 가린 채 노진을 잡고는 이언지의 눈앞에서 도망쳤다.

"야! 니가 거지냐? 산적이지!"

"저기… 생각이 안 나서요……."

노진도 안다. 방금 자신이 한 행위가 거지의 동냥질을 흉내 낸 것이란 걸.

"아무리 그래도 그렇지, 산적이 거지 흉내를 내!"

퍽!

뒤통수를 맞아도 이제는 덜 아팠다. 나일과 다니는 동안 너무도 많이 맞아서 뒤통수 부근에 굳은살이라도 박힌 것이리라.

"잘 들어라! 산적이란 우선 얼굴 표정을 험악하게 짓고는, 자! 지어봐, 나처럼."

나일은 노진을 향해 얼굴을 일그러뜨려 보였다.

"이렇게요?"

노진이 얼굴을 최대한 일그러뜨려 보였건만 아직 어린 티가 가시지 않아 그 얼굴은 너무나 불쌍해 보일 뿐이었다.

픽!

"야! 그게 겁을 주려는 산적의 얼굴이냐, 불쌍해 보이려는 거지의 얼굴이지!"

나일이 노진에게 산적으로서 가져야 하는 마음가짐에서부터 실전에서 사용하는 기술들을 전수하기 시작했다.

'휴우.'

노진은 마음속으로 한숨을 쉬며 자신의 신세를 한탄하는 한편 나일의 말을 가슴속에 새겼다. 분명히 이 나일이란 놈은 자신에게 가르쳐 준 것을 써먹게 만들 놈이라는 것을 알기 때문에 잊었다가는 심신이 피곤해지는 것을 알기 때문이다.

"알아들었냐?"

대답을 하는 노진의 눈에 저 멀리 한 마리 새가 창공을 자유롭게 나는 모습이 들어왔다.

"나는 새보다도 못하구나⋯⋯."

애늙은이 티가 팍팍 나는 자조 섞인 음성이 노진의 입에서 흘러나왔다.

"뭐라고⋯⋯."

넋이 빠져서 딴소리를 하는 노진을 보며 나일이 고개를 갸우뚱거리자 얼른 노진이 고개를 끄덕였다. 하마터면 또 얻어터질 뻔한 것이다.

제33장
영웅연(英雄宴)이
열리기 전까지

이제 영웅연이 시작되기까지 꼭 일주일이 남았다.

모두들 그날을 손꼽아 기다리고 있지만, 그날보다도 오히려 오늘을 손꼽아 기다린 이도 있으니, 그가 바로 광풍신룡 모용건이었다.

오늘 미시(未時)에 있을 영웅무제 준결승전에서 맞붙을 나일을 떠올리며 모용건은 일어나기가 무섭게 침상머리 위에 있는 자신의 애검을 잡고는 연무장으로 달려갔다. 오만불손하고 자신의 마음에 들지 않으면 그가 설령 황제라 할지라도 안중에 두지 않고 행동하리라는 극히 좋지 않은 평판이 있을 정도인 모용건이다. 하지만 그의 나쁜 성격이 고쳐지지 못한 것은 자신의 일에는 언제나 열심이고 재능마저 뛰어났기에 대부분의 사람들이 그런 그를 용납한 때문이었다.

모용건은 세 살 때 검을 잡은 이후 지금까지 이십년 동안 단 하루도 거르지 않고 아침 수련을 해왔다. 그리고 앞으로도 죽는 날까지 그렇게 하리라는 생각을 늘 가슴 한 켠에 두고 있었다.

오늘도 자신의 애검을 일출이 솟기 시작하는 동쪽의 산봉우리를 향해 비스듬히 겨누었다.

떠오르는 태양을 지그시 노려봤다. 그러자 태양은 조금씩 자신에게 상처를 주었던 나일에 얼굴로 변해갔다. 모용건은 검을 들어서는 가문의 절기인 우주검법을 뻗어냈다.

일출탈출(日出脫出).

모용건은 한 호흡 동안 오연한 태도로 기수식을 취한 후 아무도 없는 연무장 가득 검광을 뿌려대기 시작했다. 하늘에서 내리기 시작하는 햇빛이 아직 남아 있는 이슬을 비추었고, 그런 햇빛과 어울리는 검기(劍氣).

모용건은 반 시진쯤을 온 정성을 다해 검과 하나가 되어 한바탕 춤사위를 벌였다. 모용건의 이마에 땀방울이 송골송골 맺히기 시작했다.

"휴우, 아직이야."

나지막하게 읊조리며 마지막 초식을 전개하려 하던 때에 어디선가 자신을 바라보고 있는 시선을 느끼고는 급히 검을 거두었다.

"어이, 주연발의 부하! 꽤 하는데."

모용건은 구겨지는 얼굴을 억지로 버티며 목소리가 들려온 쪽으로 시선을 돌렸다. 그것은 나일이었다. 태양이 변한 나일의 얼굴이 아니라 실제의 나일. 놀랍게도 단청에 비하면 새 발의 피지만, 나름대로 게으름이라면 한가락 한다는 나일이 이른 새벽에 모용건의 눈앞에 나타난 것이다.

그 이유는 이러했다.

나일은 준결승에 진출하자마자 적안마검 하동구를 찾아가서 자신의 원금 만 이천삼백 냥을 받아냈다. 물론 영웅무제가 끝나지도 않아서 결승전에까지 오르거나 하게 되면 나머지 이익금을 받기로 하고, 하동구에게 지금 타낼 수 있는 돈을 강탈하다시피 했다. 하동구도 자신이 편의를 봐주는 대신에 한 가지의 조건을 내걸었다. 그것은 자신이 영웅학관의 무관주 선거에 나갈 경우 자신을 밀어달라는 것이었다.

영웅학관의 일 년이 끝날 무렵에 열리는 문, 무관주 선거는 총관주 선거와 동시에 열린다. 관생들의 대표는 영웅대제의 우승자가 맡지만 각관의 관사들의 대표는 선거에 의해서 선출된다. 그것도 관사와 관생 모두가 참여해서 선출하지만 대부분은 관생들이 자신들의 대표가 선호하는 관사를 그 관의 관주로 뽑는다. 벌써 십년째 매년 선거에서 떨어졌던 하동구였기에 관생들의 미움을 한몸에 받고있는 나일라는것을 알지만 어쩌면 영웅무제의 주인공이 될지도 모른다는 생각으로 밀어달라고 먼저 손을 내민것이다. 물론 나일은 그것 또한 냉큼 허락했다.

들은 대로라면 이제부터는 이기든 지든 간에 자신에게는 영웅증이 수여될 것이다. 그럼 떠나는 것이다. 단청이 있는 이 지긋지긋한 곳을 떠나 자신이 원하는 삶을 살 것이다. 그렇기에 자신이 이곳에 없을 것을 염두에 두고 허락한것이다.

그리고 자신도 조건을 내걸었다. 지금부터는 기숙사에서도 마음대로 행동하겠다고. 무관주선거에 목을 매단 하동구는 그것마저 허락했다. 무관주만 될 수 있다면야 그정도는 봐줄수 있었다. 하기사 나일이 돈이 없어서 그렇게 못했지 돈이 있는 지금은 어떻게 행동할지 불보듯 뻔했다. 그날부터 수업이 끝나면 나일은 북경루로 직행했다. 물론 나일의 옆에는 단청이 있었다.

단청은 나일에게 단 하루의 자유만을 허락한 채 돌아왔다. 예상대로 레어에 침입자는 없었다. 다만 돌무더기 몇 개가 진을 통과해서 애완구를 놀라게 했다. 그리고 저 멀리서 낭랑하게 들리는 황생을 향한 욕설에

애완구가 진의 한가운데 있는 결계를 건드려 단청을 부른 것이었다. 그렇게 무사히, 그리고 너무도 빨리 돌아와 버린 단청을 기념하기 위해서 북향루로 가서 밤새 술을 퍼먹은 지 벌써 일주일이 되었다.

아침이 밝아오자 나일은 아침 식사로 인해 지출되는 식비를 아끼기 위해 기숙사로 가다가 모용건을 만나게 된 것이다.

그렇다면 단청은 어디 있느냐? 하면 지금쯤 가지루에서 나일이 건네준 이백 냥으로 도박 삼매경에 빠져 있다고 하면 이 상황이 이해가 될 것이다. '작은 것이라도 아껴서 잘살자' 라는 주의의 나일과는 달리 단청은 '작은 것을 크게 불려 더 잘 먹고 잘살자' 라는 주의이기에 이백 냥을 밑천 삼아 돈을 불려서, 더 호화롭게 식사하는 쪽을 택했다는 게 옳은 상황 표현일 것이다.

나일과 단청은 어제까지만 해도 나일의 주장대로 식비를 굳히기 위해 둘이 함께 등교를 했지만, 어젯밤 사형으로서 돈 한 푼은커녕 지갑도 없는데… 라며 말끝을 흐리고는 주먹을 치켜든 단청에게 나일은 눈물을 머금고 이백 냥을 내주었고, 덕분에 나일은 간만에 혼자서 상쾌한(?) 아침 공기를 마시며 기숙사로 향하다가 기합 소리에 호기심을 느끼고는 이곳을 찾았다. 그리하여 모용건과 조우하게 된 것이다.

영웅학관 내에서는 모든 무공을 자유롭게 볼 수 있는 무공비급만 전문적으로 모아둔 서고도 있고, 관생을 가르치는 무관사들도 자신들의 절기를 숨김없이 기재들에게 알려주는 편이지만, 가전절기인 우주검법을 남이 보는 앞에서 펼쳐 보인 모용건의 기분이 좋을 리는 없었다. 물론 모용건의 우주검법은 영웅학관에도 없는 것이다.

"야! 제대로 해봐! 이 형님이 가르쳐 줄게."

나일은 자신을 쏘아보는 모용건의 눈길을 맞받아치며 말했다.

"훙."

그러자 콧소리를 내며 모용건이 먼저 눈길을 돌려 버렸다.

물론 나일도 남의 무공을 훔쳐보는 것이 금기라는 것 정도는 알고 있었지만, 자신은 그런 것 따위는 없어도 잘살 수 있다, '자신은 고수다'라는 생각을 늘 하는 나일이기에 모용건의 눈빛을 받고도 거리낌이 없을 수 있는 것이다.

"왜 남의 무공을 함부로 훔쳐본 것이냐?"

"아, 말 많네. 그냥 넘어가. 대신 내가 무공을 봐준다니까."

그 말에 모용건의 눈동자가 커졌다. 자신이 누구인가! 영웅칠룡 중에서도 첫손에 꼽히는 용 중의 용이다. 비록 눈앞에 있는 자식에게 부지불식간에 몇 대 맞기는 했지만 자신보다 어린 놈에게 무공을 교정받는다니…….

남다른 자부심 하나로 살아온 그였기에 속으로 코웃음을 칠 수밖에 없었다.

'그때는 방심했다는 걸 모른단 말인가? 좋다! 본때를 보여주마!'

비록 당장 달려가 반쯤 죽여놓고 싶었지만, 어차피 몇 시진 후에는 비무대 위에서 볼 얼굴. 모용건은 검집에 검을 꽂은 후 뒤돌아서며 한마디 했다.

"일없네."

"뭐야!"

단순하고 발끈 화내는 데는 우주제일인인 나일이 그 소리를 참아 넘길 리 없었다.

"오라. 한 대 더 맞고 싶은가 보구나?"

아침부터 마음에 들지 않는 말을 내뱉는 모용건의 뒤에다 나일이 한소리 했지만 그것을 무시하며 모용건은 뚜벅뚜벅 걸어갔다. 아니, 그러려고 했다.

무하신보(無下神步).

…그리고 퍽!

정확하게 뒤통수를 가격당한 모용건은 반응을 보일 수도 없을 정도로 쾌속한 타격에 속수무책으로 당하며 널브러졌다.

"내가 너의 무공을 봐주면 '영광입니다'라고 인사는 못할망정 어디서 감히 도망을 쳐."

정신을 차리며 일어서는 모용건에게 나일이 한소리 하자, 오만하기로 천하를 다툴 정도인 모용건은 욱하는 심정이 치밀어 올랐다. 그리고 그 순간을 참지 못하고 순식간에 발검해서는 나일에게 살기를 담은 검광을 뿌려대기 시작했다. 저번에는 맨손이었지만 지금은 자신의 주무기인 검이 손에 들려 있는 상황이었다. 모용건의 검은 거침없이 나일의 온몸을 향해 파고들었다.

"잘한다. 그래, 그렇게!"

하지만 나일은 검을 요리조리 피하면서 쉴 틈 없이 재잘거릴 뿐이었다.

"거기서 그러면 되냐. 검에 살기를 담는 것도 좋지만 살기를 조절하지 못해서 경직되는 바람에 본래의 자연스러움이 퇴색하잖아. 옳지. 그렇게!"

왼쪽으로 신형을 날리는 나일을 쫓아 자연스레 그쪽으로 검광을 흩날리는 모용건의 귀에도 나일의 목소리가 들리지 않을 리가 없었다.

"아니야, 살기가 배이면 그 순간의 속도는 빨라질지 몰라도, 그 다음 초식으로 이어지는 검끝의 효용이 죽게 된단 말이야! 옳지."

입을 쉴 새 없이 나불대는 나일을 노려보며 모용건은 검끝에 자신의 내력을 집중시켰다.

새파란 검기가 모여 불규칙한 모양의 흑색 강기가 생성되자 모용건은 나일을 향해 의미 모를 미소를 보인 후 나일의 몸통을 양단해 갔다.

"죽어도 모른다, 개자식아!"

모용건이 드디어 본격적으로 검을 펼치기 시작했다.

우주검법(宇宙劍法) 블래홀강(勇儀忽罪).

나일도 놀라고 있었다.

지금 모용건의 검끝에 매달린 것이 검도의 절정고수들만이 펼칠 수 있는 검강임을 한눈에 알아봤다.

검강을 형성하니 조금만 더 앞으로 정진한다면 능히 천하를 떨어 울릴 만한 자질이라고 속으로 생각했다. 하나 나일은 일단은 그런 모용건의 검강을 같잖다는 눈빛으로 쳐다본 후 입을 놀렸다.

"야, 장난하냐! 겨우 반 장도 뻗지 못하는 검강이라니! 그걸로 장난하자는 거냐? 개나 죽일 때 써라. 넌 기초부터 다시 해야겠다."

나일은 모용건의 검강을 맞아 왼쪽으로 몸을 돌리곤 검신을 움켜쥔 후 모용건의 손에서 검을 뺏어냈다.

"잘 봐, 이 정도는 돼야지. 그래야 검강이라고 불리는 데 쪽팔리지 않지."

나일이 모용건에게서 검을 뺏은 후 무하신공을 끌어올리자 검끝에서 하얀 빛이 솟아나기 시작했다. 나일과 연무장 끝의 허수아비 인형 사이의 거리는 대략 사 장. 나일이 든 검에서 나온 하얀 빛이 서서히 길어지더니 허수아비 인형에게까지 간 후 그 인형의 목을 댕강 베고 말았다.

"야! 봤냐? 이 정도는 해야지. 쯔쯔."

모용건이 멍한 눈으로 나일의 신위를 바라보았다. 얼굴에는 질린 빛이 역력했다.

'저, 저 정도라면 최소한 구파일방의 장문인도 한수 접고 들어갈 정돈데!'

겉으로 표현하지는 않았지만 모용건은 이미 기가 죽어 있었다. 후기지수 중 제일이라는 마음도 이미 사라졌다. 차원이 다른 것이다. 자신은 앞으로 십 년, 아니, 더 오랜 수련을 한다 해도 저 정도의 위력을 보일 자신이 없었다.

나일이 모용건의 검을 하늘 높이 던져 버렸다.

"열심히 해라. 그럼 언젠가는 나처럼 훌륭한 산… 음… 훌륭한 무공을 가질 수 있을 거다. 그리고……."

나일은 주위를 둘러본 후 손가락으로 모용건의 입술을 막았다.

"오늘 있었던 일은 누구한테도 얘기하지 마. 안 그러면 쥐도 새도 모르게 저 꼴이 되는 거야. 난 누가 나한테 무공을 가르쳐 달라 하는 것은 딱 질색이거든. 음핫핫!"

나일이 손가락으로 목 아래만 남은 허수아비를 가리키자 모용건의 목젖에서 침을 넘기는 소리가 났다.

"아무튼 열심히 하라는 소리지. 자, 그럼 담에 보자, 바보의 부하."

나일이 휘적휘적 걸어가는 동안에도 모용건은 정신을 못 차리고 있었다. 그리고 그날 모용건은 시합에 출전하지 않았다. 자신의 부족함을 알았기 때문이다.

그래서 오랜만에 나일은 기권승으로 결승전에 오르게 되었다.

*　　　　*　　　　*

찬권운룡 혜진.

소림의 제자이며 영웅칠룡 중의 하나인 그에게는 또 다른 별칭이 하나 있으니, 그것은 바로 권신운견(拳神雲犬)이다. 물론 이 별칭은 뛰어난 무공을 지녔음에도 성격이 지랄 같음을 비유한 것이지만 거기에는 또 하나 남다른 사연이 있다. 그것은 혜진이 남몰래 좋아하는 '개' 때문이었다.

그렇다. 혜진은 개를 좋아한다. 아니, 사랑한다. 음식으로써. 중이 개고기를 먹는다는 것은 다른 사람들이 상상할 수 없을 만큼의 문화적 충격이었지만 이미 혜진은 그런 것들을 초월했다. 열두 살의 나이에 겨우 사미승의 계인을 받은 직후 소림 방장인 범요 대사의 시중을 들며 드나들던 천년 소림의 성지인 달마동에서 타의에 의해 시작된 식습관이었다.

그곳에는 사숙조 광미 대사가 움막을 짓고 거하고 있었다. 그는 무공을 위해서 계율도 지키지 않으며 몸을 단련하는 데만 정진하고 있었다. 그런데 광미 대사가 건강을 위해 보양식하던 것이 개고기였다. 한눈에 혜진이 타고난 무골이라는 것을 알아본 광미 대사는 온갖 협박과 회유로 혜진의 몸을 튼튼히 하기 위해 개고기를 권했고 지금에 이르러서는 혜진의 입도 개고기의 맛을 음미할 정도로 미각이 발달한 것이다.

"많이 참았지. 더 늦기 전에……."

혜진이 한소리를 중얼거리며 듬직한 개 한 마리를 이끌고 영후산으로 왔다. 그동안 눈독을 들였던 학관정문을 지키던 진미가 사라지자 여차하면 산해마저도 사라질까 두려워 마음을 굳게 먹고 오늘 어둠을 틈타 산해를 끌고 온 것이다.

하동구는 얼마 전에 마치 가족을 잃어버린 것 같은 아픔을 겪었다. 진미의 실종. 그 후 3일간 식음을 전폐하다시피 했다. 어떻게 키운 개인데… 정신을 차리고 영웅학관의 관내와 인근 야산을 뒤진 결과 학관 뒷산에서 진미의 유해로 짐작되는 뼈다귀를 발견하고는 대성통곡을 했다. 그래서 절대 산해만큼은 지킨다는 생각을 하며 강의가 있는 때나 없는 때나 한밤중에도 수시로 산해의 집 앞을 들락거렸다. 그런데 한 시진 전까지만 해도 멀쩡하게 잘 있던 산해가 개 목걸이만 남긴 채 사라졌다.

"이놈이 가출을 했을 리는 없고… 그렇다면……."

나직이 혼잣말을 중얼거린 후 하동구는 근처 야산을 수색하기로 마음먹었다. 우선은 진미의 유해가 발견된 그곳으로.

"갖다 줬냐?"

"예, 채주님."

"음, 그럼 오늘도 훈련이다. 알지? 그리로 와. 맛있는 거 좀 사가지고."

나일은 노진을 향해 기분 좋은 웃음을 지어줬다. 하나 노진은 그 웃음마저 두려웠다. 다음에는 또 어떤 짓을 시킬 것인가?

오늘 일만 해도 그렇다. 자신이 구비화에게 좋지 않은 감정─비록 나일이 비화의 말을 듣고 자신을 때렸기 때문에 벌어진 일이지만─을 지니고 있다는 것을 알면서, 하고 싶지 않은 사랑의 전령사를 자신을 선택해서 보내는 이유는 무엇인가? 자신을 어떻게 보고…….

그래도 갔다. 나일도 싫고 구비화도 싫지만 명령이니 갔다. 안 가면 그 후환을 감당할 자신이 없었기에. 하나 마지막 자존심은 있어서 가는 도중에 나일의 편지를 열어보는 대담한 짓도 했다. 그리고는 자신이 받은 고통도 잊은 채 웃기 시작했다.

친애하는 구비화 소저 보시오.

날이 무척이나 아름다워지는 계절이오. 하나 제까짓 꽃들이 봉오리를 열어젖힌다 한들 당신만큼 아름다울 것이며, 하늘이 아무리 맑다 한들 당신의 눈동자만큼 맑지는 않지요.

이번 영웅무제 결승전에 운이 좋아 올라가게 됐소. 당신이 나를 응원해 준다면 정말 힘들이지 않고 우승할 것 같소. 와주시겠소?

그리하면 내게 너무 큰 힘이 될 것인데……

"흥얼흥얼……"

혜진은 지금 콧노래를 부르고 있었다.

아! 얼마 만에 먹어보는 개고기냐… 정말 흥분이 온몸을 휘감았다.

이 산해라는 놈은 무려 삼십 근은 너끈히 나갈 정도의 무게를 자랑하는 토종 똥개로 자신이 근 일 년 동안 수시로 먹을 것을 챙겨주며 운동을 시켜서 척 보기에도 먹음직스러웠다. 혜진은 이제 고명한 자신의 절기인 소림일지선을 펼쳐 산해를 정신 잃게 한 후 만들어둔 불길에 슬슬 머리부터 털을 그슬리기 시작했다.

"이게 무슨 짓입니까?"

개털을 불에 그슬리는 데 온 정신을 쏟고 있던 혜진이 갑작스럽게 나타난 노진을 보며 얼굴 가득 당황스러운 표정을 지었다.

'아니, 어찌 이런 낭패가! 요즘 들어 망신살이 뻗치는구나.'

아무리 세상이 어지러워도 중이 개고기를 먹는 것을 보고도 그냥 지나갈 만큼 세상이 어지러운 적은 한 번도 없었다. 그러나 혜진은 노진이 아직 어린 것을 알고는 일단 말발로 이 고비를 넘겨보기로 했다.

"아미타불."

혜진은 얼굴에 진중한 표정을 지으며 두 손을 모아 합장을 해 보였다. 척 보면 척인데 애늙은이라는 별칭을 가진 눈치 구단의 노진이 지금 상황이 무엇을 의미하는지 모르겠는가?

"아니, 중이 개고기를 먹다니… 말세야, 말세야."

아직 어려 보이는 노진이 노골적으로 자신을 비난하자 혜진은 그냥 입에서 나오는 소리를 주절대기 시작했다.

"시주는 뭔가 크게 오해했나 보군요. 저는 그냥 이 개시주가 부처님을 너무 흠모해서 중이 되고 싶다기에 삭발 의식을 거행하고 있던 중이었습니다."

띵!

도대체 어느 정도 말이 되는 소리를 해야 변명이 되지, 이 무슨 황당무계한 소리인가? 노진의 머리 속에는 혹시 저 중이 미친 것이 아닐까? 라는 생각이 문득 스쳐 갔다.

"그게 말이 되오!"

노진의 말에 혜진은 머리부터 그슬리기 시작해서 아직 머리 부분만 털이 밀린 산해를 향해 손을 뻗었다.

"자, 보시오. 개시주, 그렇지 않소?"

혜진이 산해의 고개를 손으로 흔들어서는 자신의 억지 주장을 펼쳤다.

"다 알고 있습니다, 당신이 영웅학관 관생 중 찬권운룡 혜진이란 사실을."

뒤이어 입술을 깨물며 노진이 혜진의 손에 들린 산해를 바라보며 말을 이었다.

"이 일을 학관에 알리겠습니다."

그러자 혜진은 얼굴이 온통 붉어지며 잠시 고민을 했다.

'이걸 어째! 에라, 모르겠다. 그래, 겁을 주자. 그래서 다른 곳에서 입을 못 놀리게 해야지.'

말발이 안 되면 자신에게는 고강한 무공이 있지 않은가? 아직 어린아이에게는 약간의 협박만큼 좋은 효과를 얻을 수 있는 무기도 없다.

갑자기 혜진이 눈썹을 찌푸리며 오만한 자세를 취했다.

"나를 안단 말이지, 그렇단 말이지. 야, 꼬맹아! 좋은 말 할 때 지금 본 것들을 다 잊는 게 좋을 거다. 그렇지 않으면……."

혜진은 전신의 내공을 모아서 옆에 있는 아름드리 나무를 후려쳤다. 한눈에도 엄청난 파괴력을 지닌 것으로 보이는 혜진의 주먹질에 나무가 급속히 쓰러져 갔다.

"으훗!"

난데없이 쓰러지는 나무에 비명과 함께 누군가의 뒷모습이 보였다.

그 인영이 바지춤을 움켜쥐고는 주섬주섬 황급히 정리하는 것을 보니 아마도 으슥한 곳에서 용변을 보고 있었던 것 같다.

"하하하."

혜진은 그 상황이 너무 웃겨서 웃음을 터뜨렸고, 그 순간 그 인물이 걸쭉한 욕을 하면서 몸을 돌렸다.

"이런 쌍! 어떤 개자식이야!"

혜진의 눈동자가 동그래졌다. 쓰러뜨린 나무 사이로 보이는 인물은 바로 자신이 꿈에도 피하는 나일, 그 나일이 아닌가?

빡!

"너였어? 너는 중이란 놈이 자연 보호도 몰라!"

나일을 목격한 순간부터 얼이 빠져 있던 혜진은 나일이 자신에게 다가오며 뒤통수를 갈기고는 한마디 지껄이자 그제야 정신이 들었다. 그리고 세어봤다. 이걸로 뒤통수를 맞은 게 일곱 번째였다.

"내가 너 조심하라고 했지. 그동안 하동구 때문에 손을 안 봐준 것까지 이자 쳐서 오늘 때려주마!"

혜진으로서는 난감했다.

아직 나일을 꺾을 만한 무공을 익히지 못했는데 저 괴물에게 걸리다니……

나일을 피했던 것은 노진과 마협지만이 아니었던 것이다.

"거기다가 내 부하에게까지 겁 줘!"

나일이 인상을 구기면서 겁을 주자 혜진은 불가에서 나오는 아수라가 바로 저런 모습이라는 생각이 들었다.

"나무아미타불."

겉으론 합장하는 척하며 염불을 외우고는 재빨리 도망갈 퇴로를 훑어봤다.

'제기랄, 길이…….'

그러나 길은 나일이 막고 서 있는 곳이 유일했다.

이렇게 되면 정면 돌파다!

혜진은 선제공격을 감행했다. 가까이 붙어 있는 나일의 몸을 힘을 다해서 밀어젖히고는 무조건 도망치는 것이 지금으로서는 최선의 방법이었다.

"백보신권."

저번 비무 때에 이것이 통하지 않는다는 건 경험했지만 자신이 할 수 있는 최고의 무공은 이것밖에 없었다.

"이게 미쳤나!"

자신의 오른손이 나일의 가슴을 쳤다고 생각한 순간 나일에 손이 자신의 손을 거머쥐었다. 그리고 그 순간 혜진은 나일의 의미심장한 미소를 보고 말았다. 하나 죽으라는 법은 없나보다. 그 순간 구세주가 이 좁은 공터에 나타났다. 바로 무관사 하동구였다.

"뭐 하는 짓들이야! 그만두지 못해!"

나일이 혜진의 손을 잡고는 그 보복을 하려던 찰나 하동구 무관사의 음성이 들려왔다.

"휴우……."

혜진의 입에서 절로 안도의 한숨이 터져 나왔다.

딱!

"앗!"

그러나 그것은 너무 이른 한숨이었다.

나일이 그렇다고 그만둘 리 없었다. 하나 완전히 무시할 수도 없는 노릇이었다. 하동구와는 내기가 아직 걸려 있다. 말을 안 들으면 내기에 이겨도 돈을 주지 않을 염려가 있다는 데 그 짧은 순간 동안에도 생각이 미친 것이다. 그래서 혜진의 뒤통수를 향해 다가가는 손을 제 딴에는 회수한다는 시늉을 보이면서 도저히 출수를 회수할 수 없었다는 비명을 지르고는 마음놓고 내려친 것이었다.

콰당!

혜진의 몸이 그 자리에서 대자로 뻗었다. 자신의 별호인 구름 속을 노니는 미친개가 아니라 땅바닥에 누워버린 개가 되어버린 것이다.

"혜진아! 이런."

한 방에 정신을 잃은 혜진을 본 하동구가 맥을 짚어보고는 안도의 한숨을 쉬었다. 혜진은 단순 기절일 뿐이었다. 그제야 하동구의 눈에 장내의 정경이 눈에 들어왔다.

그러다 무엇을 봤을까?

하동구의 눈이 무척이나 커지면서 그 속에 절망과 안타까움이 교차됐다.

"산해야!"

역사상 처음으로 개 중, 혹은 개스님이 될 뻔했던 산해의 시신을 보고 하동구의 눈에서 분노가 피어올랐다.

"이런 나쁜 놈!"

더 이상의 말도 필요없었다. 그만큼 하동구의 분노가 큰 것이다. 하동구의 손이 바람처럼 나일에게 향했다.

"진정하세요. 그건 제가 아니라니까요."

자신에게 뻗어오는 권을 요리조리 피하며 나일이 손을 저었다.

"네놈의 평소 행실이 나쁘다는 것을 지금껏 눈감아줬지만, 내 자식 같은 산해를… 너 같은 놈은……."

이런 것을 현장 검거라고 하던가?

하동구는 누구보다도 자신의 말을 잘 따랐던 산해의 생전 모습(?)을 떠올리며 권 속에 자신에 경력을 더욱 불어넣었다.

"아니긴 이놈아!"

화가 머리끝까지 난 하동구의 모습은 성난 괴물 같았다. 그렇지 않아도 하동구가 색목인이라 눈동자가 빨간 데다 머리 색도 빨갰는데 거기다 화가 나서 평소보다 더 심하니 나일도 움찔하지 않을 수 없었다.

"야, 노진. 빨리 사실을 이야기해!"

좁은 공터에서 미꾸라지같이 잘도 피하면서 하동구의 있는 성질 없는 성질을 나일이 다 헤집으며 노진을 닦달했다.

'음… 어쩌지?'

노진도 나름대로 고민이 있었다.

지금껏 자신이 나일에게 맞은 것이 얼마던가? 꼭 자신이 아니더라도 누군가 나일을 한 대 때려주기를 바라는 것을 언제부턴가 작은 소망으로 품어왔다.

그런데 눈앞에 그 기회가 온 것이다.

'아니야, 아니야.'

노진이 고개를 도리도리 저었다. 하마터면 눈앞의 광경만 보고 유혹에 넘어갈 뻔했다.

지금 분명히 나일이 수세에 몰리기는 했지만 절대로 맞을 사람이 아니다. 자신에 조부도 그러지 않았던가? 나일의 무공은 인간의 무공이 아니라고. 그래서 그가 그렇게 필요하다고… 조부는 나일을 무공 면에서는 아주 높게 평가하고 있었다. 비록 인간적인 면에서는 아주 낮게 보지만. 그렇다면 하동구가 관생들을 가르치는 무관사이니 예의상이라도 나일이 맞아줄 수도… 그것도 아니다. 나일이 곱게 맞아줄 리도 없고, 결론적으로 나일이 실수로라도 맞는다면 자신에게 그 화풀이를 할 것이다. 그것에 생각이 미치자 노진은 그 실수를 막기 위해 다급해졌다.

"멈춰요, 멈춰! 산해는 혜진이 그랬어요!"

노진의 말이 좁은 숲 전체에 메아리쳤다.

그 순간 거짓말처럼 하동구의 주먹이 멈췄다.

"거봐요, 제길."

투덜거리면서 나일이 산해에 시신(?) 근처에 불을 지폈다.

노진은 하동구에게 자신이 본 일들을 이야기했다.

"그랬단 말이지. 네 이놈을!"

하동구가 혜진에게 다가가 깨워 문책을 하려다가 고기 굽는 냄새에 고개를 돌렸다.

"이 무슨… 산해야!"

하동구의 입에서 다시 비명이 터져 나왔다. 산해는 이미 화장(?)되어 가고 있었다. 나일이 혜진이 벌려놓은 일을 마무리한답시고 굽고 있었던 것이다.

"나일, 이놈!"

"엄마야!"

악귀처럼 달려드는 하동구를 보며 나일이 줄행랑을 놓기 시작했다. 물론 잘 구어진 산해를 들고.

＊　　　　＊　　　　＊

이화숙이라는 이름의 기숙사에는 여인들만 산다.

영웅학관 내에서 단 한 군데 금남의 구역인 이곳은 여자 관생들이라고 해봐야 고작 백사십여 명.

남자 관생들에 비할 바가 아니기에 이곳에 있는 여자 관생들은 대부분이 서로를 알고 있다. 그리고 그 나름대로 여자 기숙사임에도 불구하고 규율이 잡혀 있다. 지금 삼년차 여관생이고, 한때는 무관에 적을 두었다가 신체적인 문제로 인해 예관으로 전관했으며, 믿기지 않을 정도로 조용하게 살고 있는 소녀가 있으니 바로 북궁주희였다.

투안빙녀라는 별칭답게 두 눈만 멀쩡했다면 능히 영웅오미 중 한 자리를 차지했을 것이라 생각될 정도의 미모를 지닌 북궁주희가 이제 막 영웅학관에 입관한 일년차 애송이 소녀에게 훈계를, 아니, 화를 내고 있었다.

한 시진 전에 북궁주희는 이화숙 내에 있는 욕탕을 찾았다.

늘 하던 대로 욕탕 바깥에 옷을 벗어놓고는 욕조에 몸을 담그고서 몸을 씻고 나왔다. 옷을 걸치려다가 마주쳐 오는 사람과 부딪쳐 넘어졌는데 자신이 애지중지하는 나일의 조각상이 그 순간 떨어진 것이다. 당연히 미안하다는 말과 함께 자신에 조각상을 주워주겠지 하고는 기다리고 있었다. 하나 되돌아오는 것은 목각 인형이 저 멀리 던져지는 소리였다.

푸콰!

자신의 분신이었다. 도저히 참을 수 없었다. 북궁주희는 힘차게 손을 자신의 보물을 던진 인물에게 휘둘렀다.

따악!

"왜 그래요!"

이 목소리는 학관 내에서 공주병으로 소문난 구비화라는 학관 일년차 소녀의 목소리가 틀림없었다. 북궁주희는 눈이 먼 대신 사람들의 목소리는 기이할 정도로 또렷하게 기억하고 있었다. 한데 보이지는 않지만 이 소녀의 목소리에는 당혹감과 함께 무언가에 대한 분개가 배어 있었다. 자신의 잘못을 모르는 걸까? 한순간 북궁주희는 의혹이 들었고 이내 자신의 목각 인형을 던진 이유를 물었다.

"왜 내 인형을, 내 소중한 목각 인형을 던졌지?"

"그건… 그건 내가 아는 사람이었단 말이에요."

무슨 소리를 하는 걸까? 아는 사람이라니? 설령 그 사람과 비슷하게 생겼다 하더라도 던질 이유까지야… 이런저런 생각을 하다가 북궁주희는 실소를 지었다. 그럴 리 없다. 이 목각 인형의 인물은 죽은 지 벌써 삼 년이 다 되어간다. 녀석은 분명 사천에서 막 가출했다고 했다. 그런데 북경에서 그를 알아보는 사람이 있다니… 말도 안 된다. 아마도 비슷한 사람일 테다. 그는 분명히 죽었다. 그것도 자신의 바로 눈앞에서 죽어갔다. 오래전에 겪었던 일임에도 가슴 한쪽이 메어져 왔다. 목각 인형이 부서진 것은 참을 수 없을 만큼 화가 나는 일이지만 방금 구비화가 한 말은 그것보다 더 아프고 안타까운 일이었다.

"비슷한 사람이겠지… 아무리 그렇다고 해도 다른 사람이 소중히 여기는 것을 가벼이 여기다니 정말 못됐구나."

"분명히 그 인간이 맞다니까요!"

목각 인형이 부러진 것에 대한 화풀이를 할 생각은 없지만 구비화가 끝까지 목각 인형의 주인공이 맞다고 우겨대자 북궁주희의 얼굴이 고통으로 가득 찼다.

"그럴 리가 없다……."

북궁주희가 손을 부르르 떨었다. 노여움이 아니었다. 그것은 안타까움 때문이었다. 그때 손을 더 빨리 내밀었다면, 붙잡았다면…… 그랬다면 이렇게 평생 아픔을 안고 살지 않아도 됐을 텐데…

"아니에요! 정말 똑같은데… 나일이라고, 저한테 편지도 보냈단 말이에요."

구비화는 주섬주섬 방금 전에 노진에게서 받은 편지를 꺼내려다 이내 북궁주희의 눈이 보이지 않는다는 것을 생각하곤 멈칫했다.

"정말인데……."

구비화는 자신에 말을 믿어주지 않자 억울하다는 눈빛으로 북궁주희를 쳐다봤다. 북궁주희는 자신에 말을 전혀 믿지 않는다는 듯이 장승처럼 서 있었다.

하나 이 모습이야말로 북궁주희 자신의 마음속 격동을 억지로 억누르고 있는 모습이었다.

"나일… 나일이라고 했니?"

북궁주희의 음성이 떨렸다. 얼굴에서는 말로 표현 못할 무엇인가에 대한 절실한 애틋함이 흘렀다.

"그래요. 분명히 나일 맞죠? 그런데 왜 그의 모습을?"

구비화가 하필 나일의 얼굴을 조각해서 가지고 다니는 것이 이상한 듯 북궁주희에게 물어왔다.

"너도 기억하는구나. 그래, 나일이 맞다. 나 말고도 이미 죽은 그를 기억하는 사람이 있다니. 나는 나 말고 다른 사람 중에 그를 알아보는 이가 아직도 있으리라고는 상상도 못했다."

처연한 북궁주희의 말에 구비화는 어이가 없었다. 방금 전까지도 멀쩡히 자신에게 추근대며 빨빨 잘도 돌아다니던 나일이 죽었다니……

"당연하잖아요. 오늘도 아침부터 추근대고는 편지도 보내왔는걸요."

참다못해 구비화의 입에서 나일의 일거수일투족이 공개됐다.

"뭐라고?! 편지가 몇 년 전 것이 아니고 오늘 온 거란 말이야?"

북궁주희는 확인해 보고 싶었다. 그리고 믿고 싶었다, 구비화의 말이 사실이기를.

"정말이야? 정말이냐고!"

"놔요."

어찌나 세게 구비화의 손목을 잡았는지 손목 전체가 붉게 변했다.

"어딨어! 어딨냐고!"

그러나 북궁주희는 손을 놓지 않고 구비화의 대답만을 재촉했다.

"이것 좀 놓고 얘기해요!"

아픔을 참지 못해 구비화가 휙 하니 손을 뿌리쳤다. 아픈 손목을 매만지며 이어진 구비화의 말은 북궁주희의 가슴을 흔들어놓기에 충분했다. 나일이 살아 있다는 것, 그리고 자신과 가까운 곳에 있다는 말에 절로 가슴이 뜨거워졌다.

'살아 있었던 거야! 살아 있었던 거야… 감사합니다, 부처님.'

북궁주희는 수십만 번도 더한 자신에 기도를 부처님이 듣고는 이루어지게 해준 것이라고 생각했다. 반면에 구비화는 다른 생각에 빠졌다.

'나일, 나한테만 추근댄 게 아니란 말이지? 흠, 두고 보자. 나도 너한테는 관심없다. 주 공자와 그리고… 복면산선.'

그 순간 무슨 상상을 하는지 구비화의 얼굴이 빨갛게 달아올랐다.

청량한 물줄기가 쉼없이 흐르는 연못 위로 고운 달빛이 스러지고 그 속에서 물방개가 거침없이 물 위를 달려갔다. 연못 주위에서는 이름 모를 벌레들이 무엇이 그리 슬픈지 울어대고 있었다. 울창한 수목이 주위를 뒤덮었으며 만개한 꽃 향기가 심신을 취하게 만드는 이곳은 영웅학관의 식물원. 하늘도 아름답고 땅도 아름다운 곳! 그러나 그 무엇보다도 아름다운 것이 하나 있다. 그것은 한 명의 소녀였다.

소녀는 연못가에 앉아서 연못 주위에 소담스럽게 만개한 연꽃의 꽃잎을 세고 있었다. 하나 소녀의 모습은 두 눈을 꼭 감고 있어 어딘지 모르게 어색해 보였다. 그럼에도 불구하고 전신에 단정한 백의를 걸친 모습과 하얀 연꽃을 세는 모습은 맑고 깨끗한 살결과 어울려 성스러운 느낌마저 주고 있었다.

"그다, 아니다. 그다. 다니다. 온다. 안 온다, 온다, 안 온다······."

은 쟁반 위로 구르는 옥구슬 소리같이 맑고 고운 목소리는 꽃잎 위에 잠자고 있던 나비와 벌을 춤추게 만들었으며 하늘에서 쏟아지는 풍성한 햇빛과 함께 수면 위로 조용히 내려앉았다.

북궁주희는 방금 전에 구비화에게 나일의 이야기를 들은 이후로 가슴이 진정되지를 않았다. 그래서 일단은 마음을 진정시키기 위해 인적이 드문 이곳을 찾은 것이다.

나일··· 얼마나 그리던 이름인가?

북궁주희가 나직이 한숨을 쉬며 한 구절의 시를 중얼거렸다.

"휴우··· 세월불대인(歲月不待人)이라··· 세월은 사람을 기다리지 않으니······."

송대(宋代)의 유명한 시인 도연명의 시구를 읊으며 그녀는 무슨 생각을 하고 있는 것일까?

문득 그녀의 고운 아미가 잔뜩 찌푸려졌다. 연꽃의 꽃잎이 모두 떨어져 버린 것이다.

그녀의 지금 솔직한 심정으로는 당장이라도 나일을 만나러 가고 싶었다. 그리고 나일이 맞다면 따져 보고 싶었다. 당신이 죽었는 줄 알고 내가 얼마나 고통스러워했는지 아느냐고. 알면서 소식조차 전하지 않았냐고… 아마도 그 다음에는 그의 품에 기대어 울음을 터뜨릴 것이리라. 그러나 참기로 했다. 지금 자신의 모습도 마음에 걸리거니와 그렇게 하기에는 너무나 미안한 사람이 있기 때문이다.

단청! 그 일 이후로 자신이 마음을 연 첫 번째 사람이다. 그를 만나 이야기하고 싶었다. 자신이 앞으로 어떻게 해야 하는지.

그래서 북궁주희는 식물원에 온 것이고 나일의 진위 여부를 이곳에서 배운 풍속으로 점을 치면서 마음을 정리하다가 어느덧 단청에게 생각이 미치자 자신도 모르게 온다, 안 온다로 바뀌어 버렸다.

그리고 거울처럼 매끄러운 수면 위에 비치는 또 다른 사람.

돌아다니기 편한 청색 장삼을 걸친 모습에 전체적으로는 건들거리는 분위기가 풍겨 나오고, 머리는 질끈 끈으로 동여매어 사람을 끌어들이는 매력이 있었다.

얼굴에는 어딘지 모르게 사람을 즐겁게 하는 웃음이 매달려 있고, 온몸의 체구가 단단해서 믿음직스러워 보였다.

그는 소녀의 등 뒤에서 조용히 소녀가 내뱉는 말을 감상하고 있었다. 그녀가 이곳에 들어선 순간부터.

'북궁주희.'

그는 나일이었다.

나일이 북궁주희의 행동을 지켜본 지 벌써 반 시진가량이 되었다. 그도 하동구를 피해 개고기를 먹을 만한 장소를 물색하다가 이곳이 생각났다. 벌써 입 속에는 영후산에서 들고 튄 개고기가 한가득 물려 있었고 허리춤에 매단 술병은 바닥을 드러낸 지 한참 되었다.

'미안! 나는 좋아하는 사람이 있거든.'

혼잣말을 하는 북궁주희의 말을 다 들어버린 나일은 처음에는 자신의 행동들을 들켰을까 봐 겁이 났지만 그 다음에는 조금씩 감동이 밀려왔다. 하나 금세 마음을 다시 다잡으며 이제부터 북궁주희와 거리를 두겠다고 마음먹었다. 북궁주희에게 많이 미안하지만 자신은 오래전부터 좋아하는 사람이 있으니, 그 사람에게 최선을 다해야 한다. 물론 그 사람이 아직은 자신을 싫어하지만, 언젠가는 자신을 받아들여 줄 것이라고 생각한다. 아니, 예전의 약속을 언젠가는 기억해 낼 것이라고 믿었다.

'미안, 정말 미안해.'

한순간 살랑거리던 바람의 방향이 바뀌었다.

"단청……."

움찔.

개고기를 뜯던 나일의 손이 한순간 멈춰졌다. 하나 곧 이어 매정하게 등을 돌려서 살며시 식물원을 빠져나갔다.

"분명히 단청의 향기가 났었는데……."

북궁주희는 보이지도 않는 눈으로 고개를 두리번거리고는 다시 손을 더듬어 새로운 꽃잎을 떼어내기 시작했다.

"나일, 단청, 나일, 단청, 나일……."

왜 그렇게 꽃잎을 떼어내는지는 북궁주희 자신도 모르고 있었다.

제34장
영웅연

슥삭, 슥삭.

예관의 기학을 전담하는 홍형석은 새벽같이 일어나서는 정갈한 마음으로 바둑알을 하나하나 헝겊으로 닦아대고 있었다. 바둑알이 마치 자신의 친자식이라도 되는 것처럼 소중하고도 반갑게 대했다.

"일 년 만에 보는구나."

친근한 웃음까지 건네며 홍형석이 열심히 닦아대는 바둑알은 오늘 하루를 위해 일 년 동안 창고에 고이 모셔두었던 것이다. 오직 오늘, 영웅문제의 결승전에만 사용하는 저 대륙의 끝자락인 남해 자흑도에 특산품이었다.

드디어 대망의 영웅연이 열리는 영웅학관의 개교 기념일이 밝아온 것이다.

오늘 하루 동안에는 또 어떤 일이 기다리고 있을까? 홍형석뿐 아니라 영웅학관 관생들은 누구라도 그런 생각을 하면서 눈을 떴을 것이다.

영웅연이라는 이름으로 학관 전체가 거창한 축제에 휩싸이는 단 하루의 시간이 이제 시작된 것이다.

관생들이 처음 맞이한 축제의 시작은 영웅문제의 결승이었다. 상쾌한 아침 공기를 맞으며 관생들뿐 아니라 대륙 최고의 학관인 영웅학관의 영웅연을 구경하러 온 사람들의 발길이 제1연무장으로 향하기 시작했다.

예상을 깨고 결승까지 온 단청과 예상대로 결승에 올라온 주연발. 그 둘의 시합이 아침 식사가 끝난 직후부터 벌어지기 때문이었다.

'아니, 저 녀석은……!'

대국이 벌어질 자리에 오늘 아침 자신이 공들여 닦아둔 바둑알을 두기 위해 대국석으로 다가간 예관사 홍형석은 지금 믿지 못할 장면을 목격하였다.

자신의 강의 시간에 매일 졸기만 하던 바로 그 녀석이 영웅학관 문관생들의 영예인 대국자가 앉는 방석 위에 앉아 있는 것이었다.

'이럴 수가! 저 녀석은 무관생이 아니었단 말인가?'

홍형석은 자신의 분필을 범상치 않은 모습으로 잡았기에 당연히 단청이 무공에는 매우 뛰어나지만 예(禮)와 지(知)에는 약한 무관생이라 생각했던 터였다.

홍형석은 매년 영웅문제가 벌어지면 시합을 벌이는 모든 관생의 기보를 하나하나 정리하고 수집하는 취미가 있었다. 아직 배우는 과정의 관생들이지만 그들에게서도 배울 것이 있다는 생각으로 시간이 날 때마다 자신이 눈여겨봐 둔 관생들의 기보를 하나하나 정리하고는 했다. 그러다가 그가 눈여겨봐 둔 사마연의 팔강전 기보를 보고는 단청이라는 관생에게 흥미가 생겼다. 그래서 관생들의 승패와 당시의 대국기보를 적어두는 영웅문제회에서 단청의 예전 대국기보를 일일이 찾아보고는 그의 기력이 이미 자신을 뛰어넘어 저 먼 미지의 세계에 있음을 알고 놀랐다.

홍형석은 이미 불혹이 다 된 나이임에도 그 호기심을 참지 못하고 '단청이 누굴까?' 하는 궁금증을 안고 왔다가 전혀 예상치 못한 관생이 대국석에 앉아 있자 무언가 뒤통수에 큰 충격을 받은 듯한 느낌이었다.

결승전의 또 다른 대국자인 주연발은 이미 얼굴을 알고 있었다. 하나 또 다른 한 명은 아직까지 얼굴을 보지 못했었다. 분명 지금 대국석에 앉아 있는 건방진 관생은 단청이라는 자가 분명했다. 전혀 예상치 못했던 사람이 그 주인공이라니… 홍형석에게 또 하나의 깨달음이 다가왔다. 고정관념… 정말 무서운 것이다.

단청이 앉고 일각이 흐른 후에 주연발도 대국석으로 들어왔다.

그런데 주연발은 팔과 다리가 부러졌는지 각반을 걸치고 절름거리면서 오는데, 그 꼴이 너무 우스웠다.

"야, 무정왕룡이 한동안 안 보이더니 어디서 굴렀나 보다."

"그러게. 그것도 높은 곳에서 심하게 구른 듯한데."

설마 하니 무정왕룡 주연발이 누구에게 맞아서 이렇게 되었으리라고는 상상도 못하고 관생들은 저마다 수군거렸다.

주연발의 귀에도 그들의 말소리가 들려왔다. 나일에게 맞은 후 거의 운신을 못하다가 겨우 오늘에서야 침상에서 몸을 일으켜 대국을 위해 나온 것이다. 신기진룡 제갈현을 물리친 이상 영웅문제의 우승은 사실상 자신이 거머쥔 것이 다름없기에 아픔을 참고 나온 것이다.

"자, 그럼 시합 개시."

무관의 시합 개시 소리와는 다른 아주 고요한 문관사의 시합 개시를 알리는 소리가 떨어지자 단청은 바둑돌을 들었다. 오늘은 자신이 백(白)이었다. 단청이 검지와 중지를 이용해서 자신의 바둑알 하나를 가만히 들어보고는 슬쩍 자신의 주머니로 튕겨 넣었다.

아주 옛날에 바둑은 고급의 취미 생활이었다. 그래서 바둑돌도 대나무, 비취, 상아, 옥석 등으로 만든 것을 사용했으나 지금은 널리 대중적으로 퍼져서 구하기 쉬운 유리로 만든 흑돌과 백돌을 사용하고 있었다. 그런데 지금 백돌은 영웅학관에서 영웅연을 위해 일부러 준비한 바다 조개의 두꺼운 부분을 둥글게 깎아 다듬은 하얀 돌이었고, 주연발의 돌은 검은 나지(那智) 돌이었다.

바다 조개를 깎아 만든 백돌도 귀한 것임은 틀림없지만 단청이 주머니에 넣은 돌은 바다 조개가 아닌 산호를 깎아 만든 돌이었다. 스쳐 지나가듯 보았어도 단청의 예리한 눈을 피할 수는 없었다. 겉보기에는 비슷해보여도 돌의 광휘가 달랐고, 은은한 무늬가 단청의 생각에 확신을 주었다. 그것이 단청이 주머니에 바둑돌을 튕겨 넣은 이유이다. 아마도 누군가 산호를 깎아 바둑알을 만들려다 그 가격이 너무 비싸자 포기하고 나머지는 바다 조개로 깎아서 만든 것이리라.

이윽고 대국이 시작되었다.

따악.

선수로 시작한 주연발은 바둑알로 경쾌한 소리를 내었다.

단청 또한 바둑알을 소리 내어 바둑판 위에 올려놓는 것으로 자신의 마음을 가라앉혔다.

차츰 바둑돌의 개수가 늘어갈수록 단청은 실망을 금치 못했다. 자신의 생각만큼 주연발의 실력은 뛰어나지 못했다. 단청은 차라리 나일이랑 바둑을 두는 게 훨씬 흥미진진하다고 생각했다. 하긴 나일은 어쩌면 지금 세상에 남아 있는 인간 중 유일한 자신의 바둑 맞상대일지도 모른다.

'녀석도 바둑을 엄청 못 뒀었는데…….'

자신이 그냥 던지듯이 놓은 바둑알에도 장고(長考)를 계속하는 주연발을 보며 단청은 나일에게 바둑을 가르치던 그때를 떠올렸다.

"우선은 행마법(行馬法)을 익혀라."

자신이 바둑알을 처음 쥐는 나일에게 가르친 첫 마디가 이것이었다. 행마법이란 바둑돌이 나아가는 길을 말함이다. 물론 그 말 다음에는 기다란 말을 첨부하기도 했다.

"이것은 기예를 높이는 상승의 요결(要訣)이다. 하지만 대부분의 진리가 그러하듯 특별한 것은 아니다. 행마법을 익혀라! 이것은 가장 기본이며, 그만큼 착실히 다져 놓아야 하는 것이다."

"사부, 그게 무슨 소리예요?"

나일이 어리둥절한 표정을 지었다. 널찍한 바둑판에 돌을 두는 데도 무슨 방법이 있단 말인가?

"음… 예를 들어보겠다. 무공를 닦는 사람들 사이에는 '권(拳)'을 익히고 공(功)을 익히지 않으면 늙어서 일장춘몽(一場春夢)이요, 공을 익히고 권을 익히지 않으면 노 없는 배와 같다' 라는 강호격언이 있다. 물론 여기서 권이란 팔다리를 쓰는 초식을 말함이요, 공은 흔히 말하는 내공을 이른다. 바둑에서 행마법이란 바로 초식을 익히는 첫 걸음이다. 무공에서 팔다리를 놀려 상대를 제압하는 기술을 익히듯 바둑은 행마법을 알아야 제대로 싸울 수가 있는 것이다. 행마법을 몰라도 싸울 수 있겠지만 효율성과 세련미가 떨어질 것은 자명하다. 막주먹이 골목에서야 통하겠지만 어디 무공의 고수에게 먹혀들겠느냐? 행마법은 모든 바둑 수의 근원이자 만인 공통의 수법이다. 행마법이 부실하다면 아무것도 할 수 없다. 우선은 실전을 통해 한 수 한 수 행마법을 음미하며 대국에 임한다면 짧은 시일 내에 무술 고수와 같은 세련된 몸놀림을 지닐 수 있을 것이다."

황생은 목을 축인 후 다시 말을 이어갔다.

"그것을 익히려면 우선 정석(定石)이라 불리는 행마법을 많이 보고 따라 해야 한다. 그러면 어느 순간 무공을 익힐 때 왜 팔다리의 움직임을 초식에 맞춰야 커다란 효용을 얻을 수 있는지 알게 되듯 깨닫게 될 것이다. 행마법이 초식의 기본이라면 정확한 수를 읽을 수 있는 힘은 내공의 영역이다. 바둑에서 초식이 행마법이라면 내공은 수 읽기이다. 행마와 포석은 그럴듯한데 싸움만 벌어졌다 하면 떼굴떼굴 반상을 구르는 것은 내공을 닦지 않고 초식에만 치중한 탓이다. 초식만 근사하게 펼쳐 보이면 뭐 하나? 그렇지 않냐?"

따악!

"또 자냐!"

파다닥.

나일이 재빨리 자신에 입에 흥건히 고인 침을 닦았다.

"아, 잠시 딴생각해서요."

나일이 졸았음을 간접적으로 인정하자 이제는 그런가 보다 하고 황생은 자신의 이야기를 계속해 나갔다.

"바둑은 선불 맞은 멧돼지와 같은 힘이 있어야 한다. 한번 정한 작전은 소신을 가지고 끝까지 밀어붙이는 기백. 적의 반발에 눈을 부릅뜨고 되받아칠 수 있는 배짱. 상대의 기(氣)에 눌려 꼬리를 내린다면 과연 이길 수 있을 것 같냐? 앞서 언급한 행마법과 수 읽기의 배양이 초식과 내공의 수련이라면 기백과 끈기는 전투에 임했을 때의 근본적인 정신적 수양을 강조한 것이라 하겠다. 무공과 마찬가지로 바둑도 내공과 초식 그리고 정신력이 삼위일체가 이루어져야 대성을 이루는 것이다."

입이 부르트도록 이야기를 했건만 한 번은 패색이 너무 짙어서 나일이 불리하다고 돌을 던졌다.

"이런, 기백도 끈기도 없는 놈 같으니! 죽음이 찾아온 순간이라 해도 죽지 않은 이상 포기하는 것은 바보나 하는 짓이다!"

황생은 나일에게 그것을 빌미로 손 운동을 했다.

가장 기본적인 것이 바로 집념이다.

"바둑에서 실수는 누구나 저지르는 것이다. 내가 악수를 두어 판이 불리해진 만큼 상대 역시 악수를 두지 않으리란 법이 있는가? 상대방이 실수를 저지를 가능성이 조금이라도 남아 있는 한 졌다고 시인하지 마라. 싸움에서도 그렇다. 아무리 무공의 격차가 크다 한들 쉽게 패배를 인정하고 목숨을 버리는 것은 정말 바보 같은 일이다. 세상사에 쉬운 일은 없다. 바둑이든 무공이든 포기하지 마라. 그것이 대성하는 첫 번째 관문이다. 조금만 불리해져도 둘 기분이 안 난다고 미련없이 던져 버리면, 세상을 살 때도 꾸질꾸질한 집안에서 태어났다고 그냥 죽어버릴래? 그런 의미에서 한판 두자."

그리고 그때 당연히 나일은 단청에게 만방(萬方)으로 깨졌다. 그리고 이것은 나일이 힘들게 담근 술을 뺏어 먹을 수 있는 좋은 이유가 됐다.

'그때가 좋았는데……'

그때 일이 떠오르자 단청은 빙긋 웃었다.

'오랜만에 녀석이랑 한판 두어야겠군.'

그러는 동안에 주연발도 조금씩 반격을 해왔다.

'안 돼, 안 돼. 아직도 너무 많이 모자라.'

단청은 씨익 웃어 보이며 바둑판 위에서 주연발의 대마에 마지막 일격을 가했다.

"졌습니다."

주연발이 고개를 떨구었다. 설마 하니 자신이 이런 말을 할 줄은 몰랐다.

학관 내의 가장 강력한 우승 후보인 제갈현을 이겼으니 당연히 우승은 자신의 것이라고 생각했는데… 한 수 한 수를 두어갈수록 자신의 바둑돌이 너무나 작고 초라해 보였고 반대로 단청의 돌들은 온통 바둑판을 가득 메우고 있는 듯한 느낌이었다. 분명히 흑돌이 백돌보다 크건만… 왜?

보통 사람들이야 바둑돌의 크기가 흑돌과 백돌이 똑같다고 생각하지만 사실 흑돌은 칠 푼(分) 삼 리(厘)이고, 백돌은 칠 푼 이 리로 흑돌이 일 리 크다. 시각적으로 흑돌이 작게 보이기 때문에 크게 한 것이다. 그러나 지금 반상 위에 있는 자신에 돌은 마치 두터운 벽에 걸린 작은 점처럼 보이는 지경이니…….

바둑판 크기도 가로 세로가 같을 것 같지만 사실은 세로 한 자 다섯 치, 가로 한 자 네 치로 정해져 있다. 이것 역시 시각적으로 세로와 가로가 같아 보이게 하기 위해 그런 것이다.

주연발이 다시금 바둑판을 바라보았다. 어디서 배운 놈일까? 분명 자신의 기억에 단청이란 놈은 자신의 적인 나일과 친밀한 사이였다. 기학 수업 시간이면 나일과 함께 항상 맨 뒤에서 졸던 그놈이 분명했는데… 지금은 갑자기 딴사람이라도 된 듯 몸에서 무언가 말로 설명할 수 없는 엄청난 위압감이 느껴졌다.

단청은 가뿐히 우승하고는 나일을 만나 예관생들이 축제를 벌이고 있는 영웅로로 왔다. 영웅로는 영웅학관의 정문과 제일서고를 잇는 대로에 이름을 붙인 것이다. 이곳에서는 예관생들이 영웅연을 축하하는 의미로 자신들의 장기를 저마다 뽐내고 있었다.

단청 등이 여기에 온 이유는 저번에 한 서태우와의 약속을 지키기 위해서였다. 그래서 나일과 단청은 지금 서태우의 히파과락에 맞춰 한 시진째 춤을 추고 있었다.

빠른 가락과 거침없이 터져 나오는 서태우의 노래는 예관생들이 펼치는 거리 축제에서 단연 압권이었다.

그들 주위에 반원으로 형성된 무리들도 조금씩 복면을 쓴 나일과 단청의 춤사위를 모방했고, 시간이 지나 익숙해진 구경꾼들도 연신 머리를 흔들고 두건을 풀어 머리카락을 늘어뜨린 채 고개를 돌려댔다. 마치 전부 다 미친 것 같은 분위기에 휩쓸려 멀찌감치에서 구경하던 장팔호도, 그리고 당추기를 팔러 북경 외곽에서 온 하만석도, 그의 부인 임희미도 모두 어울려 머리를 흔들어댔다. 그리고 무려 반 시진을 연주하던 금음이 끊기자 구경꾼들 모두가 땅바닥에 주저앉았다. 진이 빠져 버린 것이다.

한숨 고른 후 서태우의 연주가 다시 시작되었는데, 다시 춤을 추기 시작한 것은 단 두 명, 나일과 단청뿐이었다. 그만큼 서태우의 연주는 사람들이 자신의 힘이 어느 정도인지도 모른 채 흥겹게 힘을 소진하게 만드는 마력이 있었다.

"비무 연습 좀 해볼까?"

연주에 맞춰 다시 고개를 흔들다 단청에게서 전음이 오자 나일이 고개를 끄덕였다.

영웅문제가 오전에 벌어지면 영웅연의 백미로 꼽히는 영웅무제는 오후에 시합을 치른다. 이것이 학관 삼십 년의 전통이었다. 연습없이도 우승할 자신은 있었지만 간만에 몸을 풀어두는 것도 좋겠다는 생각으로 나일이 승낙한 것이다.

"진짜로 하기 없기예요."

단청의 실력을 잘 알고 있기에 혹시라도 자신에게 꽁한 마음을 품고 비무를 핑계로 두들겨 패는 것을 방지하기 위해 나일이 다시 전음을 날렸다.

"흐흐… 겁 많기는……. 좋다."

그렇게 그 둘이 어울려 몸을 풀기 시작했다.

복면을 쓴 상태로 서태우의 연주에 맞춰 마치 잘 짜여진 한편의 경극처럼 그렇게 붙어서 손을 놀리고 발차기를 하며, 거리를 벌렸다 자리를 교차했다 다시 붙어 춤사위와 비슷한 권무를 펼침으로써 몸의 근육을 살살 풀어주며 또 하나의 춤을 추기 시작한 것이다.

"우와, 대단한데!"

찬권운룡 혜진도 서태우의 연주에 머리를 흔들고 쉬던 도중 갑작스레 벌어지는 권무를 보며 감탄을 했다.

'저 절제된 듯한 자연스러움 속에 피어나는 권풍이란? 허허……'

음악에 흥겨워 자신도 참여하려다 실력이 모자람을 깨닫고는 혀를 찬 것이다.

'과연 도대체 누구란 말인가? 학관 내에서 권으로 저 정도의 경지라면 일반 무관사들보다도 한 수 위일 텐데.'

그렇게 궁금증이 쌓여갈 때 나일과 단청의 권무가 서태우의 연주 속도에 맞춰 한층 더 빨라져 가고, 종내에는 범인들뿐 아니라 영웅학관 무관생들의 눈에도 두 복면인의 잔상만이 남아서 움직이는 형태가 되었다.

"저것들이 과연 사람인가? 나 헛수련했어."

"도대체 무슨 무공을 익힌 거야?"

등등 구경하던 사람들의 입에서 감탄과 자신의 부족함에 대한 한탄이 터져 나오기 시작했다.

서태우는 호흡이 거칠어지고, 그에 따라 연주 또한 거칠어지자 이제 그만 연주를 끝내고 싶었는데 알 수 없는 기운에 휩쓸려 도저히 연주가 멈춰지지가 않았다. 결국 가슴이 진탕되고 목으로 피가 역류해 힘껏 토해냈다. 그와 동시에 금의 줄 여섯 현이 동시에 끊어졌다.

울컥… 챙! 푸하……!

머리가 어지럽고 다리가 풀려 버려서 털썩 주저앉은 서태우를 보며 단청이 재빨리 그의 명문혈에 대고 진기를 불어넣어 주었다.

"크악!"

한 번 더 검은 피를 게워낸 서태우의 얼굴이 안정을 되찾자 단청이 전음을 날렸다.

"잠시 쉬어. 쉬면 좋아질 거야."

고통을 참으며 미미하게 고개를 끄덕인 서태우가 다시 바닥에 앉을 때, 한쪽에서 엄청난 인파에 둘러싸인 이곳에 이제야 당도한 구비화가 복면을 쓴 나일과 단청을 바라보며 입에서 나오는 대로 소리쳤다.

"복면산선!"

구비화의 목소리에 반응을 드러낸 것은 나일이었다.

단청이야 서태우를 챙기고 있느라 다른 것에 신경 쓸 틈이 없었지만 단청의 행동을 구경하던 나일은 귀에 익은 목소리로 복면산선을 부르짖는 사람에게 무의식적으로 고개를 돌렸다가 구비화를 보게 된 것이다.

"사형, 빨리 떠야겠습니다."

나일은 아직 자신이 복면산선이라고 밝혀지는 게 두려웠다. 기껏 구비화가 복면산선에게 호감을 갖기 시작했는데 벌써 자신이 그 복면산선이라는 걸 알게 되면 끝장이다.

"왜?"

"저… 시합 있잖아요."

"멀었잖아."

"그래도… 너무 사람이 몰려들었으니… 이쯤에서 자리를 피하죠……"

나일과 단청은 전음으로 서로 이야기를 나눈 후 자리를 피했다. 그리고 나일은 피하면서도 구비화에게 한쪽 눈을 찡긋해 주는 것을 잊지 않았다.

'조금 있다 보자구.'

속으로 며칠 전에 보낸 편지를 떠올리며 자신을 응원하러 와줄 구비화를 기대하고 있는 것이다.

영웅로의 끝에서는 또 한 명의 공연이 시작되었다. 음악이 아닌 조각을 하는 공연.

서태우가 있는 곳과는 끝에서 끝인 곳으로 열정을 지나쳐 거의 광기에 휩싸인 그곳과는 달리 한적한 분위기에서 북궁주희도 예관생으로서 영웅연에 처음으로 참가하고 있었다. 매년 이맘때면 사람들이 많이 몰려들기에 기숙사에 머물며 밖을 돌아다니지 않았던 그녀였지만 올해는 무슨 생각에서인지 영웅연에 참가한 것이다. 하나 아직은 탁자 위에 앉아서 무언가 골똘히 생각만 하고 있을 뿐.

북궁주희도 알고 있었다.

나일, 그 자식이 영웅무제 결승전에 올랐다는 것.

누구보다도 더 보고 싶었다.

"싸움도 못했던 게……."

북궁주희는 예전의 나일을 떠올리며 피식 웃었다.

'가볼까? 아니야.'

북궁주희는 마음속에서 갈등이 일었지만 조금 더 참기로 했다.

누군가에게 물어보고 싶었다.

'자신을 죽인 사람에 대해서 어떻게 생각할까? 나를 용서해 줄까?'

온갖 생각들이 머리 속을 떠돌았지만 정작 누구에게도 털어놓지 못했다.

아니, 털어놓고 싶지 않았다. 그 순간 나쁜 말을 듣는다면 참아내지 못할 것 같아서.

'단청, 나를 좀 도와줘.'

단청이라면 자신이 어떻게 해야 하는지를 알고 있을 것 같다. 그를 생각하자 마음이 편해졌다.

그라면 자신에게 힘이 되는 말을 해줄 수 있을 것 같았다.

북궁주희가 파천검을 꺼냈다.

서걱서걱.

마음을 안정시키기 위해 조각을 하는 것이다. 한 번도 보지 못했지만 손의 느낌만으로 하나둘 모양을 만들어갔다.

'휴우~ 단청.'

언젠가 한 번 만져 본 단청의 얼굴을 상상만으로 조각한 것이다. 조금씩 마음이 진정되면서 조각을 다 끝내놓았을 때는 편안해지기까지 했다. 그리고 이번에는 어제 구비화가 부서뜨린 나일에 목각 인형을 조각하기 시작했다.

약간은 찌푸린 모습. 북궁주희가 나일을 떠올리면 늘 언짢은 표정으로 안면 근육을 실룩이던 모습이어서 그런지 조각상도 늘 그 모습이었다.

한참 그렇게 나일을 조각해 나가다가 문득 잘 만들어지고 있는지 확인차 북궁주희의 손이 조각상의 얼굴 부분에 닿았다. 그 순간 벼락을 맞은 것 같은 기분이 들었다.

'나일의 얼굴이⋯⋯!'

북궁주희의 손이 부르르 떨렸다.

나일에 얼굴을 떠올리며 조각을 했다. 조각을 하는 도중 무심결에 만져 본 조각의 얼굴은⋯ 단청의 얼굴이었다.

'이럴 수 없어! 왜?'

갑자기 자신이 무서워졌다. 그새 친해졌다고 단청을 마음속에 그렸던 것일까?

북궁주희가 잠시 파천검을 내려놓았다. 살며시 쥐고 있던 목각 인형을 세게 잡았다. 그리고는 으스러져라 목각 인형을 누르기 시작했다.

'난 정말 나쁜 아이야.'

스스로 자신을 책망하는 북궁주희의 눈이 조금씩 벌게졌다.

그런 북궁주희를 보며 다른 한 사내의 눈도 벌게져 갔다. 그 사람은 바로 영웅연을 구경하기 위해 궁을 나선 동창대영반 정염이었다.

영웅연을 즐기기 위해 매년 영웅학관을 찾아왔던 정염은 지금 온몸에 전율을 느끼고 있었다.

한 소녀, 능숙한 손길로 목각 인형을 깎는 그 소녀의 손에 쥐어진 소검! 그 소검은 잊을 수 없는 자신의 첫 번째 주군의 신표였다. 벌써 50년이라는 세월 동안 보지 못했지만 죽기 전까지 잊을 수 없는 진정으로 모셨던 그분의 신표를 보니 감개무량했다.

"주군······."

자신도 모르는 사이 소검을 보자 절로 무릎이 꿇어졌다.

그 옛날 정염은 천하에 위세를 떨치던 백련교도였다. 아니, 정확히 얘기하면 백련교 교주의 거처를 정리하던 시동이었다. 비록 시동일 뿐이지만 자신이 존경하던 분의 거처를 정리하고 청소하는 것은 그에게 있어 자랑거리였고, 그래서 늘 자부심이 가득했다.

그러던 어느 날 대륙의 황제라는 사람이 자신이 모시는 분께 공손히 절하는 광경을 목격했다. 그리고 그 황제라는 사람은 삼 일 동안 그분의 거처 앞에서 무릎을 꿇고는 천하인의 안민을 위해 어쩔 수 없는 선택이었다며 용서를 구했다.

그것이 마음을 움직였는지 그분은 자신을 보내 그가 천하인을 평안케 하고 있는지를 살피도록 하였고, 황제의 곁에 있기 위해서 정염은 스스로 거세를 하고는 황제가 천하인을 위하도록 직언을 하며 그를 새로운 주군으로 모시고 오십 년을 황궁에서 보냈다.

정염은 잊고 있던 예전 주군의 신물 파천검을 발견하자 당장이라도 어떤 관계냐고 묻고 싶었다.

그래서 천천히 북궁주희를 향해 걸어가기 시작했다.

"헉!"

정염은 그 소녀를 향해 걸어가다가 멀리서 나일이 그녀를 지켜보고 있다는 것을 발견했다.

'저 자식이 왜 또 저기 있는 거야!'

잠시 갈등의 시간이 왔다.

그렇지만 그리 길지는 않았다. 그녀의 얼굴을 봐두었으니 다음에라도 찾아 나서면 된다. 지금은 나일에게 자신이 여기 온 것을 들키면 안 된다. 저놈과 마주쳐서 좋은 꼴이 된 적이 한 번도 없었다. 정염은 다시 한 번 그 소녀의 얼굴을 확인하고는 등을 돌려서 조용히 사라졌다.

영웅학관의 개교 기념을 자축하는 영웅연의 꽃 영웅무제의 결승전이 벌어지는 장소는 바로 영웅학관 정문에 자리하고 있는 영웅호 위였다. 학관 내 문관사이며 기관학의 대가인 월차인(月次認)이 직접 설계하여, 마치 물 위에 떠 있는 듯한 착각을 일으키는 반경 십 장 크기의 비무장이 영웅호 위에 지어진 것이다. 결승전이 시작되려면 아직도 한 시진가량이나 남아 있었다. 하나 이미 이것을 구경하려고 몰려온 무인들과 관생들, 그리고 장사치로 인해서 영웅호 주변은 빽빽하게 사람들로 차 있었다.

지금이 이럴 정도이니 영웅무제의 시작을 알리는 종소리가 타종되고 불꽃놀이가 한판 벌어진 후라면 아마 사람이 사람 위에서 봐야만 하지 않을까 싶을 정도로 벌써부터 비무장 근처의 열기는 후끈 달아오르기 시작했다.

소란스럽던 비무대 주위가 시합 개시 시간이 다가오자 점점 조용해져 갔다. 그리고 한마디의 소리도 들리지 않고 모두가 목구멍 안의 침을 꿀꺽 삼킬 무렵이 되자 시합 전야의 타종이 울려 퍼졌다.

"나일 이놈, 감히 도망을 가!"

하동구가 비무대 위에 올라온 나일을 향해 전음을 보냈다.

"뭘 그런 걸 아직도 기억하세요, 쪼잔하게."

나일은 자신은 벌써 잊었다는 얼굴로 하동구를 쳐다봤다.

그래 봤자 하루밖에 지나지 않았다. 그리고 벌써 산해는 나일에 뱃속으로 모두 사라진 후였다.

"네 이놈! 두고 보자!"

"에이, 기분 푸세요."

하동구는 자신을 향해 실실 쪼개는 나일을 한 번 노려본 후 비무대 중앙에 섰다.

"지금부터 영웅무관의 도전 소속 나일과 검전 소속 당민삼의 영웅무제 결승전을 시작하겠습니다."

무관사 하동구의 말이 끝나자 관중들의 환호성이 울려 퍼졌다.

"와아~"

"당민삼 이겨라!"

"나일 이겨라!"

결승전에 비무자의 이름이 비무대 바로 밑에 쓰여 있기에 구경 온 사람들이 저마다 그것을 보면서 소리를 질러댔다.

비무대 위에서는 나일과 당민삼이 서로를 마주 보고 있었다.

십여 년 전 당문에서 거의 반년간의 싸움 동안 121전 121패를 당했던 나일이었다. 하나 이제는 결코 지지 않을 자신이 있었기에 여유만만한 웃음을 지으며 먼저 당민삼에게 손을 내밀었다.

"당삼아, 나를 배신한 그 값을 오늘 치러주마!"

원래 속이 좁았던 나일이 예전의 일을 거론하곤 빙글 웃으며 악수를 청하자 당민삼도 웃으면서 손을 맞잡았다.

"나일, 살살해라. 그때는 본의가 아니었어, 알다시피."

"흥, 누가 뭐래냐. 아무리 그래도 그때 받은 돈으로 술 한잔은 사야 하는 거 아니야! 그런데 넌 술값도 내기 전에 뻗어가지고 내가 다 냈단 말이야!"

"알았어. 그것 때문에 삐쳤구나?"

"뭐야, 사나이대장부 나일이 그런 쫌생이인 줄 아냐. 나는 다만……."

둘의 대화가 길어지자 적안마검 하동구가 재빨리 시합 개시를 외쳤다.

"시합 개시!"

당민삼이 심호흡을 한 뒤에 검을 사선으로 쥐었다.

나일은 원래 감산도를 가져와야 했지만 구비화가 본다면 분명 산적 조카답다고 할 것 같아서 고심 끝에 감산도를 들고 오지 않아 오직 빈 주먹뿐이었다. 물론 빈 주먹이라 해도 우승을 하는 데는 아무 문제 없다는 자신감도 한몫을 했다.

"간다!"

"올 테면 와라. 아마 후회할걸."

당민삼의 말에 나일이 농담 식으로 대꾸했지만 당민삼은 말을 한 후 정중했던 기도 속에 강렬한 기운을 더해서 나일에게 달려들었다.

"타아앗!"

당민삼은 낭랑한 기합 소리와 함께 바닥을 박차고 나일의 정면을 향해 검을 들이댔다.

슈아앙!

당민삼의 검에서 보이지 않는 기운이 회오리치듯 검을 감싸 안았다.

그 기운은 소용돌이로 인해 하나의 점을 노리던 검의 기세를 팔방으로 흩뿌리면서 나일의 각 방위를 압박해 왔다.

나일은 당민삼이 하는 행동을 멀뚱하게 지켜보다가 검이 팔방을 짓쳐 들다 어깨를 노리며 합쳐 들자 그제야 몸을 피했다. 일격을 피하기는 했지만 이미 가속도가 붙어버린 당민삼의 검은 멈추지 않고 다시 한 번 나일의 어깨를 노리며 달려들었다.

"어라?"

방심한 상태에서 제법 매서운 공격이 연이어 다가오자 나일이 놀랐는지 발걸음을 빨리했다.

무하신공 무형환위(無形換位).

나일도 급속히 속도를 내어 내미는 발을 딛자마자 다시 한 발을 끌어 당기고는 돌아서 당민삼의 등 뒤로 몸을 옮겼다.

"역시 당삼이야. 제법 하잖아."

여유만만한 표정으로 나일은 당민삼에게 전음을 날린 후 맨주먹으로 쏜살같이 당민삼을 향해 돌진했다.

그 속도는 방금 전에 당민삼이 공격해 들어갔을 때와는 수준이 달랐다. 마치 공간을 찢고 불쑥 다가서는 듯한 공격에 당민삼은 급한 김에 검을 몸으로 붙이며 돌아서서 대응을 했다.

'한 박자 늦었군.'

당민삼은 속으로 그런 생각을 하고는 한 대 맞을 것을 각오했지만 기다렸던 나일의 주먹은 갑자기 눈앞에서 속도를 늦추어 당민삼이 잡은 검을 붙들었다.

"이런, 당삼이 한 대 벌었네. 내가 어렸을 때부터 너한테 얼마나 맞았는지 알지?"

나일이 당민삼의 검에서 손을 떼자 당민삼도 검을 버리고는 맨손으로 나일에게 덤벼들었다.

"자, 이제 진짜로 할까, 친구?"

나일이 말하자 당민삼도 고개를 끄덕였다.

"자, 그럼 십 년 만의 재대결, 이름하여 나일의 당민삼에 대한 복수전을 시작합니다!"

누가 뭐라 그래도 나일은 자신의 친구이자 죽마고우인 당민삼과 이렇게 비무대 위에서 시합을 벌이는 게 신나서 그 순간을 유지하고 싶은 마음에 당민삼의 수준에 맞춰 공력을 운용했다.

휘유우웅!

한낱 이십 대 청년들의 비무라고 할 수 없을 정도로 격렬한 대기의 울림이 전해져 가면서, 그들은 어렸을 적 그랬던 것처럼 그렇게 검을 들지 않고 맨주먹으로 상대의 코피를 터뜨리기 위해 손과 발을 놀렸다. 이 신나는 박투(搏鬪)를 관중들도 숨죽인 채 구경하고 있었다.

한참을 당민삼의 공격을 여유있게 피해가며 싸우던 나일이 무심코 비무대 아래를 내려보았다.

그 순간 애타게 당민삼을 보면서 두 손을 모아 기도하고 있는 한 여인이 눈 속에 들어왔다. 이언지였다. 정말 간절히 당민삼의 승리를, 아니, 당민삼의 안위를 바라고 있었다.

나일은 잠시 소강 상태를 유지하는 와중에 다시 한 번 비무대 아래를 둘러봤다. 아무리 둘러봐도 없었다.

당민삼의 팔을 잡고 빙글빙글 돌아가며 구비화의 모습을 찾았지만 그녀의 모습은 보이지 않았다.

'도대체 어디 있는 거야.'

나일은 당민삼과 어울려 손발을 부딪치면서도 끈질기게 구비화의 모습을 찾았지만 그녀는 보이지 않았다. 갑자기 비무를 하는 것이 귀찮아졌다.

　구비화에게 영웅무제에서 우승한 멋진 모습을 보여주고 싶었는데……

　'구비화… 구비화……'

　분명히 노진이 서신을 전해줬을 텐데.

　나일은 다시 한 번 비무대 아래를 자세히 훑어봤다. 역시나 구비화의 모습은 보이지 않았다. 나일이 작은 한숨을 쉬고는 멀리 고개를 돌렸다. 그리고 그 순간 구비화의 모습을 발견했다.

　"앗!"

　당민삼과의 비무 도중이었지만 구비화 찾기를 게을리 하지 않아서인지 하늘의 도움으로 구비화를 찾기는 했다. 하지만 구비화는 영웅호에서 조금 떨어진 곳에서 주연발 옆에 꼭 붙어 있었다. 이곳의 비무는 관심도 없는지 구비화의 시선은 주연발의 얼굴에 멈춰져 있었다.

　이제는 귀찮음을 넘어서서 모든 것이 허무해졌다. 구비화의 마음은 저 기생오라비처럼 생긴 주연발에게 모두 가 있었다. 자신이 어떻게 하든 그것에는 변함이 없었다. 그것을 이제야 깨달은 것이다. 자신이 들어갈 틈은 전혀 없어 보였다. 구비화의 눈동자… 그 속에 담긴 사람은 주연발인 것이다. 나일은 고개를 당민삼에게로 향했다.

　'당민삼… 너는 정말 언제나 부러운 놈이구나. 너란 놈은 내가 항상 되고 싶은 존재였지.'

　나일은 잠시 붙잡고 있던 당민삼의 팔을 떼어놓고 속으로 그런 말들을 중얼거렸다.

　"이제 끝을 내보자고."

당민삼의 안색이 굳어졌다.

왠지 갑자기 활기가 빠진 듯한 나일의 목소리가 마음에 걸렸고, 이제 껏 즐기듯 하던 비무가 끝나는 게 아쉬웠다. 사실 당민삼은 자신이 나일 에 상대가 되지 않는다는 것을 처음부터 알고 있었다. 사천에서 나일이 보여준 무위는 생전 처음 보는 광경이었다. 게다가 지금 시합에서도 나 일은 전력을 사용하지 않고도 자신을 또 다른 무공의 세계로 이끌어주고 있었던 것이다. 아쉬웠다. 이 좋은 기분이 계속 이어지지 않는 게 너무도 아쉬웠다.

"그럴까?"

나지막하게 고개를 끄덕이며 당민삼이 손을 교차시켰다.

당민삼이 당문의 절예인 당가십이수를 펼치려고 하는 것이다.

그의 손이 세 개, 네 개로 나뉘더니 순식간에 수백여 개로 늘어나서 나 일의 온몸을 격타하기 위해 다가왔다.

"이야압!"

당민삼의 기합 소리는 나일의 귀에까지 전해졌다.

나일도 당민삼을 맞아 주먹을 들어 부딪쳤다. 빠르지도 않고 느리지도 않게, 그러면서도 강(剛)하지 않으며 유(柔)하지도 않은 그런 주먹이 나 일의 손에서 펼쳐진 것이다. 얼핏 보면 무공을 익히지 않은 시정잡배나 펼쳐 보일 것 같은 그런 기세.

무하신공 무상환타(無上幻打).

쿠아앙!

둘 사이의 공기가 찢어발겨지는 듯한 진동이 들려왔다.

"크으윽!"

나일의 손이 당민삼이 뻗은 수백의 손을 감싸자 누구의 비명 소리인지도 모르는 그런 음성이 터져 나왔다.

그 순간 엄청난 굉음과 함께 영웅호의 물이 튀어 올라 관객들의 시야를 가려 버렸다.

그리고 이언지가 그 순간 눈을 감은 채 기도하던 모습 그대로 자리에서 벌떡 일어났다.

'결과는? 비무는 어찌 되었는지…….'

갑작스레 터진 심각한 파공성에 이언지가 감았던 눈을 떠서 비무를 벌이고 있던 비무대 위를 바라보았다.

서서히 물방울이 내려앉자 장내가 고요해졌고, 사람들의 시선은 일제히 두 사람에게 가 있었다. 그곳에는 바른 자세로 서 있는 나일과 약간 무릎을 구부리고 뒤로 밀린 흔적이 역력한 당민삼이 있었다.

'당 공자가 졌어! 많이 다치지 않았어야 하는데…….'

이언지는 안타까운 눈으로 당민삼을 쳐다보았다.

반면에 멀찌감치 떨어져서 단청은 나일이 서 있는 비무대를 한 번 바라보더니 고개를 저었다.

'왜 일부러 져주는 거지?'

털썩.

단청의 생각과 동시에 나일이 한쪽 무릎을 꿇었다.

"당삼, 난 항상 네가 부럽다. 부디 행복하기를 바란다."

나일은 한순간 씨익 웃으면서 한쪽 눈을 찡긋했다.

그리고 마치 모든 진기를 쏟아내 지친 듯이 허물어져 갔다.

"나일, 이 녀석 너……!"

쓰러진 상태에서 나일이 당민삼에게 전음을 날렸다.

"젠장. 잔소리할 생각 마라. 지겹지도 않냐? 한 번이라도 그냥 넘어가는 법이 없어, 어렸을 때부터."

나일이 쓰러지고 당민삼이 오연한 기세로 서 있자 비무대 아래에서 환호성이 터져 나왔다.

"왜? 왜 그랬지?"

아직 남아 있는 진기를 가까스로 끌어 모아 당민삼이 나일에게 전음을 날렸다.

"그야… 네가 좋아하는 여자가 너를 보고 있잖냐? 빨리 가보라고."

기절한 모습으로도 잘만 전음을 날리는 나일을 보며 당민삼도 빙긋 웃음을 지었다."

"당민삼! 당민삼!"

사람들의 환호 속에서 당민삼이 이언지에게 천천히 다가갔다.

얼굴이 잘 익은 사과처럼 붉어진 이언지는 당민삼이 비무로 인해 지친 몸을 이끌고 다가오자 어쩔 줄을 몰라 했다.

"이언지 소저."

"네."

수줍은 이언지의 음성이 울리자 영웅무제를 관전하던 사람들은 방금 전 나일과 당민삼의 시합 때처럼 숨을 죽였다. 다시 비무대 아래는 적막에 싸여갔다.

"소저, 당신을 오랫동안 바라보았소. 나와 조금만 더 가까운 사이가 되면 안 되겠소? 지금이라면 당신이 허락해 줄지도 모르겠다는 기분에 이렇게 고백하는 것이오."

'바보. 내가 좋아했던 사람, 그 사람이 바로 당신인데……'

잔잔하게 말하는 당민삼의 말에 속으로만 대답하고 겉으로는 당황한 기색이 역력한 이언지를 보며 당민삼은 바보 같은 일을 했다는 기분이 들었다.

"미안하오. 찰나의 기분에 이끌려 이렇게 당신을 난처하게 하다니…
하지만 언제까지나 당신만을 바라보겠소."

슬픈 듯한 눈빛으로 등을 돌리는 당민삼의 귀로 이언지의 투명한 음성
이 들려왔다.

"좋아요."

아주 작게, 단 한 번 내뱉은 그 말은 모든 관중이 정적을 유지하는 가
운데 나직하게 울려 퍼졌다.

부끄러운 듯 수줍은 목소리로 단 한 사람 당민삼에게만 한 말이었는데
비무대 아래 모든 사람이 다 들었는지 그 순간 영웅무제의 승부가 갈려
졌을 때의 크기만큼이나 엄청난 환호성이 터져 나왔다.

"와아! 와아! 와아!"

"축하해!"

"보기 좋은데."

당민삼의 입도 믿을 수 없을 만큼 커지며 함박웃음을 피워냈다.

이언지가 말했을 때는 잘못 들은 줄 알고 환청인가 했는데, 자신이 들
은 말이 이언지의 입에서 나왔다는 것을 모든 사람들이 증명해 주자 당
민삼은 이언지를 향해서 몸을 돌렸다.

"고맙습니다."

우선은 이언지를 향해 깊게 읍을 하고는 여전히 환한 미소로 축하를
보내오는 관중들에게 일일이 포권을 취해 보였다. 그리고 쓰러져 엄살을
피우는 나일에게도 전음 날리는 것을 잊지 않았다.

"나일, 고맙다, 정말 고맙다……."

이렇게 영웅연의 축제의 밤은 시작되고 있었다.

제35장
마교에서 파견된 사람들

"첫째 형, 그러니까 그 꼬맹이 말은 우선은 주태란 놈을 도와주고 북경 근처에 있는 마옥지라는 마신풍의 손녀를 찾아서 데리고 와달라는 거야."

비쩍 마른 대나무 꼬챙이처럼 생긴 중년인이 입을 열었다.

"그렇지. 그것도 십만대산에서는 모르게."

"그걸 왜 우리가 해야 하는 거야?"

덩치가 산만한 중년인이 심드렁하게 대답했다.

"어쩔 수 없지. 우린 세 가지 소원을 들어주기로 했으니까."

"젠장, 형 때문이야. 우리가 이게 무슨 꼴이야. 천하의 혈우삼마(血雨三魔)가 다 늙어서 남의 심부름이나 다니고."

"그래도 간만에 강호에 나왔으니 즐기자고."

"에이, 이래서 어떻게 즐기자는 거야. 몰라, 난 안 갈래."

마치 어린애처럼 떼를 쓰는 중년인을 달래며 덩치가 산만한 중년인이

길을 재촉했다.

"막내야, 둘째는 즐기고 싶어도 약속을 위해 인질로서 남아 있잖냐. 어서 빨리 갔다 와야지."

"에이, 젠장."

막내는 마지막까지 투덜거리다가 검을 뽑아 숲에다가 두어 번 휘두르고는 검을 다시 검집에 꽂았다.

"둘째 형, 빨리 돌아올게."

그들이 떠난 후 숲 속에는 아무런 조짐도 없는 듯했다. 하지만 잠시의 시간이 지나 바람이 조금씩 불어오자 숲 전체에 거대한 글자가 새겨져 갔다.

풍파강호(風波江湖).

"하하하! 크하하하!"

적인법왕은 동굴 가득 울려 퍼지도록 앙천광소를 터뜨렸다.

"그래, 이 지긋지긋한 울림도 이제 끝이다. 크하하!"

다시 한 번 크게 웃으며 적인법왕은 고개를 돌려 땅에 꽂혀 있는 곤명검을 바라보았다.

상상의 동물이라는 기린이 선명하게 새겨진 매혹적인 검에서는 무언지 모를 요기가 스멀스멀 흘러나왔다.

"그만 좀 울어라. 이제 내가 꺼내줄 테니 좀 닥쳐라!"

진동을 멈추지 않으면 한 대 때릴 것 같은 말투와는 달리 적인법왕은 곤명검을 조심스럽게 들어서 탁자 위에 올려놓았다.

탁자 위에는 수많은 기호가 써진 종이들과 서책들이 널려 있었다.

저벅, 저벅, 저벅.

"오랜만입니다."

인사와 함께 들어온 중년인은 삼뇌사안 신무환이었다. 그는 그동안 적인법왕이 끙끙거리며 풀지 못했던 난제를 드디어 풀었다고 기별이 오자 만사를 제치고 달려온 것이다.

"그래, 어서 오시게."

적인법왕도 어느 때보다 밝은 얼굴로 신무환을 반갑게 맞았다.

"그동안 안녕하셨는지요. 자주 찾아뵈려고 했는데 공무가 많다 보니……."

신무환은 미안한 기색을 보이며 의례적인 인사를 건넸다.

"됐네. 그것보다 이리 와보게."

적인법왕은 신무환에게 자리를 건네고는 책장을 뒤적였다.

"무슨 좋은 일이라도……."

"그럼 좋고말고. 우선 내 얘기를 들어보게."

적인법왕은 신무환에게 기호들이 가득한 종이를 건넸다.

"이것들이 무엇인 줄 아는가?"

짧고 굵은 막대들만이 표시된 종이만으로 무엇인지 맞추기엔 단서가 부족했다.

"모르겠습니다."

마교의 군사이며 삼뇌사안이라는 별호를 가지고 있는 신무환이 얼굴을 구기면서 솔직하게 대답했다. 이것은 평범한 집 한 채를 달랑 그려놓고는 이곳이 어디냐고 묻는 것과 같은 질문이었다.

"좋아, 좋아, 나는 그런 점이 좋아. 나는 자네의 그 솔직함이 너무나 마음에 든단 말이야."

무슨 소리인지 몰라 자신의 입을 바라보는 신무환을 향해 적인법왕은 쉴 새 없이 입을 열었다.

"마교의 군사라는 직책에 있으면서도 모르는 것은 모른다고 직선적으로 말하는 자가 어디 흔한가?"

비아냥인지 칭찬인지 애매모호하게 말을 한 후 적인법왕은 종이를 찢었다. 그리고는 손바닥으로 삼매진화를 일으켜 흔적도 없이 태워 버렸다.

"엇!"

놀라는 신무환의 표정을 보는 게 재미있었는지 적인법왕이 고개를 숙이며 웃었다.

"크크크, 뭘 그리 놀라는가? 사실 나 역시도 저 종이만 가지고는 아무것도 알 수 없다네. 그럼 이것은 알아보겠는가?"

'또 무슨 장난인가?'

이미 적인법왕이 장난을 좋아하고 누군가를 놀리는 것을 즐긴다는 사실은 교내에 파다하게 퍼져 있었다. 주책이라고 다들 생각했지만 감히 그런 말을 입 밖에 꺼내는 자는 아직 없었다. 적인법왕이란 인물의 비위를 거슬렀다가는 장난으로 끝나는 게 아니고 목숨을 잃어야 한다는 것을 모두 잘 알고 있었기 때문이다.

가슴에서 한 장의 종이를 꺼내어 신무환에게 건넨 후 적인법왕은 탁자 위에서 한 권의 책을 집어 들었다.

"이것은 모림토 기호가 아닙니까?"

처음에는 곤혹스러운 표정을 짓다가 무언가를 생각해 낸 신무환의 입에서 애매한 음성이 새어 나왔다.

"역시 삼뇌사안이군. 명불허전(名不虛傳)이야. 신화 속에 나오는 모림토 기호를 알아보다니."

적인법왕이 진심으로 감탄한 기색을 드러냈지만 신무환의 얼굴은 자랑스러운 기색이 아니었다.

"그렇지만 무슨 뜻인 줄은 하나도 모르겠군요."

신무환의 말에 적인법왕은 어깨를 으쓱였다. 그리곤 그 종이를 받아서는 삼매진화를 일으켜 태웠다.

"그것은 당연하네, 나 역시 이것만 가지고는 아무런 해석도 할 수 없으니까. 다만 상상을 초월하는 지식을 가진 이라면 가능하겠지만, 내 생각에는 당금 천하에는 없다고 여겨지네. 내가 맨 처음 건네었던 종이에서 방금 보여준 종이로 내용을 해석해서 옮겨 적는 것도 나 아니면 세상 그 누구도 불가능하다고 생각하네. 하나 이제는 그 두 장의 종이도 재가 되었으니……."

적인법왕은 오만한 태도를 보이며 스스로를 한껏 치켜세우곤 장난을 치듯 말꼬리를 멈췄다.

"그것이 무엇이온데……."

적인법왕이 이렇게까지 이야기하는 이유가 무엇인지 궁금해진 신무환은 더 기다리지 못하고 재촉했다.

"자, 그럼 이것을 한번 보게."

적인법왕이 가슴에서 다시 한 장의 종이를 꺼내어 주자 그것을 읽어 내려가는 신무환의 눈에 경악의 기색이 비쳤다. 이에 따라 말까지 더듬거렸다.

"이, 이럴 수가! 이게 사실이란 말입니까?"

사실임을 확인시켜 달라는 신무환의 말에 적인법왕은 기분 나쁘다는 표정을 드러내며 시큰둥하게 대답했다.

"그럼, 내가 거짓말이라도 한단 말인가? 아니면 내가 없는 것을 지어내기라도 한단 말인가?"

"아, 아니, 도저히 믿기지 않는 일이라… 그, 그런데 이런 일이 실제로 가능하단 말입니까?"

아직까지도 믿을 수 없다는 표정을 고스란히 드러내 보이는 신무환이었다.

"흠, 그것도 이미 조사를 해보았는데 가능할 것이네, 분명히 가능한 일이네."

적인법왕이 시선을 신무환에게 주며 확신에 찬 어조로 한 자 한 자 힘있게 토해내었다. 그리고는 그 마지막 종이를 완성하기까지의 일들을 들려주며 신무환에게 건네주었던 종이마저 삼매진화를 일으켜 태워 버렸다.

"이 곤명검의 울림이 무엇을 의미하는가를 깨달은 것은 이 울림의 진동이 때론 길고 때론 강하게 무엇인가를 이 검 밖의 사람에게 전해주려는 것이라 생각하게 된 후였네. 그때가 바로 군사가 이 검에 얽힌 이야기를 들려주고 난 후였지. 그래서 무작정 이 검의 울림을 선으로 표현해 보았네. 그것이 맨 처음 본 종이지. 일정한 주기를 두고 반복적으로 단진동과 장진동, 그리고 아홉 세기의 진동(강강, 강중, 강약, 중강, 중중, 중약, 약강, 약중, 약약)을 반복적으로 듣고 적은 후 이것의 의미를 알기 위해 상고 시대의 글과 기호들을 접하다가 이것이 모림토 기호라는 것을 알게 되었네. 아주 운이 좋았지. 자네도 알다시피 모림토 기호는 이 마교가 세워지기 이전 가루라는 전설의 영물 현신이었다고 칭해지는 혈마 사마축이 중원을 제패했던 시기의 기호이네. 다행히 가림토 기호에 대한 자료와 마교 설립 이전인 혈마 시대 때의 유물을 누군가가 오래전부터 체계적으로 정리해 놓아서 이것을 모림토 기호로 바꾼 후 모림토 기호에서 지금의 언어로 변화시킬 수 있었네. 무엇 하나 쉬운 일은 없었지만, 보이지 않는 누군가의 도움 덕분에 일이 술술 풀렸네. 보았다시피 곤명검은 이렇게 이야기하고 있네, '꺼내줘'라고. 그리고 그 방법 또한 제시하고 있네."

"방법이라니요?"

상상을 초월한 적인법왕의 이야기에 놀란 눈으로 신무환이 그의 얼굴을 바라봤다.

"놀라지 말게. 이 검(劍) 속에는 정말 영혼이 들어 있고, 무려 삼천 년 동안이나 살아온 것이네. 그 영혼을 꺼내기 위해서는 세 가지의 물건이 필요하다네."

입가에 웃음을 띠며 적인법왕은 한껏 경악한 신무환의 표정을 유유히 구경하면서 말을 이었다.

"그 하나는 북해에 있는 사람의 몸에 돼지의 얼굴을 가졌다는 전설 속의 괴물인 반돈인(半豚人)이 지니고 있던 빙정이라네. 이것은 현재 북해빙궁 궁주의 신물이지."

신무환의 얼굴이 침중해졌다. 빙정(氷晶)이 필요하다니… 그것을 얻기 위해서는 북해빙궁과의 싸움으로 끝나는 것이 아니라 기필코 그들을 멸문시켜야 한다는 것을 의미한다. 빙정은 북해빙궁에 있어 그들 자체였다. 차가운 기운을 자연적으로 발해서 한기(寒氣)를 북돋아주어서 북해빙궁의 절기인 한빙심공(寒氷心功)의 성취를 빠르게 해주는 무가지보이다. 그러므로 빙정을 얻기 위해서는 최소한 마교의 삼 분의 일의 힘이 소모되는 것을 막을 수 없었다.

"그리고요?"

딱딱한 안색을 풀기 위해 신무환이 다시 입을 열었다.

"두 번째는 남만의 고루마왕이 지녔던 해골환이라네."

"해골환이라고요?"

신무환의 표정이 또다시 굳어졌다. 이번에는 아까와는 다른 이유로 굳어진 것이다. 빙정이 실존하는 신외지물이라면 해골환은 이미 사라진 것이기 때문이다.

남만 지방에서 전설적으로 내려오는 신물의 이름이 해골환(骸骨環)이었다. 이것 역시 무가지보로, 죽은 자의 시체를 조종할 수 있는 마력이 담겨 있다는 신물이다. 어찌 그가 이것을 모르겠는가? 이백 년 전 마교와 묘강의 만독문 사이의 싸움 때 만독문이 멸문지경에 이르자 최후의 방법으로 만독천황강시를 제조하기 위해 해골환을 녹였던 것이다. 그러나 마교가 아직 제련되지 않은 만독천황강시를 파괴하여 그 싸움을 끝냈었다. 그렇게 사라져 버렸다고 알려진 신물이니…….

"해골환은 이미 전설이 돼버린 신물이 아닙니까?"

적인법왕이 신무환의 말에 고개를 끄덕이면서 나지막하게 목소리를 깔았다.

"이것은 기밀인데… 고대의 주술서 중 환차야환(還差治環)이라는 책이 있네. 들어본 적이 있는가?"

신무환이 고개를 저었다. 그러자 적인법왕의 얼굴에 실망감이 엿보였다.

그 책에는 전설의 신지에 관한 기록과 함께 오만 가지의 신묘한 약재와 신물의 서열이 매겨져 있었다. 적인법왕도 사실 이 책을 마교의 서고에서 우연히 발견한 것뿐이었다.

너무나 대단한 책이었고 먹물의 상태가 쓰여진 지 얼마 되지 않은 듯 보여 혹시 신무환이 알지 않을까 하는 기대감을 가지고 던진 물음이었지만 신무환이 전혀 생소한 듯한 표정을 짓는 걸로 봐서는 아무래도 그 책의 저자를 아는 것은 요원한 듯싶었다.

"해골환은 사라졌지만 묘강 만독문의 만독천황대법(萬毒天皇大法)이라는 강시제독술을 시술할 수 있다면 거의 비슷한 효과를 볼 수 있을 것이네. 이 대법에 사용되는 마라혈수는 해골환을 녹였다고 하네. 마라혈수는 해골환의 공능을 모두 지녔기에 내 생각으론 그 효과가 대동소이할 것 같네만……."

"그런데요?"

적인법왕이 무엇인가를 감추고 있다는 생각에 신무환이 다급하게 물었다. 하나 적인법왕의 굳게 닫혀진 입은 쉽게 열려지지 않았다.

"무슨 문제라도?"

고개를 까닥이며 적인법왕이 곤명검을 쳐다보고는 나직하게 한숨을 쉬었다.

"휴우, 그렇네. 문제가 있네. 그것이 바로 세 번째 물건일세. 문제는 만독천황대법을 시전하기 위해서는 주화입마에 들었던 숫처녀가 필요하다네. 자네도 알다시피 이것은 까다로워도 보통 까다로운 조건이 아니네. 주화입마에 든다면 내공을 잃어버리는 그 즉시 죽음에 이르거나 백치나 폐인이 되는 것이 뻔한데 주화입마에 들고도 이상이 없는 자를 구하기가 얼마나 어려운가? 거기다가 순결한 처녀라니. 쯔쯔."

스스로도 말도 안 되는 조건이라 생각하는지 적인법왕이 말끝에 혀를 찼다. 그만큼 세 번째 물건 또한 구하기 어려운 물건이었다. 여자들이 무공을 익히는 경우가 드물지는 않지만 주화입마를 당할 정도로 상당한 경지에 이르는 경우는 드물었다. 아무나 주화입마를 당하는 것이 아니다. 최소 이십 년 이상 무공을 익힌 사람만이 주화입마에 드는 것이다. 오죽하면 사파에서는 주화입마를 넘어서지 않으면 이류고수로도 쳐주지 않을까.

근래에 주화입마에 들고도 이상이 없는 여고수에 대한 소문을 들은 적이 없었다. 거기에 숫처녀라니… 결혼을 하지 않았다면 나이가 어릴 수밖에 없었다. 그만큼 복잡하고 어려운 조건이었다.

과연 천하에 그런 사람이 있을까?

"그것들이 있어야만 곤명검이 일러준 치혼이환대법(致魂移換大法)을 할 수 있다네."

신무환의 안색이 어두워졌다.

"음… 제가 한번 구해보겠습니다. 아니, 만들어보겠습니다."

신무환의 말에 적인법왕이 흠칫 놀랐다.

"그것은 아주 어려운 일이네. 진실로 그것을 만들려 한다면 최소 이십 년의 시간과 만 명이 넘는 처녀라도 부족할 것이네."

"……."

신무환이 말이 없자 적인법왕은 자신의 입술을 지그시 깨물었다.

어찌 모르겠는가? 이것이 하늘을 거스르는 천인공노할 짓이라는 것을. 자신의 사부가 대법을 완성한다고 수많은 처녀를 농락한 것보다도 더한 짓이었다.

"포기하지 않겠나? 사실 나도 많이 갈등을 하고 있다네."

말없이 신무환은 고개를 저었다.

힘들어도 해야만 하는 일이 있다. 만인에게 지탄을 받는다 해도 알아 내야만 하는 일이 있다. 설령 실패하더라도 해야만 한다.

자신이 모시는 교주가 이것을 얼마나 원하던가? 교주는 곤명검에 큰 관심을 갖고서 곤명검에 관련된 신비를 풀어내 주기를 자신에게 신신당 부했다.

"휴우… 그러게나. 나도 내 남은 생의 목표를 치혼이환대법을 구사하 는 데 보내겠네."

신무환의 두 손을 맞잡은 적인법왕의 눈가에도 짙은 주름이 보였다.

반 시진 후 신무환의 집무실에서 중원 각지에 퍼진 마교의 첩자를 향 해서 수많은 전서구가 날리어졌다.

제36장

가자! 녹림대회로

"왜 오지 않은 거지?"

묻지 않을 수 없다. 확실히 듣고 싶었다, 그 이유를.

그런 나일을 싸늘하게 바라보고는 구비화가 등을 돌렸다. 지금껏 모처럼 주연발과 화기애애한 시간을 갖고 있었는데 나일이 나타나자 주연발이 슬그머니 자리를 피해서 둘만이 남게 된 것이다.

"나는 너랑 어울리지 않아."

아마도 나일이 자랑스럽게 생각하는 삼촌의 직업을 들먹이는 것일 테다.

"그럼, 어울리려면 어떡해야 하지?"

다급한 맘에 나일의 입에서 이 말이 튀어나왔다. 그런 나일의 낌새를 눈치 채고는 구비화가 무언가를 골똘히 생각했다.

'이 찐득이를 어떡해 떼어내지?'

이만큼 함부로 대하고 자신의 마음을 보여줬으면 물러나야 하는 것 아닌가?

하기야 자신이 이렇게 아름다우니 놓치고 싶지 않겠지. 그렇다면 불가능한 조건을 내걸어 포기하게 만드는 방법을 사용할 수밖에.

'무공도 강한 것 같던데… 그래, 멀리 보내는 거야! 아니면 시간이 오래 걸리는 것을 내거는 거야.'

구비화의 입가에 회심의 미소가 내걸어졌다.

"좋아. 나랑 어울리려면 적어도 무정왕룡 주연발님보다 더 전통있고 인원이 많은 곳의 주인이 되는 거야, 어때?"

나일의 미간이 잔뜩 찌푸려졌다. 구비화는 자신을 골탕 먹이려고 하는 것일 테다. 세상에 왕족보다 더 전통있고 인원이 많은 곳의 주인이 되려면 황제가 되는 방법밖에 더 있겠는가?

"나는 산적이 되고 싶은데……."

작은 목소리로 나일이 웅얼거리자 구비화가 버럭 소리를 질렀다.

"그래? 누가 산적 조카 아니랄까 봐! 됐어! 너하고 더 이상 이야기하고 싶지 않아!"

성큼성큼 뒤돌아 가는 구비화의 모습을 보며 나일도 발길을 돌렸다. 그 길로 기숙사로 돌아온 나일이 단청을 보며 폭탄선언을 했다.

"사형, 저 학관을 자퇴하겠습니다!"

이 모두가 영웅연이 끝난 직후에 일어난 일이었다.

"뭐?"

"자! 퇴! 한다고요."

또박또박 정확한 발음으로 자신의 의사를 전달하는 나일을 단청은 기가 차다는 식으로 쳐다보았다.

"그럼 난 어떡하라고?"

"그거야 사형도 사형의 길을 가고 나도 내 길을 가는 거죠."

나일이 퉁명스럽게 대꾸하자 단청의 머리 속에는 오만 가지 사념들이 스쳐 갔다.

'그렇다면 이제부터 빨래, 식사, 술, 그 외 기타 잔심부름 등등… 그 많은 걸 누구를 시킨단 말인가?'

결론은 쉽게 났다.

"그럼 나도 자퇴해야지. 암, 그렇고말고. 너를 지도해야지."

뜨악!

나일은 자신이 자퇴까지 생각하는 심정의 중심축 위에 단청이 서 있다는 것을 말해 주고 싶었다. 하나 곧이곧대로 표현할 수는 없었다.

"사형, 저도 이제 혼자서 경험해 보고 싶다구요. 더 이상 사형의 품에서 자라는 온실의 화초가 되고 싶지 않아요."

나일은 단호하게 단청의 말을 거절했다.

마치 단청이 한없이 고맙고 소중한 사람이지만 이제 더 이상 의지하고 싶지 않다는 표정까지 지으면서 말이다.

"그래, 그렇구나. 너도 어린애가 아니란 말이지. 이 일은 며칠을 두고 생각을 해보자꾸나."

어린애가 당장 무언가를 사 달라 할 때는 그 즉시 그것을 사주지 않고 며칠 정도 지나 다시 물으면 흥미를 반쯤 잃어버리는 법.

단청은 노련하게 그 자리에서 해결을 봐야 하는 것과 시간을 두고 해결 봐야 하는 것을 잘 구분하고 있었다. 그러나 이번 일이 순간적인 감정으로 던진 말이 아니라는 것 또한 느끼고 있었다. 그렇다면 방법은…….

"녹림대회."

나일의 정보통인 정성천은 나일과 오랜만에 함께한 술자리에서 세상 돌아가는 이야기들을 했다.

나일과 처음으로 술자리를 함께했을 때 나일이 산적이 되는 것, 그것도 천하무적의 산적이 되는 것이 꿈이라고 했던 것을 기억하고는 정성천은 마침 항간에 화제가 되고 있는 녹림대회를 술자리에서 화제로 올렸다.

"이런, 그럼 왜 나는 안 부른 거야."

와룡채라는 족보도, 산채도 없는, 게다가 이름조차 알려지지 않은 산채의 소유자. 그야말로 나일은 직책만 와룡채주가 아닌가?

"그거야 거기는 녹림칠십이채의 두목과 이름있는 산채만 초청을 받으니까 그렇지. 너랑은 아무 조건도 안 맞고 상관도 없잖아."

영웅무제를 치르면서 나일이 보여준 무위는 학관 내에서도 화제가 되었다. 내년도 영웅칠룡의 한 자리는 이미 맡아놓은 것이나 다름없었다.

물론 혜진과 매번 벌이는 일전이 더욱 화제였다. 세간에는 '오만잡룡(傲慢雜龍:오만한 데다가 거기에 안 좋은 것들이 모두 섞인 용)'과 '오만천룡(傲慢天龍:오만함이 하늘을 찌르는 용)'이라는 별호가 유력하다고 알려졌지만, 아직까지는 정식으로 나일의 별호를 거론하는 사람이 없었다. 사람들은 나일의 실력은 인정하지만 성격은 돼먹지 못했다고 생각해서 은연중에 그의 이름은 거론하지 않고 쉬쉬하는 풍토가 퍼진 것도 한 요인이었다.

그렇기에 지금의 정성천은 나일을 처음 봤을 때 자신이 잘못 판단했다는 것을 알았다. 그때는 자신과 비슷한 수준의 놈인 줄 알았는데 알고 보니 자신보다 한참 위의 경지에 있는 놈이었다. 그래서 지금 대답도 원래 자신의 성질대로 '이런 미친 새끼, 어딜 깝죽대'라고 하려 했지만 부드럽게 대답한 것이다.

나일은 술잔을 탁자에 내려놓고는 정성천의 멱살을 틀어쥐었다.

"잔말 말고 말해! 녹림대회가 어디서 열리는지, 그리고 그게 언젠데?"

"캑캑, 이것 좀 놓고 물어라! 목 아파."

그제야 자신이 과민 반응을 보인 것을 느끼고는 정성천의 목을 풀어줬다.

"칠월 칠일, 즉 칠석야에 호남성 호골채에서 열린다고 하더군."

"그럼 얼마 안 남았잖아. 잽싸게 움직여야겠네."

나일은 무엇이 급한지 술병을 들어 다 비워 버리고는 북향루의 문을 박차고 나섰다.

"참, 다음에는 내가 살게."

아련하게 울리는 나일의 목소리를 들으며 정성천은 얼굴을 찡그리며 점소이를 불렀다.

"에이, 또 속았네. 돈도 아직 못 받았는데⋯ 이봐! 이 집에서 제일 비싼 술로 내와! 젠장!"

노진은 학관의 입구에 들어서면 고개를 좌우로 돌려 두리번거리는 습관이 생겼다. 이것은 그 누구라도 그 인간을 마주해 봤다면 당연히 일어나는 후천적 경험에 의해 습득된 습관이라 할 수 있다. 걸리면 그냥 지나치는 법이 없다. 때리거나 심부름시키거나⋯⋯.

이미 학관을 들어서면 반갑게 짖어주던 산해와 진미도 없는 마당에 더이상 정 붙일 곳도 없어졌지만, 유림의 태산이라는 노가장의 후계자 노진은 오늘도 지옥보다 더 싫은 그 인간이 있는 학관 내로 살그머니 스며들어 왔다.

"진아."

"어, 협지 형."

다행인 것은 그나마 진미의 사건 때문에 서로 참혹한 경험을 공유한 마협지와 어느 정도 친해져서 정을 붙일 만한 곳을 새롭게 발견한 정도일까?

연신 두리번거리면서 마치 범죄를 일으킨 흉악범이 성내를 돌아다니면서 포두를 마주칠까? 하는 모습으로 신경을 곤두세운 노진은 마협지를 향해 걸어갔다. 그리고 그 행동은 마협지도 마찬가지였다.

"없어, 안심해."

나이를 먹은 형으로서 자신과 같은 행동을 하며 고조숙을 피해서 눈물겨운 고갯짓을 하는 노진의 등을 두드리며 마협지는 노진을 끌고는 인적이 드문 곳으로 향했다.

"형, 정말 이곳이 무서워 죽겠어. 그 인간이 지금 당장이라도 이쪽으로 올 것만 같애. 나 봤지? 학관에 오면 여기저기를 둘러보면서 다른 생각은 못하고, 그 인간 만나면 얼른 도망갈 생각만 한다니까."

지친 표정으로 노진은 마협지를 향해 푸념을 늘어놓았다.

"너는 그래도 학관 내에 들어오면 그렇지, 나는 학관에서 살잖아. 하루 종일 사방을 경계하느라 목에 굳은살이 배겼다."

두리번두리번.

그런 말을 하는 와중에도 마협지는 긴장을 늦추지 않았다.

"그래서 말인데… 나 학관을 그만두는 것을 심각하게 생각하고 있어."

노진의 표정에는 고민의 흔적이 엿보였다.

"그럼 안 돼! 그건 지는 거야. 우리가 질 수 없잖아. 꾹 참고서 학관을 다니는 거야. 그리고 최대한 영웅증을 빨리 획득하고 학관을 졸업하는 거야."

"난… 자신없어."

나일을 그 오랜 시간 동안 피해 다니는 게 자신없는지, 아니면 영웅증을 획득하는 것이 자신없는지 노진의 말은 모든 것을 포기한 듯한 분위기가 풍겼다.

마협지는 애절하게 노진을 설득했지만 노진은 그동안 나일에게 시달린 시간 때문인지 벌써 십 년은 늙은 것 같은 표정을 지었다.

따악, 따악.

"이 녀석들, 여기 있었구나. 한참을 찾았잖아."

그렇게 숨어 다니면서 피했던 그 인간이 어느 틈에 다가와서는 그들의 뒤통수를 후려갈기고 있었다. 손에 손을 잡고는 자신들의 처지를 비관하던 노진과 그 노진에게 새로운 힘을 불어넣어 주고 있던 마협지의 머리에 자그마한 혹이 붙었다.

쿵쾅! 쿵쾅! 쿵쾅!

노진과 마협지의 심장 박동이 빨라졌다. 들었을까?

어떻게 행동해야 할까?

둘의 머리 속은 똑같은 생각들로 가득 찼다.

그리고 나일에 대해 어느 정도 면역이 생긴 노진은 재빨리 고개를 숙이며 가슴 깊은 곳에서 할아버지에게 용돈을 받았을 때와 학관에 들어올 때 수석으로 입관을 해서 칭찬받았던 일들을 떠올리며 기쁜 표정을 얼굴에 나타내려고 노력했다.

"채주님, 오셨어요."

"음, 그래. 그런데 넌 왜 인사 안 해?"

거만한 표정으로 노진의 머리를 쓰다듬어 주고는 나일이 마협지를 향해 묻자 아직까지 굳어 있던 마협지도 상황을 수습하려고 인사를 건넸다.

"고조숙, 안녕하셨습니까?"

"이것 봐라? 우거지상으로 인사를 하면 받는 사람이 기분 좋겠냐. 안 그래, 회계 비서?"

나일이 불쾌한 표정으로 노진을 향해 물었다.

"그럼요. 저 같은 경우에는 채주님을 뵈니 저절로 기뻐서 진심 어린 인사를 했는데 협지 형은 형식적인 것 같은데요."

역시 매에는 장사 없다.

방금 전까지만 해도 난파선에 함께 올라타 동병상련의 상처를 보듬어 주던 상대를 지금은 자신에게 조금이라도 해가 옮지 않도록 농약을 치듯이 과감히 잘라내는 노진이었다.

"끄응, 죄송합니다. 아침에 밥을 잘못 먹어서 속이 안 좋았는데 그것 때문에 얼굴이 그랬던 것 같습니다."

재빨리 자신의 실수를 인정하고 또 다른 변명을 지어서 둘러대는 마협지를 보며 나일은 못마땅한 표정을 풀었다.

"그렇단 말이지. 그런데 듣자 하니 학관을 자퇴하겠다고?"

노진과 마협지의 대화를 몽땅 다 들었는지 나일의 눈에는 한광이 스쳐 갔다.

"아닙니다! 채주님이 계신 곳 있으며 당연히 모셔야 하는 것. 절대 그런 일은 없을 것입니다!"

노진과 마협지의 심장이 다시 벌렁덩거렸다.

쿵쾅! 쿵쾅!

그 소리가 일 장 밖의 사람도 들을 수 있을 정도로 크게 뛰는 것이었다.

'다 들었구나! 당분간은 죽었다 생각하고 보내야겠다.'

그런 생각이 그 둘의 머리 속을 관통하자 금방이라도 눈에서 눈물이 떨어질 것만 같았다.

따악!

"너도 자퇴하려고?"

다시 마협지의 뒤통수가 나일의 손바닥과 마찰하면서 마협지의 눈에는 불꽃이 어리었고 눈에 모아두었던 눈물이 주르르 흘렀다.

"저도 절대 자퇴 안 할 겁니다. 고조숙이 계신 이곳에서 고조숙과 마주한다는 것이 얼마나 기쁘고 보람된 일인데 어찌 자퇴를 하겠습니까?"

처연한 마협지의 대답을 들었건만 나일의 손바닥은 가만히 있질 않았다. 아니, 춤을 추기 시작했다.

"왜? 자퇴해 봐, 자퇴해 봐."

픽! 팍! 퍼더덕!

마협지가 쓰러지자 나일의 손은 노진에게 향했다.

팍!

"너도 자퇴해."

"아, 안 할게요! 다시는 그런 마음 품지 않을게요."

픽!

"하란 말이야."

"안 할게요. 한 번만 봐주세요."

빡! 빡!

"해! 하란 말야!"

한참을 옥신각신 끝에 정신이 혼미해진 노진은 끝내 아픔과 두려움을 참지 못하고 울음을 터뜨렸다.

"네. 할게요. 아, 아니, 안 할게요."

노진은 비몽사몽간에 하겠다는 말을 입 밖에 내고는 뒤늦게 수습을 하려고 말을 바꿨다. 그러나 다음 타격이 없자 노진은 웅크리고 있던 팔 틈 사이로 나일을 보았다. 그 순간에 노진은 나일이 기분 좋게, 어찌 보면 사악한 웃음을 짓고 있는 것을 보고 말았다.

"좋아. 너는 너의 의지로 분명 자퇴한다고 했다? 이건 너의 의지가 결정한 것이니 다른 사람에게 내 핑계대면 죽어. 그래 봤자 매만 느는 거지만."

으스스하게 손가락 관절을 두둑거리며 노진에게 다짐을 받고는 나일은 정신을 잃은 마협지를 깨웠다.

철썩.

나일이 스스럼없이 자연스럽게 뺨을 갈기자 부스스한 모습으로 마협지가 정신을 차렸다.

"너도 자퇴해라. 저기 노진도 한다고 그랬으니까."

"네, 할게요. 뭐든지 다 할게요. 무조건 고조숙이 하자는 대로 다 할게요."

눈을 뜨자마자 나일의 매서운 손바닥이 자신의 뺨을 강타하고 있는데 무엇인들 못하랴?

마협지가 자신을 따르겠다고 하자 나일은 자신이 생각한 앞으로의 여정을 들려주었다.

"…그러니까 저보고 자퇴하고 채주님을 따라서 산적 생활을 본격적으로 하라고요?"

나일의 말을 들으며 노진의 목소리가 자연스럽게 커졌다.

"호랑이 목젓을 구어 먹었나, 쬐그만 게 목소리가 뭐 그리 커! 조기 교육(早期敎育). 앞으로 세상은 자신이 자신있는 재능을 한 가지만 꾸준히 개발해서 그걸로 성공하는 게 중요하단 말씀이야."

"저도요?"

마협지가 자신은 자퇴를 왜 하느냐는 듯 따져 묻자 나일의 얼굴이 구겨졌다.

"그럼 넌 안 하게? 뭐, 너는 잘하는 거 하나라도 있어? 내가 그토록 조기 교육의 중요성을 역설할 때 너는 무엇을 한 거야. 어차피 이 영웅학관이라는 곳은 십 년 동안에 영웅증만 따면 되니까 너도 이참에 세상을 구경하고 필요하다 싶으면 내가 산채 식구로 받아들여 줄게."

"……."

"싫어?"

"아니요."

힘없이 마협지의 고개가 수그려졌다.

"저기요… 채주님."

나일의 고개가 다시 노진에게 향했다.

"왜?"

"그럼… 수석 비서 성혼식 때에도 못 오는 건가요?"

나일이 잠시 침음을 삼켰다.

취약하기는 하지만 수석 비서도 엄연히 자신의 부하 아닌가? 거기다가 금존청이 있으니. 그러나 다시 생각해 보니 단청이 걸렸다.

분명 자신이 그곳에 간다면 어떡해서든 자신을 찾아낼 것이다. 그것이 걱정이고 갈등 요인이었다.

'에잇, 몰라. 그러나 지금은 노진에게 일말의 희망감을 심어주는 것도 중요하지.'

"가야지. 암, 가고말고. 너는 걱정 말고 군사에게 돈이나 받아와라."

나일이 노진의 어깨를 두드리며 빙긋이 웃어줬다.

"네, 돈이요?"

노진은 쉽게 대답을 하다가 한순간 의문이 들었다. 나일이 자신의 조부에게 돈을 맡겨두었던가? 아무리 생각을 해도 나일은 돈을 다른 사람에게 맡기고 할 사람이 아니다. 노진은 잠시 머리를 굴리다가 나일에게 질문을 던졌다.

"얼마나요?"

"음… 돈은 다다익선(多多益善)이지. 즉, 많으면 많을 수록 좋지. 알아서 가져와."

침묵.

한순간 정적이 흘렀다.

노진의 짐작대로 나일은 조부에게 땡전 한 푼 맡겨놓지 않았지만 돈을 들고 오라는 것이다.

"뭐가 잘못됐어?"

이상한 분위기가 주변에 흐르자 나일이 고개를 갸웃거렸다.

"아니요… 저 근데 미친… 아니, 구비화 소저는요?"

노진은 이 분위기가 지속되면 자신에게 위험하다고 생각했다. 말꼬리를 돌려야 한다. 자신이 나일을 시험했다는 것을 들키면 그 뒤는 생각하고 싶지 않다.

급한 마음에 노진은 건드려서는 안 될 부분까지 파고든 것이다.

"음……."

나일의 얼굴이 시무룩해졌다.

따악!

"이 자식이! 감히 그런 걸 물어봐? 이 자식이!"

한동안 나일의 얼굴은 펴질 줄 몰랐다.

노진은 다행이었다. 한 대로 끝나다니 마치 자신이 이익을 많이 받은 느낌이었다.

"자, 앞으로 한 시진이다. 한 시진 동안에 노진은 집에 갔다 오고, 마협지 너도 학관에서 준비해서 나와. 학관 정문에서 보자. 늦으면 각오해. 늦은 만큼의 시간 동안 맞는 거다. 알았냐?"

"네."

노진과 마협지가 서로를 바라보며 대답했다.

'어디 멀리 도망이라도 가자.'

순간 그들은 눈빛으로 이렇게 이야기를 하고 있었다. 하나,

"알다시피 나 성격이 무지 좋지. 그런데 너희도 알 거야. 성격 좋은 사람이 화내면 무지 무섭단 걸. 알아서 해. 내 이름을 걸고 방금 한 말은 지킨다. 늦으면 각오하는 게 좋을 거야."

나일이 노진과 마협지를 번갈아 보며 눈알에 힘을 주면서 말했다.

'어쩔 수 없다. 살려면 시키는 대로 하자!'

노진과 마협지의 눈빛이 다시 통했다. 이마에 땀을 흘리면서.

나일은 모든 준비가 다 됐다 싶어 살그머니 기숙사로 숨어들었다.

자신이 그동안 모아두었던 돈, 그리고 감산도를 챙겨가려고 침상 밑을 뒤지고는 기숙사 방문을 나서려는데 무언가 불길한 예감이 머리 속을 관통했다.

"이건 뭐야……."

나일은 자신의 침상 위에 올려진 편지를 발견하고는 그것을 읽기 시작했다.

'사랑하는 나의 사제 나일에게' 로 시작된 글을 읽어 나가며 나일의 얼굴이 온통 붉어졌다. 흥분으로 더 이상 기쁠 수 없다는 표정이 되어갔다.

이 사형이 다시 세상에 나온 것은 물론 그 천살성을 막기 위해서였지만, 너에 대한 염려도 어느 정도 가졌었다. 그 더러운 성질을 함부로 발휘해서 다른 사람들에게 폐를 끼치지 않는지, 혹은 잘못된 길을 가고 있는 것은 아닌지 걱정하고 있었기에 너를 지금껏 지켜본 것이었다.

"사형이 오히려 나한테 폐를 끼쳤다고요."

볼멘소리로 말은 그렇게 했지만 말과는 다르게 나일은 해맑은 미소를 보이며 단청의 서신을 쭈욱 읽어 나갔다.

그런데 너는 내 생각보다 바르게 잘 지내고 있었다. 이제 나도 마음 푹 놓고 새로운 것들을 보며 여행을 하려 한다. 언젠가 다시 만나는 그날에 보자꾸나.

"크하하!"

나일은 덩실덩실 춤이라도 추고 싶은 심정이다. 그 얼마나 바래왔던 일인가? 사형이 떠났다. 이제부터 완전한 자유다. 그런 생각이 들자 세상이 온통 자신의 것만 같았다.

"아싸!"

나일은 우선 환호성을 지르고 나머지 글자들을 읽어 내려갔다가 얼굴이 구겨지며 끝내는 욕이 나왔다.

"이런 빌어먹을! 내 이럴 줄 알았어. 어쩐지 순순히 떠난다 했다. 에이 상!"

추신. 너가 숨겨둔 돈주머니는 내가 들고 간다. 너야 밥 걱정 잘 걱정 없이 학관에서 잘살겠지만, 나는 이제부터 유랑을 해야 하는데 돈이 없으면 곤란하지 않겠냐? 돈은 천 년 후에 너의 자손에게 갚으마. 잘살아야 된다. 참, 돈 떨어지면 다시 찾으마!

"그렇다고 통째로 들고 나가면 나보고 어떡하란 말이야! 인정이라곤 손톱만큼도 없어."

그 돈주머니에는 영웅무제 결승전이 끝난 후 하동구에게 받은 돈을 포함해서 거의 이만 냥이라는 거금이 들어 있었던 것이다.

나일은 한참을 욕하다가 좋은 생각이 들었다.

"호오, 그래, 그렇단 말이지. 그럼 나도 싹 털면 되지. 그 많은 보물 중에 몇 개만 들고 나와도 그게 어디야. 두고 보라고."

마음속으로 황생의 레어에서 들고 올 보물을 생각하자 찌푸려졌던 얼굴이 다시 환해졌다.

어차피 유랑을 떠난다고 했으니 무릉도원은 복희 혼자 지키고 있을 게 뻔하니 들어가서 복희를 잘 협박한 후 들키지 않을 만한 보물과 황금을 가지고 나온다면 몇십 배, 아니, 몇만 배가 남는 장사인 것이다. 하나 그것도 문제가 있었다. 레어를 막고 있는 진을 뚫고 나갈 힘이 아직은 부족했다. 나올 때도 황생의 도움으로 나왔지 않은가?

"좋아. 내가 손해를 볼 수는 없지."

언젠가 그곳을 털리라는 마음을 굳게 먹고는 감산도를 등에 둘러멨다. 그리고는 노진과 마협지를 만나기로 한 학관 정문을 향해서 씩씩하게 발걸음을 옮겼다.

"자, 이제 출발이다!"

억지로 끌어들인 노진과 마협지의 등을 떠밀면서 나일은 와룡채의 위명을 드날리기 위해 당분간 학업을 접었다. 아니, 영원히 접었다. 어차피 자신의 품속에는 영웅증이 있으니 아버지에게도 당당히 허락을 구할 수 있는 것이라 그날로 만사 땡이다. 그런 생각이 들자 마음에 걸리는 것들이 있었지만 간신히 학관을 나올 생각을 했고 이렇게 그 결심을 즉시 실천한 것이다.

'구비화… 잠시 안녕. 네가 원하는 그런 멋진 남자가 되면 그때 돌아올게.'

마음속으로 구비화에게 작별을 고한 후 나일은 영웅학관을 둘러봤다.

'그 짧은 시간 동안 정들었구나!'

마침내 노진과 마협지를 이끌고 나일은 호남성을 향해 보무도 당당하게 걸어가기 시작했다.

제37장
지옥으로 밀려온 편봉타

수양산(首陽山) 산기슭.

수양산은 산서성의 남부에 있는 산으로 수산(首山), 뇌수산(雷首山), 중조산(中條山), 포산(蒲山), 역산(曆山) 등의 이명이 있다. 백이(伯夷)와 숙제(叔齊)가 굶어 죽었다는 산이 바로 이 수양산이다. 이 때문에 수양산의 이름은 제법 알려졌지만 주위에 유람할 만한 다른 명소가 없어 사람들의 발길은 뜸한 편이다.

산의 기세가 험하고 기후도 척박한 덕에 산 주위 들판에 곡식을 심어도 수확은 다른 곳의 사 분지 일밖에 안 됐다. 그래서 수양산에는 농사를 짓는 사람이 거의 없다. 대부분이 사냥꾼으로 살아가거나 수양산 반대편에 자리 잡은 녹림칠십이채 중 한 곳인 손가채에 몸을 담고 있었다.

그 수양산 산기슭으로 절세라 할 만큼의 미모를 가진 사나이가 혼자서 무슨 생각에 빠져 있는지 입가에 솔잎을 물고는 사색에 잠긴 채 걸어가고 있었다.

"그대에겐 청춘도 노년도 없고, 이를테면 그것을 함께 꿈꾸는 식후의 잠이 있을 뿐이다."

단청은 언젠가 신이 자신에게 해주었던 말을 읊조렸다. 신은 자신의 삶, 아니, 드래곤의 '유희'에 대해서 이렇게 말했었다.

일장춘몽(一場春夢).

인간들이 한낱 꿈이라 생각하는 것, 그것이 바로 드래곤의 '유희'이다. 유한한 삶을 사는 인간에 비해 거의 무한이라 말해도 손색없는 오랜 시간을 사는 드래곤. 유희는 드래곤에게 있어 인간이 하룻밤에 꾸는 꿈과 같은 것이다.

"어디로 가는 것일까?"

이 외진 곳에 자신의 물음에 대답해 줄 사람이 있을 리 없다.

"그 끝에는 무엇이 있을까?"

그곳을 아는 누군가가 있을까? 사실 지금은 그것이 중요한 것은 아니다. 지금은 자신이 무엇을 해야 하는가가 더 중요하다.

영웅학관에서 나온 지 어언 삼 일째.

단청은 나일이 어디론가 떠날 것 같은 분위기를 풍기자 생각 끝에 오히려 자신이 먼저 나일을 털어서 나왔다. 선수를 친 것이다. 그런데 막상 나일의 돈주머니를 들고 나오기는 했지만 목적지를 정할 수가 없었다.

불현듯 단청의 머리 속으로 나일이 구비화에게 뺨을 맞았던 밤이 생각났다.

"사랑이라… 진정한 사랑이라…… 내가 진정한 사랑을 해본 적이 있던가?"

단청이 입에 물었던 솔잎을 뱉어냈다. 나일에게는 허풍을 떨면서 자신을 과장하느라 그런 생각을 못했지만 이렇듯 고요한 분위기에서 혼자 생각해보니 지금껏 그 수많은 유희 동안에 진정한 사랑을 했던 기억은 없었던 것 같았다.

"그래, 또 다른 유희를 떠나볼까?"

단청이 하늘을 올려다보았다. 유희를 떠날 때면 이번에는 어떤 모습이 좋을까? 어떤 성격의 모습으로 살아볼까? 늘 그런 고민을 먼저 하게 된다. 그것은 경극 배우가 경극을 할 때마다 자신이 맡은 인물의 모습을 어떻게 표현할까? 하는 고민과도 일맥상통한다. 그럴 때면 자신을 육체적으로 낳아준 드래곤이 자신이 처음 유희를 떠날 때 해준 말을 떠올렸다.

'만약 너의 나이를 잘 모르겠으면 내가 과연 몇 살이었으면 좋겠는지를 먼저 생각해라. 그리고 어떤 성격이 좋을지 모르겠으면 어떤 성격이 좋을까를 생각하고 하고 싶은 모습을 상상해라. 그런 다음에 유희를 떠나라. 다만 드래곤은 안 된다.'

드래곤의 모습이 아니라면 그 누구와도 친구가 될 수 있고 사랑할 수 있다. 하나 드래곤은 이 세계에서나 저 세계에서나 극고의 위엄을 가진 존재. 진정한 우정을 나눌 수 없고 진실한 사랑을 가질 수 없는 존재이다.

폴리모프.

단청의 몸에서 빛이 나더니 한순간 몸을 감싸 안았다.

빛이 사라지자 평범한 얼굴에 평범한 몸매를 가진 사람이 모습을 드러냈다.

"이제부터 내 이름은 도원몽(桃源夢). 아주 평범한 인간이지."

단청이 바뀐 모습을 이리저리 둘러보고는 아주 순박하게 웃어 보였다. 그 모습이 너무 자연스러워서 누군가가 봤다면 지금의 모습이 원래 모습이라 해도 믿을 정도였다.

그때 멀리서 인기척 소리가 났다.

"헉! 나일, 노진."

단청, 아니, 도원몽의 눈살이 미미하게 찌푸려졌다.

그 넓고 넓은 중원에서 나일 일행은 외길로 나 있는 산길로 이제는 도원몽이란 이름을 가진 사람을 향해 저벅저벅 거침없이 걸어오고 있었다. 새로운 유희를 떠나면 예전 유희에서 절친했던 사람이라 해도 아는 척하지 않는 게 자신의 철칙이었다. 새로운 유희는 예전의 인연을 끊는 것에서부터 시작된다.

'이런! 재수가 없으려니까……'

새로운 인생을 살려고 모습을 바꾸자마자 초장부터 자신의 예전 모습을 아는 사람들과 마주치게 되다니… 수많은 유희를 겪었지만 이런 적은 아직 단 한 번도 없었다.

'아, 어쩌지?'

나일에게 걸렸다 해도 나일이 혼자라면 조용히 해결할 자신이 있었다. 나일이 돈주머니를 되돌려 달라고 해도 폭력으로 조용하게 을러서 제압할 수 있지만 나일과 함께 오는 노진 등에게 자신의 인상이 손상되는 것은 막을 수 없다. 노진 등은 분명히 이상하게 생각할 것이다. 전혀 새로운 모습의 자신을. 흔히 인간들이 용이라 부르는 자신의 정체가 드러나는 것은 아무리 생각해도 좋지 않았다. 인간들은 독특해서 별것 아닌 사건도 기록으로 남기지 않던가?

'휴우.'

십년감수했다.

나일 일행은 도원몽을 그냥 지나쳐 갔다. 그것은 당연한 일이다. 자신들이 알던 단청의 모습과는 판이하게 달랐으니 나일이 알아보는 것이 더 이상한 것이다. 아마도 이 기묘한 상황에 자신도 모르게 긴장한 탓이리라.

"피식."

슬쩍 입가에 웃음을 지으며 도원몽이 발걸음을 옮기려 했다.

나일은 수양산의 비탈길을 돌자마자 별 특징 없는 놈이 쭈뼛거리며 서 있는 것을 보았다. 평범한 용모에 입고 있는 옷이 화려해서 외모와 전혀 어울리지 않는 모습이라 눈길을 한 번 주고는 지나쳤다. 그렇게 그놈 앞을 지나가다 나일은 익숙한 향기를 느꼈다.

낯선 남자에게 익숙한 향기라니.

나일의 머리 속에 순간적으로 단청의 모습이 떠올랐다. 이백 년도 넘게 같이 살던 사람이다. 두 사람이서 그렇게 오래 붙어 있었으니 그에게서 나는 그 향기를 기억하는 것은 당연했다.

빡!

"이런 샹! 아침부터 재수가 없네. 남자 새끼가 향수를 쓰고 지랄이야."

나일은 되돌아가서 가만히 서 있는 사내에 뒤통수를 갈기고는 노진 등에게 다시 걸어갔다. 그 상황은 너무나 자연스러워서 방심을 하고 있던 단청도 두 손 놓고 있을 수밖에 없었다.

"얘들아, 가자. "

갑작스레 행사한 폭력을 사과도 않고 나일은 노진 등을 재촉하며 마을로 향했다.

"내가 이게 무슨 꼴이냐."

단청, 아니, 도원몽은 어이없고 한편으로는 어처구니없는 이 상황에 대한 대가를 톡톡히 치르게 해주리라 마음먹고는 나일을 뒤쫓기 시작했다.

"저 자식을 단숨에 요절을 내버려?"

도원몽은 고개를 저었다.

이번 유희의 인물은 진정한 사랑을 찾는 보통 사람 도원몽이다. 그런데 지금 당장 나일을 손봐주면 자신의 유희는 목적을 잃게 된다. 나일을 혼내주는 사람이 어떻게 보통 사람인가? 도원몽은 이번 유희에서는 자신의 능력을 쓰지 않기로 마음먹었다. 그래야 보통 사람이니까. 그렇다고 이렇게 속 편하게 물러설 수는 없으니 나일을 쫓는 것이다.

어떤 방법이 좋을까?

수백 번도 더 머리를 굴렸지만 마땅한 방법이 잘 떠오르지는 않았다.

'딱 한 번이다. 세상에 예외가 없는 게 어딨어. 나일! 이놈의 자식. 두고 보자!'

도원몽은 속으로 울분을 삼키고는 조심스럽게 나일의 뒤를 밟아 마을의 시장으로 들어섰다. 그때도원몽의 눈길이 나일이 손가락으로 가리키는 주루로 향했다.

'이 녀석들이 식사를 하려나 본데?'

도원몽은 나일이 가리킨 주루를 보다가 그 아래에 거지 한 명이 누워 있는 것을 보고는 무심코 눈썹을 찌푸렸다. 산발한 머리에 온갖 종류의 천을 갖다 기어서 더 이상 기울 수 있는 곳이 보이지 않는 옷을 걸친 채 거지가 주루 앞에 누워 있었다. 날씨가 화창한 덕에 오전의 나른한 햇살에 기대어 느긋하게 잠을 청하고 있는 것이다. 얼굴 윤곽은 땟구정물 때문에 보이지 않았지만 간혹 전혀 다른 흰 이빨을 드러내어 오물거리는 것을 보니 꿈속에서 진수성찬을 먹기라도 하는 것 같았다.

도원몽은 그 편안한 모습에 기가 차서 거지를 계속 훑어보다가 한순간 흠칫 놀랐다.

놀랍게도 거지의 허리에는 여덟 개의 매듭이 매어져 있었다.

여덟 개의 매듭. 그것은 거지의 신분이 개방이라는 거지들의 방파에서도 최고 수뇌부라는 것을 의미한다. 그 순간 도원몽의 얼굴에 희미하게 웃음기가 보였다. 평범한 얼굴과는 대조적으로 희미하게 웃음 지은 도원몽의 얼굴을 본 사람은 그 소름 끼치는 모습을 평생 잊지 못했으리라.

'좋아! 더러운 거지가 계속 따라붙는다면 냄새 때문이라도 고생 좀 하겠지.'

속으로 나일의 미래에 모습을 상상하며 도원몽이 손바닥을 비비고는 나지막하게 자신만이 아는 단어들을 읊조렸다.

'리큐버스 페이넌(다른 사람에 꿈속으로).'

편봉타는 거지다. 사람들은 거지라고 하면 대부분이 집이 없다고 생각하지만 엄연히 거지에게도 집은 있다. 거지들은 대부분이 황폐한 집이나 다리 밑에 움막을 짓고는 무리를 지어 산다. 그렇게 생각한다면 낙양에서 첫째 가는 다리 밑, 바로 개방 총단이 편봉타의 집이다. 그러나 편봉타는 거지 중에서도 상거지에게나 있다는 역마살이 몸에 때만큼 끼어서 집에 있는 시간보다는 이곳저곳을 돌아다니는 것을 더 좋아했다. 벌써 산서성에서 동냥질을 한 지 보름이 지났다.

오늘은 평소와는 달리 배고픔에 새벽에 눈을 뜬 편봉타는 이곳 주루에 와서 아침 동냥을 받은 직후 다시 개방의 산서 분타로 향하지 않고 곧장 잠을 청했다. 다시 돌아가기 귀찮은 이유도 있었고 어차피 일어나서 밥을 먹으려면 이곳 시장에서 동냥을 얻어내는 것이 쉽기도 했다.

대부분의 거지들은 꿈속에서 음식을 먹는 꿈을 꾼다고 한다. 사람들이 현실에서 가지지 못한 것을 꿈에서나마 가져 보려는 것과 같은 이치이다. 거지에게 뭐니 뭐니 해도 가장 가져 보고 싶은 것은 진수성찬이다.

지금 편봉타도 대부분의 거지처럼 꿈속에서 커다란 탁자 위의 호화로운 음식들에 둘러싸여 행복한 비명을 지르고 있었다.

'음… 어느 걸 먹어볼까?'

어향육사(魚香肉絲), 철판우육(鐵板牛肉), 궁보계정(宮保鷄丁), 고노육(古老肉) 등을 한 번씩 둘러보며 편봉타는 오른손을 궁보계정 쪽으로 향했다. 궁보계정은 닭고기와 땅콩, 고추, 오이, 당근, 양파, 생강 등을 조미용 황주, 간장, 설탕, 식초, 화초(花椒)로 맛을 내어 볶은 요리이다.

"화끈한 것부터 먹어야지."

편봉타의 손이 궁보계정을 집어 들 때 뒤쪽에서 헛기침 소리가 들렸다.

"험… 험……."

편봉타는 진지하게 고민했다. 사람에 인기척이 들렸으니 뒤를 돌아보기는 해야 하지만 이왕 궁보계정을 집었으니 한입 맛을 보는 것도.

"험험."

다시 한 번 들려온 기침 소리에 편봉타는 어쩔 수 없이 입맛을 다시며 궁보계정을 놓고는 뒤를 돌아보았다.

'이럴 수가!'

똑같았다.

한 치의 어긋남이 없이 똑같았다. 얼굴에 덕지덕지 붙은 살들과 허리에 매단 술 호로병, 그리고 왼쪽 새끼손가락이 없는 것. 개방 총단에 걸려 있는 구지신개 홍칠공의 초상화와 똑같은 모습. 편봉타는 다시 두 눈을 비벼댔다.

"흐으……."

편봉타의 입에서 부지불식간에 신음이 흘렀다.

"네 이놈! 감히 조사를 보고도 머리를 조아리지 않다니, 이런 건방진 놈!"

편봉타가 자신을 쳐다보자 불쾌한 표정을 지으며 홍칠공이 호통을 쳤다. 편봉타가 가장 존경하는 사람이 바로 이 홍칠공이었다. 대의와 협의를 솔선수범으로 보여주며 엄청난 무공을 소유했던 사람. 편봉타는 급히 몸을 조아렸다.

"개방 이십오대 제자 편봉타가 조사를 뵙습니다."

편봉타는 땅에 얼굴을 묻고는 다음 말이 들려오기를 기다렸다.

"큼, 너에게 한 가지 부탁할 것이 있어 이렇게 오게 되었다."

한 손으로 코를 풀며 홍칠공은 우선 편봉타가 먹으려 했던 궁보계정을 입에 넣고는 오물거렸다.

"맛있구나. 음… 오늘 너에게 할 부탁이라는 것은 한 사람을 올바른 길로 인도해 달라는 것이다."

편봉타의 얼굴이 땅에서 조금 들렸다. 무공에 미쳤던 젊은 날 꿈속에서라도 가르침을 받기를 원했을 때는 코빼기도 보이지 않더니 진수성찬을 펼쳐 놓고 시식하려는 찰나에 나타나서는 아직 손도 안 댄 음식을 삼키면서 괴이한 분부를 내린단 말인가?

"무슨 말씀이신지……."

감히 고개를 쳐들지는 못하고 약간 올려다보다 홍칠공의 눈과 마주치자 편봉타는 퍼뜩 다시 고개를 땅으로 숙였다.

"지금 눈을 뜨자마자 너의 앞으로 지나가는 사람이 있을 테니, 그 사람을 삼 년간 따라다녀라. 그러면서 그동안 그가 악에 물들지 않도록 하라."

이번에는 고노육을 집어 먹으면서 홍칠공은 부연 설명을 했다.

"그는 뛰어난 인재다. 그러나 싸가지가 없다. 이 상태로 그를 내버려 둔다면 천하가 혼란스러워질 것이다. 그래서 나는 그를 너의 제자로 받아들어서 협(俠)을 직접 가르쳤으면 하지만 네가 감당하기에는 벅찬 인재구나. 하나 그렇다고 그냥 놔둘 수는 없는 노릇 너는 어떡해서든지 삼년간 그를 따라다니며 그의 몸속에 협을 불어넣도록 해라. 바로 지금."

그 순간 편봉타는 잠을 깼다. 그리고 멀리서 잠이 깬 편봉타를 바라보며 도원몽도 발을 돌리고는 미련없이 휘적휘적 걸어가기 시작했다.

'나일, 악취랑 다니면서 골탕 좀 먹어봐라.'

북경성에서 일행의 목적지인 호남성까지는 대략 사십여 일이 걸리는 장도이고, 지금 나일 일행이 도착한 산서성도 족히 일주일은 걸리는 거리이다. 하나 나일 일행은 가뿐하게 삼 일 만에 산서성에 도착했다. 방향 감감과 거리 감각이 없는 나일인지라 무조건 빨리 가자는 생각으로 산을 가로지르며 걸음을 재촉했고, 한 대라도 덜 맞기 위해 어리디어린 노진까지도 그 험한 길을 뛰다시피 온 덕분이다.

"휴~ 이곳도 꽤 번화하잖아."

아침에 백의를 걸쳐 입어 멋을 내고 수양산을 넘다가 기분 나쁜 놈을 본 것을 제외하고 나일에게는 오늘도 상쾌한 하루였다.

"야! 밥 먹으러 가자."

나일은 시장기를 느끼자 길가에 늘어선 주루로 들어가며 말했다. 다 먹고 살자고 하는 건데 식사 때를 놓친다는 것은 천벌을 받는 짓이다. 그때였다.

"젊은이, 한 푼만 주게."

주루로 들어가려는 찰나 나일의 바짓자락을 한 손에 잡으며 웬 거지노인이 나일을 향해 다른 한 손을 벌렸다. 그 순간 노진은 거지노인에게서 쏟아져 나오는 애절한 눈빛에 자연스럽게 손을 가슴에 집어넣어 돈주머니를 꺼낼 뻔했다.

"뭐 하는 짓이야, 돈 아깝게."

황망히 노진의 앞을 가로막으며 나일이 두 눈을 부릅뜨고 그럴 돈이 있으면 자신에게 주라는 무언에 눈빛을 보냈다.

"젊은이, 그러지 말고 이 늙은이에게 선심을 베풀어주게. 삼 일 전부터 피죽 한 그릇 못 먹었다네."

금방이라도 쓰러질 것 같은 자세와 목소리에도 아랑곳하지 않으며 나일이 매정하게 자신의 옷자락을 끌어당겼다.

"이런 씨팔, 돈 없어! 빨랑 놔!"

아까는 단청과 같은 향기를 내뿜는 놈을 만나 기분이 좋지 않았는데 이번에는 시궁창 냄새가 나는 거지가 아침에 새로 갈아입은 백의를 잡으니 성질 좋은 사람도 기분이 나쁠 터. 하물며 성질 더러운 나일이야 오죽하겠는가?

그러나 나일은 노진과 마협지의 예상을 깨고 노인을 발로 살짝 밀 뿐이었다. 나일은 밥 시간인데 쓸데없는 사건을 일으켜서 밥을 늦게 먹는 것을 피한 것이다.

"헉! 아악!"

세게 때린 것도 아니고 살짝 발끝으로 민 것뿐인데 노인은 눈을 훼까닥 뒤집으며 쓰러지는 것이 아닌가? 나일의 눈에도, 노진의 눈에도, 하다 못해 마협지의 눈에도 노인의 행동은 무리한 연기였다. 하나 결과는 이상하게 흘러갔다.

"저놈이 사람을 죽였다!"

그 장면을 목격한 사람들이 웅성웅성 모여들어서 시끌벅적해지자 나일도 이런 황당한 경험은 처음인지라 옷을 손목까지 올리고는 노인의 팔뚝을 잡고 진맥을 해보았다.

"맥이 뛰지 않는다⋯⋯."

주르륵.

나일의 이마에서 식은땀이 흘러나왔다.

"갑자기 이 노인이 왜 이러지?"

일단 사람들에게 다 죽을 때가 된 노인이 재수없게 자신 앞에서 쓰러진 것일 뿐 자신에게는 하등의 잘못이 없다는 표정을 얼굴에 지어 보였다.

'가슴의 고동은?'

퍼뜩 정신을 차리며 나일이 노인의 가슴에 귀를 대보았으나 심장 역시 뛰지 않았다.

'아, 진짜 재수 더럽게 없네!'

속으로 비명을 질러대며 나일은 노진과 마협지를 불렀다.

"야! 인공 호흡, 인공 호흡 해! 빨랑!"

그 말이 끝나기가 무섭게 노진과 마협지는 서로의 얼굴을 멀뚱히 쳐다보았다.

인공 호흡이라니……

그것은 물에 빠진 사람을 건져 낸 후 심장 박동이 멈췄을 때 사용하는 방법이다. 여기까지는 문제가 없었지만, 인공 호흡을 하려면 필연적으로 입과 입이 맞닿아야 한다. 문제는 그것이다. 노진과 마협지는 아름답고 귀여운 여인도 아닌 시궁창 냄새가 풀풀 나는 저 거지노인에게 인공 호흡을 하는 것보다 차라리 죽는 게 훨씬 낫겠다는 생각이 들었다.

'아니야, 죽기는 왜 죽어. 내가 안 하면 되지.'

먼저 정신을 차린 쪽은 노진이었다.

하늘이 무너져도 솟아날 구멍은 있는 법. 노진은 재빨리 염두를 굴렸다. 그리고는 무공을 익히지 않은 어린아이라곤 믿지 못할 정도로 빠른 손동작으로 거지노인의 더러운 옷자락을 들춰서 가슴께의 심장에 손바닥을 갖다 댔다.

"협지 형, 빨리 인공 호흡 해. 이러다간 이 노인 죽겠어."

순간 마협지의 얼굴이 일그러졌다.

나일이야 그렇다손 쳐도 그래도 믿었던 노진이다. 그러나 착하게만 보았던 노진을 가만 생각해 보면 번번이 자신을 위기에 몰아넣었다. 지금도 그러하다. 약삭빠르게 직접 입을 대는 것과 손을 대는 것 중 나은 것을 골라잡고 자신을 냄새나는 거지와 입을 맞추게 하다니…….

마협지는 머리 속으로 언제 한번 손을 봐줘야겠다는 생각이 들었다.

"야! 빨리 안 할래! 이런 젠장, 지금도 이미 충분히 늦었단 말이야!"

상황은 다급했다.

노인이라는 것을 감안했을 때 황생에게 경험으로 익힌 의학적 관점에서는 한시가 급한 것이었다.

스윽.

'그렇게 급하면 자기가 하지.'

마협지가 밍기적거리면서 망설이고 있을 때 노인의 손가락이 미세하게 떨렸다.

'뭐야, 죽은 거 아니었어?'

나일은 순간적으로 자신이 제대로 본 건지 의심했다.

'이런! 이 거지새끼가 나를 가지고 논 거야!'

편봉타도 죽을 맛이었다.

잠이 깼지만 너무나 생생한 꿈.

편봉타는 조사의 말을 들어야만 했다. 하나 습관은 무서운 법.

깨자마자 마주친 사내에게 일부러 자신의 더러운 손을 내밀고는 얼떨결에 그 사람이 자신을 건드리면 과장되게 쓰러지면서 치료비를 받는 것. 이것은 거지들이 동냥이 너무 힘들 때 하는 방법으로 개방에서는 이것을 금지시켰다. 그러나 편봉타는 이 사내를 잡아둬야 한다는 생각으로 자신도 모르게 소싯적에 써먹던 방법을 쓰고 말았다.

처음엔 쪽팔렸다. 그래서 과장되게 쓰러졌는데 일이 이상하게 꼬여가고 있었다. 자신도 언제까지 누워 있어야 할지 몰랐다.

편봉타는 다만 곧 있으면 자신을 찾으러 올 산서 분타주인 호미개를 기다렸다. 분명 새벽에 같이 동냥을 나왔다가 자신이 이곳에서 자리를 잡고 눕는 것을 보고는 호미개도 근처에서 일을 보고 있겠다고 했다. 호미개의 일과는 오전에는 의원의 옷차림을 하고 다니면서 강호 정보와 개방도들에 건강을 살피며 분주하게 돌아다니는 것이다. 그러니 이렇듯 사람이 많이 모였으면 응당 그도 이곳에 나타났어야 한다. 한데 당연히 달려와야 할 호미개는 코빼기도 보이지 않고 사내놈의 입술이 자신에게 다가오니 편봉타의 손가락이 움찔거린 것이다. 더럽고 깨끗하고를 떠나서, 그리고 노인이고 소년이고를 떠나서 남자는 다 똑같다. 아무리 자신이 더러운 거지일지라도 깨끗한 옷을 입었다 하여도 못생긴 여자와 입을 맞추는 것은 끔찍한 것이다. 그런데 그 상대가 남자라면… 지금 자신에게 인공 호흡을 하려는 사람이 들으면 기분 상하겠지만 편봉타의 기분도 더럽기는 마찬가지였다.

나일은 거지의 손가락이 움직이는 순간 거지의 입술에 닿을 듯 말 듯한 곳까지 갖다 대고서는 고민하고 있는 마협지의 얼굴을 쑤욱 거지를 향해 밀었다.

쪼옥.

"에퉤퉤퉤!"

마치 오물에 뽀뽀를 한 것처럼 오만상을 찌푸리는 마협지를 밀어내고 나일은 손가락을 노인의 코에 갖다 대고는 눈을 까뒤집었다.

'이런! 이거 귀식대법이잖아. 이 거지새끼가 감히 나한테 사기를 쳐!'

나일은 눈과 콧속에서 나오는 미약한 열기를 느꼈다. 이것은 아직 살아 있다는 증거이다. 그러나 눈을 까뒤집었을 때 희번덕거리는 눈동자를 보인 것은 응당 숨이 끊어진 것이리라. 그러니 코끝에 열기와 희번덕거리는 눈동자는 묘하게도 일치된 인체의 동작 상태가 아니었다.

귀식대법은 원래 죽은 것처럼 기척을 남기지 않기 위해서 만들어진 살수들의 무공이다. 살수들은 이 귀식대법을 이용해 목표물이 자신에게 다가올 때까지 기척을 숨기는 데 즐겨 사용한다. 말하자면 살수들의 필수 무공이라 할 수 있다. 그래서 이것은 시전자와의 거리가 일 척(尺)만 넘어가도 시전자의 몸 상태를 알 수 없다. 하나 달리 생각해 보면 직접 코와 눈 가까이에 손가락을 갖다 대면 진짜 죽었는지 귀식대법을 펼치고 있는지 구분할 수 있다.

사람이 죽으면 오장육부는 물론이고 모든 기관이 정지하게 된다. 귀식대법은 죽은 척하거나 기척을 숨기기 위해 인위적으로 신체를 조작하는 기술이다. 하나 지금처럼 손가락을 코끝에 갖다 대면 인위적인 작용으로 들숨을 차단할 수 있지만 인간이 제어할 수 없는 뱉어내지는 미약한 날숨은 숨길 수 없다. 귀식대법을 행하면 숨을 쉬고 싶다는 욕망은 제어할 수 있지만, 내공이나 자신의 의지로도 이미 몸속에 들어온 공기가 자연 속으로 동화되기 위해 바깥으로 미약하게 흘러나가는 것을 완벽히 제어할 수 없다는 것이다.

이것은 인체가 아직 살아 있다는 본능적인 표현이자 귀식대법의 내공 구결상의 오류이다. 이것과 연계돼서 내공 구결은 눈동자를 죽은 듯 희번덕하게 할 수는 있지만 실제로 죽었을 때는 반 각 동안 눈동자에서는 발열 현상이 일어나기 때문에 생기가 흘러 보인다. 귀식대법을 세세히 따져가면 이런 문제점이 있다고는 하지만 그것은 알아볼 수 없을 정도의 차이였다. 현실적으로 무공의 초절정 고수이거나 명의라 불리우는 사람이 아니면 알아볼 수 없는 흔적임이 분명했다. 그러나 불행히도 나일이 바로 무공과 의학에 조예가 깊으니 편봉타의 수작은 걸리고 만 것이다.

나일은 자신의 생각을 한 번 더 확인하기 위해 손가락으로 거지노인의 안면을 꾸욱 눌렀다. 이것은 바로 자연의 법칙을 이용한 것이다.

산 사람의 얼굴을 눌렀던 자리는 생기(生氣)에 의해서 금세 본래의 위치로 돌아가려 한다. 인간의 육체는 나이를 먹어감에 따라 공기 중에 떠도는 독소가 침투함에 따라 탄력을 잃어가기 때문에 노인의 경우 피부 탄력이 어린아이보다 약하다. 그렇다면 죽은 시체나 막 심장 마비를 일으켜 숨이 멈춘 사람의 볼 살을 누르면 어떻게 될 것인가?

당연히 그 자리는 상당 시간 동안 들어가 있게 된다. 그런데 지금 나일이 누른 거지의 볼 살은 누른 후 금방 본래의 자리로 돌아왔다. 육체 내부를 귀식대법으로 조절하고 있지만 귀식대법의 통제를 받지 않는 외부의 피부는 생기있게 반응을 보인 것이다. 이 반응으로 인해 나일은 자신의 생각에 확신을 가지게 되었다.

'이런 샹! 이 거지새끼. 두고 보자!'

나일은 '한번 혼나봐라' 하는 심정으로 허리에 매단 감산도를 꺼내었다. 그리고는 곁에 있는 노진과 마협지에게 손을 휘적거리며 물러서라는 손짓을 보냈다.

"아! 비켜! 니들이 너무 늦어서 죽어버렸잖아. 이왕 살인자가 된 거 목이나 한번 잘라보련다."

쇄애앵!

말을 마침과 동시에 거대한 감산도는 누가 말릴 새도 없이 노인의 목으로 떨어져 내렸다.

편봉타는 귀식대법을 펼치고 있으면서도 심상치 않은 분위기를 감지했다.

'이 새끼, 성격 진짜 더럽네.'

쓰러진 거지노인 무식한개(武食恨丐) 편봉타는 어쩔 수 없이 몸을 굴려 감산도의 도편을 피했다. 거지 생활 팔십여 년을 통틀어 이렇게 막 나가는 자식은 본 적이 없었다. 자신의 처량한 눈길을 대하면 백이면 백 그들은 주머니에서 동전을 털어주거나 아니면 통째로 건네는 사람도 비일비재할 정도로 자신의 구걸 기술은 천 년의 역사를 가진 개방에서도 세 손가락 안에 꼽히는 기술이었다. 그런데 눈앞의 청년은 그런 자신의 눈빛을 마주하고도 일언반구없이 발끝으로 무참히 자신을 떨구고 가려 했다.

'조사의 부탁만 아니었어도……'

젊은 놈을 잡아두기 위해 급한 맘에 귀식대법을 펼쳤건만 저놈은 하늘이 두렵지도 않은지 자신보다 어린 아이들을 시켜 뽀뽀하게 만들어 더러운 기분을 느끼게 했다. 거기다 그것도 모자라서 이번엔 목을 잘라 버리려 하지 않는가?

열 살 때 부모님을 잃고 자신의 사부, 개방의 이십사대 방주 용구신개(龍駒神丐) 고성구에게 손을 이끌려 구걸 생활을 하면서도 저렇게 거지를, 아니, 노인을 공경할 줄 모르는 싹수없는 놈은 진정코 처음이었다.

'내 이 새끼를!'

조사의 부탁 같은 것이 생각날 리 없다.

순간 편봉타의 몸에서도 진한 살기가 피어올랐다.

파다닥!

편봉타는 굴린 몸을 일으켜 감산도가 처박힌 땅을 보았다. 자신이 움직이지 않아도, 그리고 일어나 몸을 굴려도 아무 위해를 입지 않을 지점에 칼끝이 닿아 있는 것을 보았다.

'썩으럴, 진짜로 죽일 생각은 없었나 보군. 가만. 그럼 내 귀식대법을 눈치 챘단 말이야?'

편봉타는 구걸 기술만큼이나 뛰어난 무공의 소유자였다. 그렇기에 저 성격 더러운 놈이 휘두른 도의 목적을 한눈에 간파한 것이다.

"노인장, 나이도 있으신 분이 애들처럼 장난이나 치고 이게 무슨 짓이오. 하마터면 생사람을 죽일 뻔하지 않았소."

나일은 능청스러운 몸짓까지 보이며 편봉타를 약 올렸다.

'오라. 그 얄팍한 재주를 믿고 네가 이런 식으로 나를 가지고 논단 말이지. 두고 보자! 늙은 생강의 맛이 어떤지 보여주마!'

편봉타는 놀란 가슴을 진정시키고는 수십 년 동안 구걸하며 거지 생활을 해온 경험의 맛을 보여주기로 마음먹었다.

"아이구, 아이구, 젊은 놈이 사람 죽이네. 발로 차서 갈비뼈를 부러뜨린 것만으로도 성이 차지 않은지 아예 죽이려 드네. 아이고, 아이고."

편봉타가 바닥에 털썩 주저앉아서는 갈비뼈가 부러진 사람답지 않게 우렁찬, 그렇지만 사람의 마음을 애절하게 울리는 음색으로 사람들을 끌어 모았다.

"아무리 내가 거지 몰골이라 해도 아직 하늘의 도가 땅에 떨어지지 않았는데 시퍼렇게 젊은 놈이 장유유서도 무시하고는 사람 잡네. 아이구, 아이구."

그 모습이 볼 만해서 주루 정문은 사람들로 북새통을 이루기 시작했다.

'호미개 이놈이…….'

편봉타는 자리에 누워서 실눈을 뜨고는 이쯤에서 도움을 줘야 할 호미개를 찾아댔다.

"노인장, 거 연극 좀 그만 하슈. 살짝 민 거 가지고 갈비뼈가 부러졌네 어쩌네 하지 말고."

톡 쏘아붙이는 나일의 말은 편봉타의 악다구니에 불을 붙였다.

"아이구! 아이구! 나도 이놈아, 너처럼 젊은 날이 있었다. 너도 언젠가는 늙을 거 아니야. 조금 힘이 있다고 늙은이를 무시하고 때려? 차라리 죽여라, 죽여!"

"쯔쯔… 엄살 되게 심하네."

혀를 차며 나일이 편봉타를 거만하게 내려다보았다.

그 모습이 너무 신경에 거슬려 사람들의 동정을 듬뿍 받은 편봉타가 여기저기를 주무르며 몸째로 나일에게 달려들었다.

"이놈아, 죽여라! 죽여보라니까. 왜 못 죽여!"

"이제 보니 자해공갈단 아니야."

나일도 지지 않고 맞받아쳤다.

기분 같아서야 한 대 치고 싶지만 구경하는 사람들도 많고 하니 우선은 말발로 치고 들어간 것이다. 효과는 있었다. 나일이 자해공갈단 운운하자 사람들이 점차 수군거리기 시작했다. 비정상적인 편봉타의 행동들이 어딘지 어색해 보였기에 동정의 눈길들이 갈등의 눈길들로 바뀌어갔다.

이럴 때일수록 더 저돌적으로 약자의 모습을 보여야 갈등의 눈길들이 원상 복귀된다는 것을 인생 전반에 터득한 편봉타는 물리력을 행사하기보다는 다시 땅바닥에 주저앉아 가슴을 부여잡으며 통곡했다.

"아이고, 아이고, 서러워라. 늙은 것도 서러운데 새파랗게 젊은 놈한테 맞았으니 차라리 죽자. 이 더러운 꼴 봐서 뭐 해. 아이고, 아파라. 뭐 하는 거야, 어서 의원을 불러오지 않고!"

"여기 있소."

가슴을 내밀고는 대뜸 나서는 나일을 보며 편봉타의 안색이 구겨졌다.

"네놈같은 엉터리 말로 제대로 된 의원을 부르란 말이야! 아이고, 아파라. 나 죽네."

그 모습을 보며 나일이 사람들의 시선을 의식했는지 마협지를 불렀다. 그리고 노진을 향해 다른 사람들이 눈치 채지 못하게 한쪽 눈을 찡긋했다.

"협지, 너는 의원을 불러와라. 그리고 회계 비서, 아까 심장 누를 때 어디 부러진 데 있었냐?"

"모르겠는데요."

하나 편봉타의 연기에 듬뿍 빠져든 노진은 나일의 마음을 제대로 읽지 못하고 머리를 긁적이며 대답했다.

다른 때는 눈치도 빠른 게 정작 중요한 순간에는 도움 안 되는 둔한 노진의 모습에 울화통이 터진 나일이 노진의 뒤통수를 후려갈겼다.

빡!

"에이, 오늘 진짜 왜 이러냐!"

마협지가 주위를 둘러보며 의원 간판이 걸린 곳을 향해 가려 할 때 전형적인 의원의 몸집과 얼굴, 그리고 의원 복장을 한 중년인이 그제야 기다렸다는 듯이 편봉타에게 뛰어들었다.

"아이구, 이거 상세가 위중하구먼."

마협지와 노진은 나일에게서 두 발짝쯤 떨어진 곳에서 그들이 나누는 대화를 들었다. 괜히 나일에게 튈 불똥이 자신들에게 튀면 손해니까.

"이거 까닥 잘못했으면 죽을 뻔했어요."

"그렇지."

의원과 편봉타는 척척 죽이 맞았다.

"노인장 나이 때면 뼈가 물러서 약한 충격에도 곧잘 뼈가 부러진단 말이오."

의원은 편봉타의 상세를 살펴보며 심각한 표정을 지었고, 그에 따라 사람들도 의원의 말을 곧이곧대로 믿으면서 편봉타의 상세를 안타까워했다.

"네 이놈! 하아… 이것 봐라, 의원이 죽을 뻔했다지 않냐. 그래도 내가 다른 노인들보다 조금 더 건강해서 다행이었지……."

나일로서는 환장할 노릇이었다.

평소 같았으면 자신에게 매달리는 거지를 발길질로 내쫓았겠지만 오늘은 더러운 것이 옷에 묻을까 봐 발끝으로 살짝 밀었을 뿐인데 이런 억울한 일이 어디 있는가? 이럴 줄 알았으면 평소처럼 발바닥으로 확실히 밀어버리는 건데…….

꼬르륵.

"쩝. 좋소, 내 깨끗이 졌소. 얼마면 되겠소?"

나일은 뱃속에서 아우성치는 소리를 들으며 자신이 한발 물러서기로 했다.

"사람을 이 지경으로 만들어놓고 돈이면 단 줄 알아."

"저런 자식은 혼내줘야 해."

"저런 막돼먹은 놈!"

갖은 욕을 들으면서도 나일의 눈동자는 편봉타의 눈에서 떠나지 않았다.

"허험."

편봉타가 헛기침을 한 번 한 후 손가락 세 개를 폈다.

피식.

'그러면 그렇지. 역시 목적은 돈이었구나.'

나일은 내심 고소를 지었다.

손가락 세 개라. 그렇다면 세 냥을 의미하고, 나일은 이 더러운 거지와 더 이야기를 했다가는 코가 막혀 질식사할 것 같았다. 그리고 어차피 자신의 수중에는 돈이 없으니 노진이 가지고 온 은자로 합의를 보면 끝인 것이다.

"야, 회계 비서. 얼른 세 냥 주고 밥 먹으러 가자."

나일이 노진을 돌아보며 편봉타를 맡기고는 주루로 들어가려는데 편봉타의 입이 열렸다.

"세 냥이 아니라 삼백 냥일세."

"이런 거지새끼가! 미치기까지 했구나!"

그러자 편봉타가 고개를 흔들었다.

"나는 미치지도 않았고 나름대로 적당하다고 생각하네."

꾹 눌러 참았던 분노가 폭발했다. 그래서 결국 나일은 발로 노인의 몸을 차려 했다. 정말로 갈비뼈를 부러뜨릴 만한 힘이 깃들어 있었다. 그러나 노인이 벌떡 일어나는 바람에 발길질은 노인의 옷도 스치지 못했다.

"봤죠? 이 거지 완전 구라쟁이, 사기꾼 거지라니까요. 아마도 거지를 본업으로 틈틈이 자해공갈단까지 하면서 악착같이 돈을 버는 사람일 겁니다."

사람들도 편봉타의 민첩한 몸놀림을 보고는 나일의 말 쪽으로 기울어 갔다.

"이런 쌍, 봐주려 했는데! 나도 더는 못 참아! 야! 호미개, 너 비켜! 저 새끼한테 내가 오늘 하늘 위에 하늘이 있는 걸 보여주겠다!"

편봉타도 나일의 오만방자한 행동에 화가 치밀어 점점 감정적이 되어 갔다. 그리고 자신을 붙잡는 의원을 뿌리치며 나일에게 달려들려 하자 의원은 결사적으로 편봉타의 팔을 잡고 늘어졌다.

"장로님, 한 번만 참으세요. 태상호법님의 분부를 잊으셨습니까? 개방의 장로라는 신분으로 젊은이들과 다투려 하다니요. 방주님이 아시면 가만있지 않으실 겁니다."

"지랄하고 자빠졌네. 그럼 내가 참아야 한단 말이냐!"

낌새를 보아하니 저 거지노인은 개방의 장로고 의원도 한패거리였다.

"이 더러운것들이 하는짓도 추잡하잖아!"

나일이 그들을 향해 틈틈이 욕을 퍼붓자 편봉타가 달려들었다. 분노에 가득 찬 편봉타가 휘두른 주먹을 보며 나일도 팔을 걷어붙였다.

획, 획.

"이런 샹! 그래, 한번 해보자 이거지."

지금껏 영웅학관의 관생들이랑 싸우느라 고수다운 고수를 보지 못해서 세상이 넓은 줄 몰랐는데 편봉타의 주먹질을 받아보니 기재라고 깝죽대던 영웅학관 놈들이랑은 차원이 달랐다.

"이것도 받아봐라!"

무겁게 휘두르는 편봉타의 권력에는 사성의 내공이 실려 있었다.

"거지가 제법 하는데."

나일은 능글맞게 웃으며 빙글 돌아서는 편봉타의 팔목을 거머쥐려 했다.

"어쭈, 젊은 놈이 제법인데."

어느새 말싸움을 구경하던 사람들은 모두 물러섰다.

말싸움이 주먹 싸움으로 변질된 것에 오히려 기뻐하며 사람들이 두 사람이 싸울 만큼의 공간을 만들어준 것이다. 이내 나일과 편봉타는 서로가 무공으로 상대를 제압하려 들기 시작했다. 편봉타의 주먹은 곧바로 장으로 변환되었고 나일은 재빠른 신법으로 자신을 제압하려드는 편봉타의 손바닥을 봉쇄하며 둘사이의 공세가 조금씩 강도를 더해갔다. 어느덧 말싸움이 건달들끼리의 주먹 싸움이 되었고 지금은 절정고수들 간의 대결로 변하고 있었다.

'이 녀석은 누구길래 이다지도 강하단 말인가? 이래서 조사께서 보호 관찰하라고 하셨던가?'

그제야 생각이 거기에 미쳐서 편봉타가 나일을 유심히 흩어보았다.

휘리릭!

싸움이 거세질수록 편봉타가 눈앞의 젊은 놈을 보며 경악하기 시작했다.

이성에서 시작해 팔성까지 끌어올린 내공에 전혀 밀리지 않고 상대는 마치 장난하듯이 자신에게 맞춰서 무공을 펼치고 있었다. 지금까지 다툰 것도 개방의 장로 신분인 자신에게는 모욕인데 이놈이 자신의 실력을 다 펼쳐 보인 게 아니라는 느낌이 들자 눈앞의 젊은 놈의 정체가 궁금해졌다.

그걸 알기 위해서라도 기필코 제압해야 한다는 생각에 근 삼십여 년 동안 남에게 펼친 적이 없는 개방의 절기 강룡십팔장을 평생에 걸쳐 개량한 강룡십이장을 펼쳐 나갔다.

"항룡유회(亢龍有悔)."

어렸을 때부터 밥 먹는 것보다 무공 익히는 것을 더 좋아했던 편봉타는 개방제일절기라는 강룡십팔장을 항상 연구했다. 얼마나 무공 익히는 것을 좋아했으면 무식한개, 즉 무(武)와 식(食)을 즐기는 거지라는 별호에서 봐도 식(食)보다 무(武)가 앞에 있을까.

전대 개방 방주의 다섯 번째 제자로 나이 사십이 될 무렵엔 개방 내에서 두 번째 고수로 인정을 받았다. 그리고 그 후 사십여 년 동안 그 자리를 꾸준히 지켜왔다. 개방의 자랑인 지금의 태상호법 삼불마개 이약동이 없었다면 아마 개방 제일의 고수로 추앙받았을지도 모른다. 하나 삼불마개는 죽을 둥 살 둥 하면서도 끈질기게 연명하고 있어 편봉타는 아직까지도 개방의 두 번째 고수로 꼽히고 있었다.

삼불마개가 강호를 횡행하던 때의 위명이 너무나 엄청난 것이었기에 삼불마개는 거동도 불편한 몸이지만 개방의 제일고수라는 상징적인 칭호를 여전히 가지고 있었고, 그것에는 편봉타도 미련이 없었다. 편봉타는 명예도 좋지만 우선은 자신이 만족할 만한 무공을 이루는 것을 더 중요하게 생각했던 것이다.

무공만 가지고 방주를 뽑는다면 틀림없이 개방 방주가 되었겠지만 얽매이는 것을 싫어하는 편봉타에게 다행스럽게도 개방은 무공보다는 사람을 이끄는 지도력과 원만함, 그리고 덕망을 우선적으로 방주의 자질로 꼽았다.

강호에서 가장 많은 문도를 보유한 개방을 하나로 묶어서 이끌 수 있는 그런 지도력이 무공보다 개방에 더 필요했던 것이다. 그래서 자신의 소원대로 편봉타는 마음 놓고 무공에만 정진할 수 있었다. 그의 절기가 지금 사정없이 휘몰아치고 있는 것이다. 원래는 강룡십팔장의 초식으로 전해져 내려오던 것이었으나 자신의 체형에 맞게 갈고닦으며 자신의 무공으로 변화시킨 것이 바로 이 강룡십이장이다.

비슷한 초식과 평범한 체격이 아닌 남들보다 좀 왜소한 자신이 펼치기에 적당하지 않은 초식을 잘라내고 자신의 신체 구조에 맞춰서 개량한 강룡십이장은 개방의 십구대 방주인 구지신개 홍칠공이 역경(易經)의 묘리를 바탕으로 만든 것이었다.

편봉타는 전해져 오는 강룡십팔장이 보통 체구의 사람이 익히기에는 약간의 어색함이 있다는 것을 깨달았다. 이 무공은 홍칠공이 역경의 무리에 자신의 신체 구조를 십분 활용하여 만든 것인 바, 손가락이 하나 없는 왼 손바닥과 남들보다 짧은 다리, 그리고 배불뚝이 같은 아랫배를 보완하는 초식을 중간에 넣어서 강맹 일변도의 무공을 만들었다. 편봉타가 십 년 만에 강룡십팔장을 익히고 펼치자 그것은 마치 왜소한 사람이 뚱뚱한 사람의 옷을 훔쳐 입은 것 같은 어색한 분위기를 풍겼다. 그 후 편봉타는 아차 하는 심정으로 이십여 년 동안 홍칠공이 밟은 길을 떠올리며 역경을 다시 연구하였고, 그 결과 자신에게 맞는 강룡십이장을 새로이 만들 수 있었다. 편봉타의 노력만큼 위력은 배가되었고 자신의 적수를 찾지 못한 지 오래였다.

"받아라!"

편봉타는 자신했었다, 설령 홍칠공이 다시 살아온다 해도 자신의 강룡십이장에 맞설 수는 없다고. 그런데 자신의 눈앞에 있는 젊은 놈은 자신의 장력에 힘으로 대항하며 자신의 자부심을 무너뜨리고 있었다.

항룡유회(亢龍有悔)에서 용전어야(龍戰於野)로 이어지는 편봉타의 장세는 이미 강기를 이루었음에도 젊은 놈은 아무런 이상이 없는지 유유히 그 속을 헤집으며 장을 맞대어왔다. 또한 이 젊은 놈은 도(刀)가 있음에도 맨손으로 대항하는 것을 보니 아직도 남아 있는 수가 더 있어 보였다.

비록 팔성의 공력이니 본신의 위력이라 할 수는 없었지만, 이 정도라면 소림의 장문인도 견뎌내지 못할 것이라고 은근히 무공에 대한 자부심을 가지고 있었는데……

"늙은이, 제법인데."

나일의 비아냥도 편봉타의 귓속으로 들어오지 않았다. 그러기에는 한 숨의 진기도 아까운 상태였다. 온힘을 짜내어 구름을 뚫고 승천하는 용의 모습을 그리며 편봉타가 양발을 도약해서 나일을 압박해 들어갔다.

"우욱…."

하늘로 타오르듯 목구멍을 공격해 들어오는 편봉타의 장을 정면에서 힘으로 누르려다 은근히 기혈이 울리자 나일은 속으로 단청을 욕하고 있었다.

'빌어먹을! 그 저주 이후로 내공이 반밖에 회복되지 않았잖아.'

나일의 상태는 무릉도원에서 나왔을 때의 반도 되지 않는 수준이었다.

어찌 된 일인지 단청의 마법 이후로 흩어졌던 내공은 사라져 버리고 겨우 반도 되지 않는 내공만이 원래의 진기를 만들었다. 나일은 모르고 있었지만 사실 나일의 내공은 사라진 것이 아니라 마법에 저항하기 위해 온몸 구석구석에서 무형의 힘으로 변해서 자신의 육체를 지키고 있는 것이다. 아마 지금 상태에서의 나일의 몸에는 단청도 마법을 걸기 힘드리라. 본래는 만독불침이라 그런 힘이 필요없었다. 하지만 마법이라는 특수한 힘에 놀란 이후로 공력이 알아서 무의식적으로 방어를 하고 있었다.

거기에는 나일의 내공이 무릉도원에서 끌어두었던 진기의 농도와 무릉도원 밖의 진기의 농도가 다른 것에도 그 이유가 있었다. 한마디로 말하면 예상치 못한 부작용이었다.

황생 자신도 완벽하게 익히지 못했으면서 이론적으로 어렵고 힘든 상황에서 내공을 모으면 당연히 일반적으로 평범한 상태에서 익힌 것보다 강할 것이라고 생각했다. 하나 실제로 내공이라는 것은, 더 정확히 말하면 무하신공이라는 내공심법은 몸 안에서 내공을 모아두는 일반적인 심법이 아니라 몸 밖의 대기와 하나의 흐름으로 자연스럽게 흡입되고 배출되는 특성이 있다. 그렇기 때문에 이런 부작용에 일조를 한 것이다.

물론 환골탈태를 해서 기경팔맥 및 임독양맥이 타통하기는 했지만 그것은 몸 내부의 일이고, 몸 밖의 대기와는 아직 하나로 관통되지 못했기에 마법에 의해 흩어졌던 진기들은 피부를 뚫고서 밖의 대기와 교류하면서 한편으로는 몸 밖에서 나일에게 위해를 가하는 모든 물질들에 반응하기 위해서 흩어진 것이다. 그렇지만 많이 약해졌다고는 해도 그것만으로도 자신의 상대가 없다고 생각했는데 고수 같지도 않은 저 남루한 옷차림에 더러운 냄새까지 풍기는 늙다리를 쉽게 이길 수 없자 나일도 슬슬 진심으로 상대를 하기 시작했다.

"무하신공 무형환타(無形幻打)!"

"강룡십이장 용적무퇴(容積無退)."

나일의 손바닥이 어지러이 춤을 추며 편봉타를 향해 달려들었고 편봉타의 손바닥 역시 굳건하면서 느릿하게 맞받아 쳐갔다.

"윽!"

비명을 지른 것은 나일이었다.

상상보다도 훨씬 위맹한 힘이었다.

그러나 곧 이어 나일은 편봉타에게 다시 달려들었다.

"이놈의 늙은이가 봐주니까 아예 죽이려 드네. 너 진짜로 죽여 버린다!"

편봉타에게 달려드는 도중에 나일은 무언가 이상한 낌새를 느꼈다.

"푸억!"

편봉타가 울컥 각혈을 자신에게 토해내는 것이 아닌가.

아침에 무엇을 먹었는지 검은 피와 함께 시궁창 냄새를 풍기는 음식물이 반죽되어 함께 쏟아져 나왔다.

철푸덕.

나일의 두 손이 부르르 떨렸다.

큰 덩어리는 피했지만 여기저기 군데군데 오물들이 묻어서 오늘 새로 입은 백의가 끝내 더러워진 것이다.

"이 거지새끼를!"

다시 달려들려는 나일을 노진과 마협지가 간신히 붙잡았다.

"제발 참으세요. 그깟 옷 때문에 사람 죽겠어요."

노진은 나일이 화가 난 이유를 정확히 짚으며 말렸고 마협지도 한마디 하며 말렸다.

"더 때리다가는 옷이 더 더러워져요."

'에구, 쑤시네. 뭐 이런 무식한 내공이 다 있어.'

그들이 실랑이를 벌이는 틈을 타서 편봉타가 슬쩍 일어났다. 그리고는 슬그머니 나일과 거리를 벌려갔다.

"잠깐!"

편봉타는 자신이 거리를 벌리는 것을 보고 눈에 불을 켜고 다시 달려들려는 나일에게 손을 들어서 일단 시간을 벌었다. 하긴 지금 상태로 물러서는 것도 우스운 행동이다. 자신이 누군가? 이십 년 전부터 무림사기 무림백선 이십 위에 이름을 올린 강호에서도 손꼽히는 인물이다. 그리고 지금에 이르러서는 스스로가 천하사대고수에 속한다고 생각하는 위인이었다.

천하사대고수란 현재 강호인들이 천하삼대고수라 부르는 인물들에 자신을 집어넣어 천하사대고수로 그 명칭이 바뀌어야 마땅하다고 자신이 지어낸 신조어이다. 그만큼 편봉타는 자신의 무공에 자부심을 가졌었다. 그런데 웬 젊은 놈에게 얻어맞고 도망친다면 자신의 명성이 하루아침에 산산조각날 것이다.

이게 보통 일인가? 편봉타는 그럴 수는 없다고 생각했다.

아무리 장강후랑추전랑(長江後浪推前浪)이라 하여 장강의 뒷물결이 앞 물결을 밀어내는 것이 자연의 섭리라고는 하지만 이렇게 도망치는 것은 너무 억울한 일이었다. 도대체 어디서부터 잘못된 것인가?

잠시 눈을 감고 생각해 봤다. 어디서 저런 괴물이 나타난 것이란 말인가!

저 녀석이 사용한 장법은 비렁질을 하며 강호를 싸돌아다녀 별별 무공을 견식해 봤다고 자부하는 자신에게도 생소한 것이었다. 아니, 익숙하기는 했지만 도무지 감이 잡히지 않았다. 거기다 저 무지막지한 내공 하며 성깔은 얼마나 더러운가?

무공이라는 것은 젊은 나이에 저렇게 높은 경지에 이를 수 있는 종류가 아니다. 아무리 그 재능이 뛰어나다 해도 나이가 어리면 그만큼 내공이 부족할 수밖에 없다. 자신은 그것을 노리고 내공이 잔뜩 실린 강맹한 초식을 발휘했는데 밀리다니······.

문이나 기예와 같은 경우에는 분명 천재적인 두뇌를 가지거나 재능이 있다면 높은 경지에 짧은 시간에 오를 수 있다. 하지만 무공은 절대 그럴 수 없다. 재능이 특출한 기재라 할지라도 스무 살에 저런 경지에 오를 수는 없다. 아무리 초식이 뛰어나다 해도, 아무리 몸을 수련했다 해도 무공에는 그것만으로는 넘을 수 없는 경지가 있다. 금이 그어지는 것이다. 그래서 내공이 필요한 것이다.

내공이 단번에 깊어지는 방법도 있다. 영약을 복용하는 것이나 누군가 다른 사람이 자신의 내공을 불어넣어 주면 내공이 깊어질 수 있기는 하다. 그러나 그것도 한계가 있다. 영약을 아무리 많이 먹어도 이 갑자 이상의 내공은 생기지 않는다. 만년산삼을 하나 먹어서 이 갑자의 내공이 생긴다면, 다시 만년산삼이나 만년설구의 내단을 복용한다 해도 더 이상의 내공이 생기지는 않는다.

왜냐하면 이 갑자 이후의 경지는 흔히 현경이라 부르는 경지이기 때문이다. 그 이상의 경지에서는 오직 깨달음만이 무공을 증진시킨다. 인위적으로 그곳에 도달할 수는 없다.

그런데 저놈은 현경에 든 자신의 강룡십이장을 격퇴시켰다. 그것도 정면으로 붙어서.

이 말은 저 녀석은 자신의 힘으로 원래의 단전의 크기를 크게 했다는 말이다. 즉, 최소한 현경에 들었거나 그것을 뛰어넘었다는 이야기였다.

이쯤에서 편봉타는 저 녀석이 '마교의 인물은 아닐까?' 하는 생각도 가졌다가 이내 그 생각을 머리 속에서 지워 버렸다. 그럴 리가 없기 때문이다.

마교의 내가심법은 물론 내공을 속성으로 깊게 하지만 그만큼 극마, 즉 현경의 벽을 뚫기도 어려울 뿐더러 마교의 무공을 익혔다면 당연히 마기가 깃들어야 한다. 마교인이 설령 정파의 무공인 소림의 나한권 같은 무공을 펼친다 해도 그 속에서 마기의 흐름을 감지하지 못할 자신이 아니었다. 그러나 척 봐도 저놈의 상깔이 더럽다는 것은 알겠는데 무공은 이상하리만치 웅대하고 박대정심한 향취가 느껴졌다.

손이 조금 내려오며 그는 나일과 거리를 둔 상태에서 입을 열었다.

"너는 나이는 몇 살이고 어디 소속이냐?"

편봉타가 도저히 궁금증을 참지 못하고 나일을 향해 물은 것이다.

"어쭈, 이 영감탱이가 어디서 감히 질문이야. 이리 와봐! 오늘 한번 먼지 나게 맞아봐라. 감히 내 옷을! 이야아아!"

퍽!

분노가 폭발한 나일이었다.

그 결과 편봉타의 등짝에는 나일의 발자국이 찍히고 있었다.

"채주님, 그만 하세요! 어서 도망치세요, 할아버지."

노진이 나일을 만류하면서 편봉타에게 간곡하게 도망을 권했지만, 어디 편봉타의 자존심이 보통 자존심인가?

"못 가, 아니, 안 가. 이런… 악! 악!"

새파랗게 젊은 놈한테 얻어맞기까지 하고 게다가 자신의 말이 씹히기까지 했는데 도망치듯이 사라질 수 있겠는가? 그러나 예상대로 나일은 못 가겠다고 버티는 편봉타를 발로 차서 넘어뜨렸다.

"가지 마! 나도 죽을 때까지 쫓아가서 때려줄 거다!"

말과 함께 나일은 간신히 몸을 세운 편봉타에게 다시 발길질을 가했다.

결국 편봉타는 이대로 간다면 아직도 앞날이 창창하게 남은 자신의 몸에 상당한 타격이 될 것이라는 생각을 했다.

"잠깐 멈춰봐. 우선은 나도 자존심이 있다고! 몇 살이고 어디 소속이야? 그것만 말해 줘."

이것은 정말이지 최소한의 요구이다. 팔십 평생 자신이 이렇게 자존심을 낮춘 것이 몇 번이나 되겠는가? 거기다가 노골적으로 자존심 좀 세워달라는 말까지 했는데.

"알아서 뭐 하려고. 거렁뱅이 주제에 궁금한 것이 많아. 그냥 오늘 똥밟았다 생각하고 편하게 누워 있으라고."

편봉타는 등을 감쌌다.

저놈은 자신의 말을 전혀 이해하지 못한 것 같다. 아귀처럼 달려들어 자신을 곤죽으로 만들려 들지 않는가?

'이런 머리 나쁜 놈. 눈치도 없냐? 그것만 알려주면 나도 간다니까! 자존심을 조금만 세워줘. 많이도 말고.'

속으로 나일에게 자신의 바람을 말하면서 편봉타는 다시 한 번 나일이 이해하기를 바라며 짧게 말을 했다.

"자존심만 세워주면 간다. 넌 누구냐?"

이러다가는 초상 치르겠다고 판단한 노진이 편봉타의 궁금증을 풀어주어 도망치게 하려고 입을 벌렸다.

"이분은 당년 이십일 세로 앞으로 중원을 호령할 와룡채의 채주, 천하무적 나일님입니다."

또렷또렷한 노진의 말이 시장 안에 울려 퍼지자 나일이 거만한 자세로 편봉타를 내려다보며 발로 편봉타의 어깨를 찼다.

툭툭.

"들었냐? 이 빌어먹는 영감탱이야. 이 몸이 바로 얼마 후에 녹림을 이끌어 나갈 차세대 녹림의 총표파자 와룡채의 채주 나일님이시다. 알았으면 썩 꺼져라!"

나일의 고개가 노진에게 향하며 잠시 무언가 아까운 표정을 지었다.

"노진, 세 냥 던져 주고 들어와라."

그리고는 손을 털고는 돌아서며 주루 안으로 들어가자 그 뒤를 이어 노진이 동냥통에 돈을 던져 놓고는 마협지와 함께 빙 돌아서 주루로 들어섰다.

"여기 죽엽청이랑 안주 적당히 주고 얘네들 먹을 것은 싼 거 아무거나 갖다 줘."

나일이 점소이를 향해 주문하는 소리를 주루 밖에서 들으면서도 편봉타는 어디로 갈지 모른 채 서 있었다.

"장로님, 분타에 가서 잠시 몸을 뉘시지요."

의원으로 분한 개방의 산서 분타주 호미개도 쓰러진 편봉타를 끌어안으며 막다가 나일의 발길질에 얻어맞아 기절하고는 정신을 차린 지 얼마 안 됐다. 하나 호미개는 편봉타가 얼마나 정신적으로 충격을 받았는지를 짐작하는지라 아픈 몸을 일으키자마자 편봉타를 위로했다.

"됐네. 자네나 치료를 받게."

주루 앞에 선 채 편봉타의 고민은 오래갔다.

눈앞에 자신의 명성을 무너뜨리는 말들을 안주거리로 삼아 술을 마시는 강호인들의 얼굴이 떠올랐다. 명예(名譽). 강호인들에게 명예는 목숨만큼 소중한 것이다. 그러나 목숨을 능가할 순 없는 것이기도 하다.

'맞다. 조사께서 저 녀석을 따라다니라고 그랬지.'

그제야 조사의 유훈이 자신의 앞일을 바라보고 내린 것이라는 생각이 들었다.

편봉타는 한 발자국을 주루를 향해 떼었다.

명예 회복(名譽回復).

자신과 개방을 위해, 그리고 또 한 가지는 어줍잖은 정의감을 위해. 아니, 노파심이라 불러도 좋을 그런 감정 때문이었다. 그 녀석의 몸에서 느껴지는 기운은 선천진기(先天眞氣)와 비슷했다. 자신의 상식으로는 그런 기운이 저런 악한에게서 날 리 없었다. 그런데 녀석은 자신의 상식을 벗어난 존재였다. 막연한 호기심. 그렇게 부를 수도 있다. 어쨌든 그래서 맞을 것을 알면서도 최소한의 자존심과 궁금증을 위해 녀석의 소속을 물었던 것이다.

"녹림이라……."

분명 그 분위기는 녹림이었다.

녹림이라고 다 나쁜 것은 아니지만 저 녀석은 무슨 수를 써서라도 막아야 한다. 개방은 본래 협의를 중시한다.

저 녀석이 녹림인이 된다. 그 생각만으로도 끔찍했다. 아마도 강호가 무너질지도 모른다. 한낱 산적 주제에 저렇게 엄청난 무공을 가진다면 표국이나 상인들은 길을 다니는 것을 포기해야 되고 그만큼 물류업이나 유통업, 그리고 상업은 엄청나게 퇴보할지도 모른다.

편봉타는 하나하나 조금씩 저 녀석 때문에 일어날 일들을 생각하니 겁이 덜컥 났다. 이윽고 편봉타는 이 순간 나일의 행동을 관찰하고 말리면서 동행할 것을 결심했다. 후에 생각해 봤을 때는 분명 잘못된 결심이었다고 후회했지만 지금 상황은 어떤 막연한 사명감으로 그렇게 결정을 내렸다.

저벅, 저벅, 새앵.

철퍽!

나일이 단무지가 잔뜩 든 그릇을 편봉타에게 집어 던졌다.

다른 음식들과 달리 단무지는 다시 점소이를 불러서 무상으로 제공받을 수 있기에 마음 놓고 취한 행동이었다.

"이 거지새끼가 어딜 들어와! 돈 받았으면 시장 가서 만두나 사 먹을 일이지."

그 순간 주루 안의 모든 사람들 시선이 편봉타에게 향했다.

'참자. 참자.'

편봉타는 마음속으로 참을 인(忍)을 수백 번도 더 새기면서 일그러진 얼굴을 간신히 웃음 짓는 얼굴로 바꾸며 손을 비비고는 나일에게 다가섰다.

"뭐야, 또 한 번 해보자고? 좋다. 내가 오늘 개 값을 물어주고 만다!"

나일이 탁자를 치며 일어서는 순간 편봉타가 무릎을 꿇었다.

"채주님, 소인을 채주님 부하로 받아주십시오. 처음 본 순간부터 흠모했습니다."

누구도 짐작하지 못한 말이라 한동안 정적이 흐른 후에 나일이 한껏 웃어 젖혔다.

"하하하! 그렇단 말이지 자. 발. 적으로 이 나일님의 부하가 되고 싶단 말이지?"

나일이 주위를 둘러보면서 건방진 자세를 취했다.

편봉타는 강호를 떠돈 지가 어느덧 칠십여 년이다.

나일 같은 부류의 사람이 어떤 것을 좋아하는지 나름대로 꿰뚫고 있었다.

'저런 놈은 아부하면서 치켜세워 주면 웬만한 것은 다 들어주게 되어 있어.'

편봉타의 예상대로 나일은 편봉타를 일으켜 세웠다.

툭툭.

역시나 발끝으로 어깨를 차서 일어나라는 신호를 보냈다.

"일어나라고. 나이를 먹은 만큼 사리 판단이나 사람 보는 눈이 높은 것은 내 인정하지. 하나……."

나일이 말꼬리를 흐렸다.

녹림은 무공도 중요하지만 세력도 중요한 것이다.

사람이 많으면 많을수록 그만큼 산채의 명성이 높아지는 것이다. 그러나 그것도 사람 나름이다. 편봉타는 나일이 겪기에도 지금껏 상대해 본 자들 중에서 무공이 가장 강한 사람이었다.

그러나 무공이 고강하다고 훌륭한 녹림도가 될 수 있는가?

녹림도가 무공만으로 먹고 사는가?

'그것은 아니올시다' 다.

녹림도는 속보다는 외양이 중요한 것이다. 그런데 편봉타의 저 눈은 상대를 겁주고 돈을 빼앗기보다는 상대에게 동정을 구해서 손을 벌려 먹고 사는 눈이다. 나일의 맘에도 잠시 갈등이 일었다. 저런 늙은이를 데리고 다니는 게 과연 자신에게 도움이 되는가?

결론은 쉽게 났다. 필요없다.

무공. 그것은 자신이 있으니 충분하다. 자신에게 졌으니 있어도 그만 없어도 그만이다.

두뇌. 회계 비서 노진이 있으니 걱정없었다.

사실 산적이 어디 머리로 먹고 살았는가?

노진도 이 여행길에는 필요없는 존재이기는 했지만 자신의 잔일을 도맡아 할 사람이 없기 때문에 끌고 온 것이다. 거기다 돈이 필요했다. 결국 호남성까지 가는 동안에 쓰일 은자도 노진의 호주머니를 빌리지 않으면 안 됐다.

마협지, 이놈은 아직 어려 보이지만 그 눈빛은 강단이 있어 보인다. 아직 정식으로 자신의 산채로 끌어들이지는 않았지만 조금만 자라면 보기에도, 그리고 속으로도 산적으로 충분히 대성할 그릇이라는 판단이 들었다. 그래서 끌고 온 것이다.

나일은 마협지가 신강의 십만대산에서 북경의 영웅학관까지 혼자서 왔다는 사실을 알고 있었다. 그래서 마협지가 중원의 지리를 잘 안다고 생각했다. 나름대로 써먹을 데가 있다는 뜻이다.

지금 자신에게 필요한 사람은 겉모습이 그럴듯한 사람이다. 속은 중요치 않다. 와룡채의 이름에 걸맞는 그런 험상궂은 모습의 사람이 필요하다. 그런 면에서 볼 때 편봉타는 나일의 잣대로 재었을 때 불합격이었다. 무공이 탐은 나지만 쓸모없는 존재였다. 그런 존재를 부하로 두어서 '먹여주고 재워주며 돈을 낭비할 필요는 없다'라고 결론이 난 것이다.

불안한 눈으로 나일을 바라보던 편봉타는 나일의 입에서 부정적인 말이 나오려는 것을 감지하고는 수작을 부렸다.

"아이고, 아이고, 사람 병신 만들어놓고 달랑 은전 하나로 끝내려고 하는구나. 아이고, 아이고, 다 나을 때까지 나는 어떻게 살라는 말이냐."

나일이 눈살을 찌푸리며 손 대신 발이 편봉타의 아랫배를 격타했다. 그 결과 편봉타는 주루 문밖으로 떼굴떼굴 굴러 나갔고 나일의 얼굴에는 기분 좋은 웃음이 보였다.

"세 냥이나 줬으면 됐지, 뭘 그리 많이 바라는 거야. 그렇지, 노진?"

다른 사람들에 시선이 있었기에 노진에게도 동의를 구하며 나일은 다시 탁자에 앉았다.

"정말 너무하는군요."

그때 어디선가 뾰족한 음성이 나일의 행동을 비난하자 순간적으로 나일은 얼굴이 다시 찌푸려지며 그 목소리의 주인을 향해 고개를 돌렸다.

이제 갓 열다섯이나 됐을까 하는 조그마한 계집애. 순간적으로 나일이 주먹으로 탁자를 내려쳤다.

쾅!

"시끄러!"

한번 겁을 주며 다시 식사를 즐기려는데 자신이 겁을 준 소녀가 다가와 나일의 뺨으로 손을 날렸다. 하나 당연하게도 나일은 그것을 쉽게 피해 버렸고 소녀는 균형을 잃고 탁자 위에 널브러져 버렸다.

"하하하. 바보 아냐? 누가 순순히 맞아줄 줄 알았냐?"

곁에 있는 노진에게도 나일의 그 표정과 말은 얄밉게 느껴질 정도였다.

나일의 비아냥에 얼굴이 시뻘게진 소녀는 일어서서 자신의 자리로 돌아가려다 돌연 나일의 무릎을 발로 찼다.

슈웅.

속임수를 써서 나일을 때리려던 소녀는 나일이 발을 들어버리자 겨우었던 정강이를 때리지 못하고 비틀거렸고, 다시 탁자 아래로 나뒹굴려는 것을 나일이 간신히 어깨를 잡아 넘어지진 않았다.

"크하하!"

그것도 잠깐,

나일은 소녀의 눈에 안도의 빛이 보이자 잡고 있던 어깨를 놓아버렸다.

철푸덕!

"크하하! 이거 진짜 바보네. 때리려는 상대가 진짜로 구해준 줄 알았단 말이야?"

배꼽에 손을 갖다 대고는 주루가 떠나가라 웃으면서 소녀를 놀려댔다.

"그럼 그렇지."

노진도 나일이 한 행동을 보며 이런 결과가 벌어지리라 예상했다.

"이 나쁜 자식! 오늘은 내가 그냥 가지만, 다음에는 복수를 하고 말 테
다!"

"그럴 수 있으면 그래라."

나일이 맘대로 하라는 표정으로 젓가락을 들고는 음식을 먹어댔다.

"나쁜 자식. 으앙……."

그 모습을 보며 소녀는 많이 분한지 눈물을 뿌렸다.

"어……."

나일은 소녀가 끝내 울음을 터뜨리자 잠시 어쩔 줄 몰라 하는 표정을
짓다가 모른 척 외면을 하고는 다시 식사에 열중하는 모습을 보여줬다.

마침내 소녀가 실컷 울었는지 눈물을 멈추고는 옷에 묻은 음식들을 털
어냈다.

찌릿찌릿.

음식을 먹다가 가시라도 걸린 것 같은 기분에 나일도 소녀를 쳐다봤
다.

"흥."

소녀가 한 번 코웃음을 치고는 주루를 뛰쳐나갔다. 그와 동시에 주루
밖으로 차 보냈던 편봉타가 어기적거리며 들어왔다.

"어이구, 젊은이. 사람을 때렸으면 책임을 져야지. 이런 무책임한 경
우가 어디 있나?"

뻥!

나일은 고개도 돌리지 않고 편봉타를 다시 차버렸다.

그러나 오뚝이처럼 편봉타는 주루 밖으로 굴러갔다가 다시 몸을 일으
키고는 주루로 들어왔다. 그렇게 두 시진이 흘렀다.

끈덕지게 따라붙는 편봉타에게 나일이 고개를 돌렸다.

웬만큼 손맛을 보여줬으면 이쯤에서 알아서 물러서는 게 사람의 생리

인데 편봉타는 포기하지 않고 맞을 것 같으면 물러나고 또 틈이 생겼다 싶으면 따라붙어서 나일을 괴롭혔다.

"얼마면 돼, 이 자해공갈단아!"

하루 종일, 정확히 따지자면 주루 앞에서부터 장장 세 시진 동안 자신을 따라붙는 편봉타를 떨구기 위해 나일이 견디지 못하고 협상에 들어갔다.

"피해 보상비 삼천 냥에다가 내 하루 일당 천 냥을 더하면……."

"뭐야!"

다시 달려드는 나일을 피해 편봉타는 노진의 뒤로 숨었다.

노진을 아끼지는 않지만 없으면 허전한 부하인지라 마음대로 손을 휘두를 순 없었다.

"끄응. 이쯤에서 그만 하라고. 나 보다시피 마음이 너그러운 사람은 절대 아니거든. 그리고 그만한 돈도 없고."

피곤한 기색으로 손을 저어대는 나일을 보며 편봉타가 가만히 운을 뗐다.

"뭐, 그렇다면 내가 다 나을 때까지 먹여주고 재워주는 걸로 합의를 볼까?"

그것은 나일도 싫고, 노진도 싫고, 하다못해 마협지도 싫었다.

저 시궁창 냄새 나는 노인과 동행이라니…….

"그건 말도 안 되고, 나도 더 이상 못 참으니까 진짜 따라오면 죽을 줄 알아. 이번이 마지막이야."

나일의 협박은 편봉타에게 먹히지 않았다.

그 후 저녁을 먹으려고 주루에 들어가도 마치 일행인 듯 같은 탁자에 앉으려 하는 것을 쫓아내기를 몇 번,

"도대체 원하는 게 뭐야."

온몸이 골병이 들어서 제대로 서지도 못하면서 걸레짝이 된 몸으로도 쫓아오는 편봉타를 보니 이젠 으스스하기까지 했다.

"끄윽, 내가 말했잖아. 몸이 나을 때까지만 먹여주고 재워달라고."

아픔을 참으면서도 편봉타의 말에는 힘이 들어갔다.

편봉타도 설마 자신의 몸이 이렇게 망가지리라 상상도 못했다.

이제는 오기 싸움이었다.

오기라는 것은 이성적으로는 옳지 않거나 받아들여지지 않을 것을 짐작하지만 자존심이라는 것 때문에 주장하게 되는 쓸데없는 것이다.

"좋아. 누가 이기나 보자. 마음대로 해봐."

뻥!

편봉타를 마흔일곱 번째로 걷어찬 후 나일이 매정하게 등을 돌렸다.

"가자."

"끄윽… 울컥."

다시 출발하려 할 때 편봉타의 입에서 다 죽어가는 신음 소리가 들렸다.

보다 못한 노진이 편봉타에게 뛰어갔다.

"할아버지, 괜찮으세요?"

"울컥… 끄윽!"

지금 죽어도 이상할 것 같지 않은 참혹한 상처를 입은 편봉타였다.

"채주님, 할아버지가 이상해요."

순간 나일의 매정한 눈빛이 깨졌다.

"에이, 젠장."

더러운 몸에 손을 대는 것이 싫었지만 의술을 아는 사람이 자신뿐이기에 나일은 편봉타를 진맥했다.

"이런, 이거 장난 아니네."

실로 지금 편봉타가 입은 상처는 자신의 오기 때문에 생겨났다. 오기로 인해 생과 사의 기로에 놓인 것이다.

　나일은 편봉타의 명문혈에 진기를 불어넣은 후 추궁과혈의 수법으로 막힌 혈도를 두드려 검은 피를 계속 뽑아냈다.

　"젠장."

　한마디 욕을 더한 후 나일은 편봉타를 업고는 쉴 수 있는 곳을 향해 달리기 시작했다.

　'살아난 건가?'

　어처구니없이 이 세상을 하직할 뻔했던 편봉타는 자신이 의식을 잃었던 순간을 더듬었다. 새벽녘에도 잠시 정신을 차리기는 했지만 정신을 차리는 순간 밀려오는 아픔에 다시 혼절을 하고는 네 시진을 더 누워 있었던 것이다.

　철컥.

　노진이 편봉타의 약을 들고 방으로 들어섰다.

　"깨어나셨군요."

　"끄음……."

　몸을 뒤척이는 편봉타를 만류하며 노진은 물수건을 갈아서 끼웠다.

　"몸은 좀 나아지신 것 같나요?"

　노진이 묻자 편봉타의 입에서는 제법 또렷한 음성이 흘러나왔다.

　"그런 것 같구나. 단순히 많이 맞아서 생긴 내상일 뿐이다."

　편봉타는 무공의 고수답게 비교적 자신의 상세를 냉정하게 파악했다.

　"그런데 내가 여기는 어떻게……."

　누가 보거나 들을세라 노진은 주위를 두리번거리고는 편봉타의 귀에 입을 갖다 대었다.

"그 자식이 여기로 옮겨와서 치료를 해준 거예요. 병 주고 약 준 거죠."

"그 자식이라니? 읍."

편봉타가 의문이 떠오름과 동시에 묻자 노진이 재빨리 편봉타의 입을 막아버렸다.

"그 자식이 또 있어요. 그 악마 같은 자식… 그리고 너무 크게 말하지 말아요. 그 자식한테 걸리면 난 죽는다구요."

어린아이답지 않은 진지한 표정으로 손으로 목을 긋는 시늉을 하는 노진이었다.

'그 녀석이었군.'

편봉타의 눈빛이 잠시 흔들렸다.

겉보기에는 아주 나쁘고 못돼먹은 놈으로 보였고 사실도 그러했지만 이렇게 치료까지 해주는 것을 보니 마음 깊숙한 곳에 조금은 선량함도 지니고 있다는 생각이 들었다.

"이렇게 치료까지 해준 걸 보니 그렇게 나쁜 놈은 아닌 듯하구나."

자신이 느낀 바를 노진에게 토해냈지만 노진은 한사코 손을 저었다.

"모르는 말씀. 분명 방금 한 말을 후회하는 날이 올 거예요."

"그럴까?"

"몸이 좀 나으시면 빨리 떨어지시는 게 좋을 거예요."

노진의 딱 부러지는 확신적인 말투에 편봉타는 이 꼬마도 그 녀석에게 많이 당했다는 것을 알 수 있었다.

"오냐, 그러마."

일단은 꼬마의 말을 듣는 척했다.

'어쨌든 접근에는 성공했군.'

그 순간 방문이 덜컥 열렸다.

"어이, 늙은이. 어때? 죽다 살아났지? 나 그렇게 나쁜 놈 아니라고. 이만하면 알아서 늙은이 갈 길로 가지?"

나일의 말과 함께 노진도 어서 그러라는 눈짓을 보냈다.

"아이고, 채주님. 그럼 저는 이대로 굶어 죽습니다. 당분간만 저를 좀 돌봐주십시오."

편봉타는 자신의 계획을 밀어붙였다.

노진은 이해할 수 없었다.

일부러 나일과 동행하려 하다니… 불현듯 차라리 고슴도치와 잠자리를 같이 하는 게 낫겠다는 생각이 들었다.

"아직도 그러네!"

뻑!

병상에 누워 있는 환자를 발로 차버리는 극악한 짓을 서슴치 않으며 나일이 다시 물었다.

"가, 가란 말이야! 나랑 같이 다니면 이런 게 일상이 될 텐데 그래도 좋아?"

"그래도 굶어 죽는 것보다는 났습니다."

확고한 편봉타의 의지를 확인한 나일은 조건을 내걸었다.

"좋아. 그럼 우선 깨끗하게 씻어. 그 다음에 내 부하다운 풍모를 만들 수 있다면 받아들여 주마."

사실 저 거지가 변해봤자 얼마나 변하겠는가? 그러나 편봉타의 의지가 너무 가상했다. 마치 아버지의 반대를 무릅쓰고 기를 쓰고 산적이 되려 하는 자신의 모습을 보는 것처럼 느껴질 정도였다.

"감사합니다."

"협지는 지금 이 거지 옷 사러 갔으니까 넌 이 거지 목욕 좀 시켜라."

결국 노진은 몸을 많이 다쳐서 제대로 자신의 몸을 닦지 못하는 편봉타를 대신해 편봉타의 몸을 두 시진 동안 닦았다. 때를 미는 동안에 밀어도 밀어도 계속 나오는 때를 보며 구역질을 해야만 했다.

"휴우, 보기보다는 괜찮은걸."

나일은 편봉타가 새 옷을 걸친 모습이 상상외로 보통 사람 같아 보이자 놀란 표정을 다물 줄 몰랐다.

"괜찮은걸."

나일이 연신 편봉타의 몸 전체를 훑어봤다.

"얼굴 한번 찡그려 봐."

"왜……."

"말하면 그냥 좀 들어."

"나도 나이를 먹을 만큼 먹었는데 말이 너무 짧은 거 아닌가?"

편봉타가 은근히 자신의 나이를 들먹이며 평범한 사람들의 관계처럼 얼마간 자신도 존중받기를 바라면서 나일을 향해 말했다.

"내 부하 하고 싶다면서?"

"그래도……."

"산적이 되고 싶다면 상하 관계는 확실히 해, 아니면 남던가."

"쩝."

아쉬움이 남는지 편봉타는 입맛을 다셨다.

"어디 얼굴이나 한번 찌푸려 봐."

별 이상한 걸 다 시킨다 생각하면서도 편봉타는 나일이 시키는 대로 따랐다.

"아니, 그렇게 하면 얼굴이 불쌍해 보이잖아! 사납게, 험상궂게."

나일이 큰 소리로 안면 근육을 시정할 것을 요구하자 편봉타는 제 딴에는 얼굴을 최대한 무섭게 보이게 하려 했지만 오히려 역효과가 났다.

"킥."

노진이 처음에는 불쌍한 얼굴에서 이제는 울 듯 말 듯한 표정을 짓는 펀봉타를 보며 참지 못하고 웃음을 터뜨렸다.

하기는 이런 얼굴을 하며 구걸 생활을 칠십 년간 했는데 어디 쉽게 고쳐지겠는가?

"그게 뭐야."

빡!

피도 눈물도 없는 나일은 펀봉타의 얼굴이 시원치 않아 보이자 주특기인 사람 뒤통수치기를 시전했다.

그 일격에 고통을 느끼며 자연스레 펀봉타의 얼굴에 아픔이 배어 나왔다.

"뭐 불만있냐? 나랑 한판 붙자구?"

나일은 펀봉타의 얼굴에서 비장미와 분노를 느끼고는 주춤 물러서며 주먹을 들어 보였다.

"아니요. 저는 그저 아파서 찡그린 것인데요."

펀봉타는 무슨 영문인지 모르겠다는 얼굴로 손을 저었다.

"오호, 그렇단 말이지. 그 얼굴은 정말 불만 많은 산적의 얼굴인데. 흠, 좋아. 항상 그런 얼굴을 하라고. 근데 정말 불만없지?"

"진짜 없습니다."

그 후로도 진정한 산적의 인상을 만들기 위한 나일의 가르침은 수시로 펀봉타에게 행해졌다.

제38장
손환희를 만나다

"야, 니들 거기 서!"

"이놈들! 너희 모두 산적이지?"

"형, 이놈들 어떻게 할까?"

"어떡하기는 어떡해. 다 손봐줘야지."

"그래야겠지? 자, 너희들 다 손 내놔. 내가 봐줄 테니까."

이상한 소리를 늘어놓고 있는 중년 이인조는 광동의 남마교에서 북경으로 향하던 혈우삼마 중 이마였다.

산서에서 제일 잘 나간다는 손가채의 산적들은 두 명의 괴인들을 보고 한 사람도 빠짐없이 어리둥절한 표정을 지었다.

그도 그럴 것이 지금 손가채의 산적들은 채주의 딸이 마을에서 해코지를 당했다고 울면서 채주 손익에게 세상이 너무 무섭다고 한 덕에 바쁘게 산을 내려오다가 이 괴인들을 만난 것이다.

아무리 산적이라도 사람을 봐가면서 산적질을 해왔기에 암만 봐도 결코 돈이 나올 것 같지 않은 그들을 자비로운 마음으로 무시하며 자신들이 할 일을 하기 위해 그냥 지나치려 했다. 그런데 다짜고짜 저쪽에서 먼저 싸움을 걸어온 것이다.

우르르 몰려서 너도나도 칼을 잡고 산에서 내려오는 그들의 모습이 산적이 아니라면 도대체 누구겠는가? 그런데 이런 산적을 손봐준다니…….

손가채의 산적들은 손익이 보고 있는지라 일부러 노기를 얼굴에 띠며 바쁘게 달려가다가 그들을 부른 쪽으로 한꺼번에 고개를 돌렸다.

'매를 벌려 하다니.'

손가채 산적들의 공통된 생각이었다.

"뭐 해, 빨리 움직이지 않고!"

손가채의 채주 손익은 안색이 변해서 뒤를 힐끔힐끔 쳐다보며 따라오는 부하들에게 개의치 말라는 시늉을 하며 발걸음을 재촉했다. 부하들이 원하는 것이 무엇인지를 모르는 것은 아니나 손익은 그들의 마음을 모른 척하기로 했다. 마음속에서 꺼림칙한 기분이 맴돌았기 때문이다.

바보처럼 보이는 중년 이인조와 싸워서 얻는 이익이 얼마 없을 뿐더러 여차하면 자신의 딸을 해코지했다는 놈을 놓칠 우려가 있었다.

"야! 안 서? 손 내놓으랬잖아, 손봐준다고!"

따악!

"누가 그런 뜻이래. 저것들 산적 같으니까 돈 좀 뜯어내자는 말이지. 그 개 같은 신무환 녀석이 돈을 적게 준 탓에 노잣돈이 다 떨어졌단 말이야."

혈우삼마 중 맏형인 진만득이 동생을 때리면서 손봐준다는 진정한 의미를 교육시켰다.

우르르, 턱.

한순간 달려가던 산적들, 정확히 말하자면 손익을 제외하고 손익의 딸을 포함한 모든 산적들이 다시 그들 쪽으로 몸을 돌렸다.

"그렇게 보면 어쩔 건데? 죽을래."

안 그래도 방금 형에게 한 대 맞은 것을 한시라도 빨리 화풀이하려는 듯 진백득이 고개를 좌우로 흔들어 보였다.

"이게 보자 보자 하니까 우리가 보자기인 줄 알아."

"채주님, 우선 저것들부터 밟아버리고 가죠."

부하들의 마음이 간만에 하나로 통일돼서 자신들을 무시한 중년인들에게 뜨거운 맛을 보여주자고 뭉쳤기에 손익은 내심 흐뭇해했지만 겉으로는 이마에 긴 내 천(川) 자의 주름을 드리웠다.

"저놈들은 내버려 두라고. 서두르지 않으면 그놈이 어디로 도망갈지 모른단 말이야."

손익으로서도 저들을 혼내주고 싶지만 가슴에서 위험 신호가 계속 들려왔다. 산적 생활 삼십 년의 경험으로 봤을 때 분명 저들은 위험한 존재들이다. 어차피 상대해 봤자 이익도 없을 것인지라 철저한 이익주의자인 손익은 부하들의 마음을 계속 모른 척하는 것이다. 척 보기에도 중년인들은 한가락 하는 인상들이었다. 거기다 이 많은 수의 산적들을 보고도 전혀 쫄지 않는다. 그렇다면 결론은 뻔하다. 저놈들은 무림에서 한가락 하는 고수임에 틀림없다. 그리고 여기는 산채나 자신들의 행사 구역처럼 만반의 준비도 없다. 괜히 붙어서 산채의 위신을 떨어뜨리기 전에 무시하고 제 갈 길 가는 것이 좋다.

"이놈들, 다음에 만나면 국물도 없을 줄 알아."

손익은 그들을 향해 기세 좋게 한마디 하고는 내빼려 했다.

"무엇이 어쩌고 저째!'

하지만 겨우 산적 따위의 오만방자한 말을 듣고 가만있을 혈우삼마가 아니다.

혈우삼마(血雨三魔).

진만득, 진천득, 진백득의 삼 형제로 이루어진 혈우삼마는 비록 무림 사기에 올라 있는 이름은 아니지만 한때는 마교의 성세를 이끌던 마천신 군 마득풍의 개인 호위로 있던 인물들이었다. 무(武)로 말하자면 개개인 이 마교 내에서도 열 손가락 안에 꼽히는 전대 거마였다. 다만 혈우삼마 의 막내인 진백득의 지능이 모자라서 십 년 전 마천신군이 은거한 후 자 신들의 은거지로 찾아온 매두 노괴와의 내기에서 지고는 세 가지 일을 한다는 약조를 했다. 둘째인 진천득은 약속 실행의 증거로 아직도 은거 지에 남아 있고 진만득과 진백득만이 지금 그 약조의 첫 번째를 이행하 기 위해 북경으로 가고 있던 차였다.

"거기 서라, 좋은 말 할 때."

살기가 가득 퍼지는 음성을 내뱉으며 진만득이 경공을 펼쳐 손가채 산 적들의 앞길을 막아섰다.

이쯤 되면 싸움은 피할래야 피할 수가 없게 된 것이다.

"쳐라!"

길고 짧은 것은 대봐서 확인해야만 수긍하는 산적들이었다.

역시 산적은 산적이었다. 그 이상도 그 이하도 아니었다.

손가채의 산적들은 우르르 몰려 덤비는 산적 특유의 인해전법으로 진 만득에게로 덮쳐들었다.

캉! 퍽! 캉! 퍽! 캉! 퍼벅!

처음에 산적들은 맨몸뚱이로 자신의 거대한 칼을 막으려는 진만득이 가소로웠다. 하나 결과는 자신들이 예상하지 못한 방향으로 흘러갔다.

소수마공(素手魔功)이라는 절세의 마공을 익힌 진만득의 팔은 절세보 검만이 흠집을 낼 수 있는 절기였다.

팔을 베는 듯했던 칼들은 쇠소리와 함께 여지없이 튕겨 나갔고, 산적들도 진만득의 일장을 받아 칼과 함께 허공을 갈랐다.

"잠깐!"

손익은 지금 자신이 본 것이 사실이 아니라 믿고 싶었다.

두 눈을 감았다가 볼때기를 꼬집고 다시 눈을 떴지만 상황은 달라지지 않았다. 그리고 진만득이 서서히 자신의 딸에게 다가가자 손익은 황급히 소리를 지른 것이다.

"내가 그랬지, 가만있으라고. <u>흐흐흐.</u>"

진만득은 광소를 흘리면서 손익의 딸 손환희에게 다가가서는 그녀의 목줄기를 낚아챘다.

"어라? 저게 뭐야?"

호남성 녹림대회 참석차 밥을 먹고 주루를 나선 나일 일행은 진기한 광경을 목격했다.

두 중년인에게 한두 명의 산적도 아니고 거의 삼십 명에 가까운 산적 패거리가 핍박당하고 있었던 것이다. 아주 오래전 소녀에게 행사를 나갔다가 쓰디쓴 경험을 했던 나일은 지금 당하는 산적들의 모습이 자신의 아픔인 것처럼 느껴졌다.

중년인은 매서운 매부리코가 유난히 돋보이는 얼굴이었다. 선량한(?) 산적들을 괴롭히는 악당이라니…….

물론 이것은 나일의 관점에서 볼 때였다.

하나 남에 일에 끼어드는 오지랖 넓은 나일이 아니었다. 때문에 나일 일행은 그 길을 지나가지도 않고 그들의 싸움을 멀거니 바라보고 있었다.

"흐흐흐… 그렇게 좋은 말 했을 때 들었으면 서로 좋잖아."

진만득이 손익을 앞에 두고 괴소를 터뜨렸다.

"살려주십시오. 그 아이는 저의 전부나 마찬가지입니다."

신형이 무너지던 손익은 진만득 앞에 무릎을 꿇고는 애걸했다.

장내는 이미 싸움이 끝나고 정리까지 다 된 상태였다. 삼십 대 이의 대결이었지만 격전이랄 것도 없이 진만득 형제의 싱거운 승리. 무공의 수준 차이가 너무 심해서 간단히 손가채의 산적들은 떨어져 나갔다.

"자, 우선은 돈을 내와라."

진만득이 거만한 자세로 무릎 꿇은 손익을 내려다보며 일갈했다.

손익의 눈짓으로 산적 하나가 그 말을 듣고는 부리나케 산채를 향해 달리기 시작했다.

"채주님, 보아하니 산적과 사파 인물들의 다툼 같습니다. 괜히 얼쩡거려서 저들 눈에 띄어봤자 좋을 것 없습니다."

편봉타는 이곳에 더 이상 있어봤자 좋을 일 없을 거라 생각했다.

어차피 지금 벌어지고 있는 대결 구도는 악과 악의 대결이라 여긴 것이다.

따악!

"너는 너가 뭐라고 생각하냐?"

특기인 뒤통수치기를 편봉타에게 구사하며 나일이 나직이 물었다.

"그야… 저는 채주님의 부하……."

"그래, 내 부하라면 너는 무엇인데?"

신입으로 산채에 들어오면 기를 꺾어놓아야 한다. 이것은 비단 녹림뿐 아니라 정파의 문파에서도 비슷하다. 그래서 나일은 아직도 몸이 성하지 않은 편봉타를 자주 때렸다.

"산적이죠."

눈치없이 대답은 잘하는 편봉타였다.

따악!

"그럼 같은 업종에 종사하는 사람이 곤경에 빠졌는데 뒤꽁무니를 빼려고 해. 이런 싸가지없는 놈을 봤나. 내가 너를 그렇게 키웠냐."

편봉타는 별소리를 다 듣는다고 생각했다.

자신은 누가 뭐라 해도 거지로서 혼자 크다시피 했다. 그런데 겨우 하루 먹여주고 재워줘 놓고서 싸가지없다고 호통을 치니 열통이 터질 지경이었다. 하나 마음속으로 궁시렁대면서도 한편으로는 입맛을 다실 수밖에 없었다.

현재 자신은 어쨌든 와룡채의 산적인 것이다.

나일의 말은 아직 끝나지 않았다.

나일은 편봉타와 노진, 그리고 마협지를 일일이 돌아보고는 침울한 목소리로 입을 열었다.

"잘 들어둬라. 자의든 타의든 어쨌거나 너희는 산적이 되었다. 산적을 부끄러워하든 자랑스러워하든 이제 그것은 너희 마음에 달렸다. 남의 물건을 빼앗는 산적이 옳지 못하다 여기는 사람이 있을지 모른다. 하지만 산적이 된 이상 산적은 남에게 물건이나 금품을 뜯겨서는 안 된다. 그것은 앞으로 산적으로 생활하면서 지울 수 없는 산적의 수치다. 평생 씻을 수 없는 수치인 것이다. 당한 만큼 꼭 되돌려 주어라. 내가 이런 말을 하는 이유는 나도 예전에 나보다 강한 무림고수에게 삥을… 험험… 아니, 돈을 뜯긴 경험이 있기 때문이다."

나일은 말을 하는 내내 그 사악했던 북궁주희를 떠올렸다. 그리고 그 순간 별것 아니던, 평범했던 북궁주희가 편봉타와 마협지 등에겐 절세고수가 되었다.

나일보다도 강한 고수, 도저히 짐작할 수 없었다.

편봉타는 마음속으로 자신보다 강하다고 여겼던 무림의 삼대고수와 나일보다 강한 고수를 추가했다.

'이런, 이제 여섯 번째 고수네. 천하육대고수. 어감이 별로 좋지 않잖아.'

자신의 순위를 속으로 따지는 편봉타 옆에서 노진이 인상을 찌푸렸다.

나일의 치부가 드러난 순간 노진은 겉으론 침통한 표정을 지었지만 속으로는 통쾌함과 고소함에 기분이 상쾌해졌다. 그러나 그것을 드러낼 수는 없어서 억지로 혀를 깨물며 인상을 찌푸리고 있는 것이다.

"남의 산채에 관심을 갖지 않는 것 또한 녹림 산채들 간의 암묵적인 불문율. 그들이 우리에게 도움을 청할 때까지 우리는 여기서 녹림의 식구들이 핍박당하는 것을 지켜볼 수밖에 없다."

나일이 입술을 깨물며 오랜만에 진지한 표정을 얼굴에 보였다.

"저기, 채주님."

"왜, 견습 산적."

웬만해서는 입을 잘 열지 않는 마협지의 목소리에 나일의 고개가 돌아갔다.

"그런데 기다리다 쟤네들 다 죽는 것 아니에요?"

마협지의 손가락이 가리킨 곳에는 산적들을 한곳에 무릎 꿇리며 좋아라 웃어대는 진백득이 보였다.

진백득은 산적들의 손을 일일이 봐주고는 가차없이 부러뜨리고 있었다.

"자, 손 펴봐."

험악한 얼굴의 산적들을 그보다 몇 배는 흉신악귀 같은 표정으로 을러대며 진백득은 손을 만지작거리다 자신의 손아귀에 넣고는 부수고 있었다.

"다음."

순서대로 일렬로 무릎 꿇은 산적들은 도망갈 자세도 취하지 못하고 있었다. 알고 있는 것이다. 아니, 깨닫고 있는 것이다, 수준 차이를.

지금 당하는, 그리고 앞으로 당할 고통이 두렵지 않은 건 아니다. 하지만 이 고통이 두려워 도망친다면 분명 손이 아니라 목숨을 빼앗기고 말 것이다. 본능이 그렇게 말하고 있었다.

게다가 하늘의 도움으로 살 수 있다 해도 자신의 동료들은 그 즉시 자신 때문에 몇 배의 고통이나 죽임을 당할 것이 뻔했다. 눈앞에 있는 사내들은 그럴 것이라 눈으로 말하고 있었다. 나름대로 돈독한 우의를 자랑하는 그들은 자신의 식구가 당할 고통을 생각하니 차라리 손목이 부러지는 게 낫다고 생각한 것이다. 어쩔 수 없는 선택이었다.

"이런 샹."

나일은 눈 뜨고 가만히 볼 수 없었다.

이런 꼴을 자신의 숙부가 당할 수도 있다 생각하니 속에서 울화가 치밀어 올랐다. 불문율이고 나발이고 그런 것들이 눈에 들어오지 않았다.

나일이 진만득을 향하여 신형을 날렸다.

두툼한 산적의 손을 마치 세상에서 제일 고운 여인의 손이라도 되는 양 떡 주무르듯 하는 진백득도 그 낌새를 눈치 채고는 행동을 멈췄다.

"조심해."

쿠당탕!

상황은 이미 끝나 있었다.

진백득이 진만득의 외침을 들었는지는 아무도 모른다.

진만득이 진백득에게 위험을 경고했지만 진백득은 너무 순간적인 상황에 아무것도 하지 못하고 나무 둥치에 처박혔다. 그러나 아무 일 없다는 듯 진백득은 웃으며 다시 일어났다.

"형, 쟤가 나 때렸는데 나도 때려도 돼?"

진백득은 진만득을 향해 자신이 하는 일을 하나하나 물어보았는데 주변의 다른 사람들이 소름이 끼칠 정도로 낯간지러웠다.

"맘대로 해. 아니, 죽여도 돼."

"와아! 진짜지? 나한테 뭐라고 하기 없다?"

손뼉까지 치며 좋아라 웃어대던 진백득이 한순간 나일을 향해 얼굴을 일그러뜨렸다.

"넌 죽었어."

나일은 엄지손가락까지 거꾸로 늘어뜨리는 진백득을 보며 씨익 웃어 줬다.

진백득은 무슨 무공을 익혔는지 몰라도 엄청난 몸을 가졌다.

때리기 전에는 몰랐지만 진백득의 몸은 마치 바위 같아서 오히려 자신의 손이 아팠다. 그러나 그뿐이었다. 자신도 이 일격에 최선을 다하지는 않았다.

"안 아팠냐? 그럼 이번엔 아프게 해주마."

나일의 신형이 또 한 번 빨라졌다. 전광석화 같은 속도.

뻑! 뻑! 뻑! 퍼벅!

"내가 머리통에 구멍을 내주마."

나일의 공격에 진백득은 얼이 나갈 정도였다. 무슨 주먹이 이렇게 빠른지. 그리고 아픔의 강도는 태어나서 처음 느껴보는 무시무시한 것이었다.

나일이 손을 거두자 진백득의 몸이 무너져 버렸다. 피를 질질 흘리면서.

"넌 누구냐?"

자신의 동생이 눈 깜짝할 사이에 힘없이 당한 것이 아직도 믿겨지지 않는지 동그랗게 눈을 뜬 채 진만득은 벌어진 입을 가까스로 다물었다 물었다.

"회계 비서."

고요한 음성으로 나일이 노진을 불렀다.

회계 비서는 이럴 때 써먹으라고 만든 직책인지 모르겠지만 노진은 나일이 자신에게 고개를 돌렸을 때부터 내심 준비하고 있던 차였다. 그래서 나일의 말이 들리자마자 노진이 일행 사이에서 세 걸음 떨어져 나왔다.

"이분으로 말씀드리자면 천하무적 와룡채의 나일님으로서, 세상에서 가장 강하고 보다시피 용모도 아름다우시며 성격 또한 호쾌하시다. 의리는 물론이고 어디 한 군데 흠잡을 곳이 없는 분이시지. 게다가 구비화라는……."

"그만 해라."

무슨 소리를 늘어놓으려는지 노진이 구비화의 이름을 언급하자 나일은 무게를 잡으며 손을 들어 말을 멈추게 했다. 오늘따라 자신에 대한 설명도 비교적 마음에 들었고 틀린 구석도 없었고 구비화의 이름이 나오자 무슨 이야기가 나올까 궁금하기도 했지만 상대가 더 듣기 싫은 듯 얼굴을 찡그리며 곤혹스러운 표정을 짓고 있었기에 모처럼 상대를 배려한 처사였다.

"그러니까… 너도 산적이란 말이냐? 겨우 산적 주제에 혈우삼마의 일에 관여한단 말이냐!"

진만득은 쉽게 나일의 결정적인 약점을 짚어내었다.

산적! 그렇다. 강호상에 허다하게 많은 산적.

그러나 나일을 가볍게 보지는 않았다. 산적 중에 무공이 이렇게 고강한 산적이 있다는 것은 금시초문이었다.

무공이 고강한 사람이 할 일이 없어 산적질이나 하겠는가?

방금 자신의 동생을 단번에 패대기친 놈의 무공은 자신보다도 뛰어났다. 게다가 일행인 듯한 노인의 눈빛도 마음에 걸렸다. 노인의 눈빛은 평범하게 보기에는 너무나 고요했다. 자신의 짐작으로 저런 눈빛은 내공이 극에 이르러 눈빛 속으로 갈무리가 된 상태일 때만 낼 수 있었다.

'불리하다!'

뇌리를 스치는 이 느낌.

실로 오랜만에 느껴보는 것이었다. 진백득이 저렇게 쉽게 쓰러지지만 않았어도 해볼 만한데 지금 자신 혼자로는 도저히 감당할 수 있을 것 같지 않았다.

혈우삼마라는 이름을 듣고 놀란 것은 나일이 아니라 편봉타였다.

편봉타가 벌떡 일어섰다.

"채주, 초반부터 최선을 다해야 합니다."

혈우삼마가 주는 무게감.

강호를 칠십여 년간 종횡한 편봉타는 혈우삼마를 직접 대면한 적은 없었지만 몇십 년 전에 날렸던 그들의 위명을 기억하고 있었다. 그래서 편봉타는 나일에게 혈우삼마가 만만치 않다는 것을 일깨워 줬다.

"너… 너, 손 내밀어."

꿈틀거리며 진백득이 몸을 일으켰다.

철갑마공(鐵甲魔功).

진백득은 마교에서도 사대마공에 꼽히는 철갑마공을 익히고 있었다.

철갑마공은 내공과 외공의 혼합형이다.

하기사 모든 무공이 두부를 자르듯 내공과 외공으로 나누어진다는 것부터가 어불성설이기는 하지만, 철갑마공은 여타의 무공과 다른 면이 있었다. 철갑마공은 좀 더 특이하게 내공과 외공이 조화를 이룬다.

철갑마공을 익히기 위해서는 내공이 없는 상태의 몸이어야 한다. 아니, 내공이라는 것을 몰라야 한다. 그 상태에서 십 년 동안 꾸준히 몸을 혹사시킨다. 흡사 금종조나 철포삼을 익히는 과정처럼 육체를 우선 단단하게 만든다. 여기서 철갑마공의 기본인 육체에 철갑이 생성되면 이후

약물을 복용한다.

실혼단.

혼을 잃어버리게 한다는 이 단약은 외공 수련이 끝난 후 내공 수련을 시작하면서 복용하게 된다. 외공을 익히는 무인들은 내공심법이나 내공을 익힐 수 없는 환경에서 그 길밖에 없어서 익히지만 철갑마공은 그에 어울리는 내공심법을 가지고 있다. 다만 내공심법은 단단해진 육체를 그만큼 정신적으로도 극대화시키기에 몸에 부작용을 일으킨다. 너무나 똑똑해져서 스스로 폭주하게 되는 광증이 그것이다. 그래서 그것을 해소시키기 위해 실혼단을 내공심법을 익히기 전에 먹는 것이다.

문제는 여기서 발생한다.

철갑마공은 개개인의 폭주 편차가 다르므로 실혼단의 약효도 다 다르다.

바로 치명적인 단점이 이것이다. 철갑마공을 익히면 단시일에 내공뿐 아니라 외공까지도 극성으로 익힐 수 있지만 실혼단의 영향으로 뇌 자체가 굳어지게 된다. 인간의 정신은 육체보다 강하다. 그렇기에 육체는 정신의 말을 따른다.

인간의 상상력은 내공을 익히는 데 적잖이 도움을 준다. 진기는 상상력의 힘으로 혈도를 타고 돈다. 그러나 육체는 자신의 마음대로 조절할 수 없는 미세한 부분이 있다. 훈련과 내공으로도 그 미지의 영역을 제어하는 것은 불가능하다. 아니, 어쩌면 가능할지는 모르지만 그것은 먼 훗날의 일이고 지금은 현실적으로 불가능하다고 알려져 있었다.

육체에 깃들어 있는 본능.

그것은 할아버지의 할아버지를 거쳐 그 위의 할아버지도 어쩔 수 없는 유전 같은 것이다. 인간이 무너뜨리기에는 너무나 커다란 한계.

철갑마공은 외공을 먼저 익힌 상태에서 내공을 익히면서 나타나는 육체와 정신의 부조화를 누그러뜨리기 위해 실혼단을 복용하게 한다. 그러나 그것 역시 정확한 해법이 되지는 못했다.

인간의 사고가 굳어져서 어린아이의 지능이 된다면 무공이 아무리 강하다고 해도 누가 그것을 원할 것인가?

마교 내에서도 그런 점을 고치려 했지만 실험을 하기에는 이 무공을 익히는 사람의 숫자가 너무나 드물었다. 그나마 근 백 년간 진백득이 유일했다. 다행히 진백득은 뇌의 사고 전달이 철갑마공을 실패한 다른 사람보다 덜 굳었다. 이전에 철갑마공을 익히다 실패한 사람들은 아예 어린아이의 지능도 갖추지 못하고 벌레처럼 생활을 하는 경우도 있었다. 그래서 마교 내에서는 일명 무뇌충신공이라 불리기도 했다. 그것이 소수마공 등과 함께 마교 사대마공 중 하나인 철갑마공의 본모습이다.

"어쭈, 또 일어났냐?"

피를 질질 흘리면서도 두 주먹을 불끈 쥐고 자신에게 반항적인 몸짓을 보이는 진백득을 향해 나일이 서서히 걸어갔다.

"백득아, 도망쳐! 멈추지 못해!"

나일이 진백득을 향해 눈썹을 일그러뜨리며 걸어가자 다급해진 진만득은 진백득을 향해 어서 도망치라고 소리를 지르면서 한편으로는 함부로 못 움직이게 하는 방법을 생각했다.

'이 위기를 탈출할 방법을 모색해야 한다! 어쩌지?'

진백득과는 달리 정상적인 지능을 갖고 있는 진만득이 자신의 손 아래에 있는 손환희에게 생각이 미쳤다. 진백득은 나일의 상대가 아니었다. 아무리 철갑마공이 강하다 하지만 깨지지 않을 것 같던 철갑마공이 깨진 것을 방금 목격하지 않았던가. 철갑마공을 익힌 진백득의 머리에서 피가 흐를 정도의 타격이라면 육체를 산산이 부서뜨릴 수도 있다는 소리였다.

무엇이든 처음이 어렵다. 굳건한 바위도 표면에 흠집이 생기면 그것은 언젠가는 깨질 것이다.

나일이 힐끔 진만득을 쳐다보았다. 그러나 진백득을 향해 가는 걸음을 멈추지는 않았다.

"이 소녀를… 이 소녀를 죽이겠다!"

전대의 거마답지 않은 치졸한 방법이었지만 지금 중요한 것은 동생의 안위였다. 또다시 나일이 진만득을 힐끔 바라보고는 상관없다는 듯 진백득을 향해 휘적휘적 걷기 시작했다.

"죽이던가 말던가. 나랑 무슨 상관이야? 난 걔 몰라. 아니, 알기는 알지. 어제 싸가지없이 나한테 복수 운운했는데… 잘됐지 뭐."

그렇게 한소리까지 지껄여 주며 나일이 진백득에게 향할 때였다.

"나 호걸, 아니, 나 채주. 제발 걸음을 멈춰주시오. 내 딸 좀 살려주시오. 그 은혜는 내 죽어도 잊지 않겠소."

보다 못한 손익이 부러진 자신의 양손을 늘어뜨리며 나일의 앞을 가로막았다.

"눈물나는군, 딸을 지키려는 아버지라… 후훗, 비키시오."

나일이 자신을 제지하는 손익을 신경질적으로 밀치며 앞으로 나가려는데 그 순간 방금 전까지 진백득 앞에서 무릎을 꿇었던 산적들이 다 나와서 나일의 앞을 가로막았다.

"제발 살려주세요, 나 채주님. 제발 우리 아가씨를 살려주십시오."

"저희는 죽어도 좋습니다. 제발, 아가씨를… 아가씨만……."

자리를 옮겨 나일의 앞에서 무릎을 꿇은 산적들은 나일에게 매달리며 울부짖었다.

"얼씨구……."

나일은 험상궂은 얼굴로 눈물 찍 콧물 찍 흘리며 호소하는 그들의 모습에 기가 찼다.

"더 움직이지 마! 정말로 움직이면 이 소녀를 죽일 수밖에 없다!"

눈물로 호소하는 산적들에게 호응이라도 하는 듯 진만득이 그 순간을 놓치지 않고 손환희의 목에 손가락을 박아 넣으며 소리쳤다. 그와 동시에 손환희의 목에서는 피가 숫구치기 시작했다.

"잘 들어둬. 어차피 쟤는 살 수 있는 방법이 없어. 그건 당신들도 잘 알고 있을 것 아냐. 더 이상 나를 막으면 나도 손 떼고 물러날 거야. 그럼 당신들도 죽는 거야. 그럴 바에는 차라리 당신들 목숨이나 건지는 게 좋을 거야."

손환희를 이미 죽은 사람으로 치며 산적들에게 잔인한 충고를 하고는 나일은 그들을 지나쳐 진백득에게로 다시 향했다.

"쏴라!"

피유융. 슈아앙.

나일이 진백득의 한 걸음 앞에 섰을 때 돌연 숲 속에서 삼십여 대의 화살이 나일과 진백득에게로 쏟아졌다.

챙! 챙! 챙!

"썅, 이것들은 또 뭐야!"

나일이 놀라운 속도로 감산도를 꺼내 들고는 화살들을 일일이 쳐낸 후 화살이 날아온 곳으로 시선을 돌렸다.

"채주님, 저희들이 구하러 왔습니다!"

공터를 둘러싼 산적들 중 하나가 등에서 화살을 빼 활을 메기어 나일을 향한 채 소리를 질렀다. 인질로 잡혀 있는 손환희 쪽을 차마 겨누지 못하고 적의 일행이라 생각되는 나일 쪽을 향해 겨눈 것이다. 생각해 보라. 산적을 편들어줄 사람이 어디 있겠는가? 자신들 산채의 사람이 아니면 모두가 적인 것이다.

그 말을 듣고 손익 등과 함께 있던 산적들의 얼굴이 구겨졌다.

'저런 병신 같은 새끼! 내가 그렇게 눈치 줬는데 애들을 데리고 와.'

손익은 분통이 터졌다.

그래도 산적 경력이 오래되어 믿고 맡겼건만 자신의 기대를 부숴 버리며 자신의 뜻과는 다른 조치를 취한 조한선이 미웠다. 조한선이 싸움을 해서 이길 수 있는 상대와 그렇지 못한 상대를 구분할 줄 모르는 것이 문제였다.

"저러다 우리 채주가 맘 변하겠는데."

편봉타가 소곤거리자 노진도 귀여운 얼굴에 눈썹을 찌푸렸다.

"그러게요. 보통 사람이라도 도와주려는데 활을 겨누면 억울해서 분통이 터질 텐데, 채주는 보통 사람보다 성질이 십만 배는 더 더럽잖아요."

나일의 두 귀가 쫑긋했다.

"끄윽."

편봉타와 노진은 자신들이 작게 소곤거렸다고 생각했겠지만 그것을 나일이 잡아낸 것이다.

'두고 보자, 이 잡것들!'

나일은 노진과 편봉타의 대화를 머리 속에 저장하고는 자신에게 활을 쏜 산적들에게 빠르게 달려들었다.

"허억!"

"으악!"

콰당탕!

나일은 일단 산적들의 수가 많아 활을 든 산적들만 패대기치기 시작했다.

"이것들이 감히 누구한테 활을 쏘는 거야!"

나일이 손을 쓰자 산적들도 나일을 향해 제각각의 무기를 들고 숲에서 달려나왔다.

"그만! 그분은 우리를 구해주실 분이다!"

손익이 그 광경을 목격하고는 부하들을 향해 필사적으로 소리쳤다.

잘못했다가는 자신들을 도와줄 유일한 은인과 적이 될 판이니 손익의 목소리는 무척 다급했다.

손익의 말을 듣고는 나일에게 달려들던 산적들이 일순 주춤하다가 모두들 불신의 빛을 띠었다. 하기는 그럴 만도 했다. 나일은…

퍼다닥! 쿵! 쿵! 파닥!

손익의 목소리를 들었을 텐데 전혀 아랑곳하지 않고 산적들을 때려눕히고 있었다.

조금은 주저함이 있었는지 대상이 모든 산적이 아니라 활을 든, 다시 말하면 자신에게 활을 쏘아 보냈을 법한 활을 무기로 가진 산적들만을 골라서 때리는 것이 다행이라면 다행.

"쯔쯔… 저럴 땐 아무리 분통이 터져도 그만 멈추는 것 아니야."

편봉타가 통나무처럼 굳은 산적들을 유린하는 나일을 보며 혀를 찼다.

"우리 채주가 그렇게 사람 좋아 보였어요?"

노진은 이미 이런 상황을 예상했다는 듯 톡 쏘았다.

"이걸로 끝나지 않을걸요. 모르긴 몰라도 무슨 이유를 대서 산적들을 골고루 괴롭힐걸요."

묵묵히 말없이 있던 마협지까지 가세했다.

"끄윽."

산적들을 때리면서 들을 건 다 들은 나일이 노진 등을 쏘아보았다.

'마협지! 너까지!'

노진 등은 그제야 아차 했지만 이미 엎질러진 물.

나일의 머리 속에는 그들의 대화가 모두 기억되었다.

'우리도 죽었다!'

노진 등은 서로의 얼굴을 보며 눈빛으로 그런 말들을 주고받았다.

나일의 성격상 이런 일을 그냥 넘어가지 않을 것은 불문가지. 그들은 똥 씹은 표정으로 굳어지며 전전긍긍해했다.

"들었지. 난 당신들을 구해주려고 온 정의의 남자야."

마침내 마지막으로 활을 든 산적까지 쓰러뜨린 후 나머지 산적들의 앞에 선 나일이 자기가 해놓은 짓을 흐뭇하게 내려다보며 어깨를 쭉 내밀었다.

"……."

쓰러진 산적들이 진짜 은인이 맞느냐고, 자신들의 식구들을 도와준 사람이 나일이 맞느냐고 일제히 손익에게 눈동자를 돌렸다. 손익은 아무 말도 없이 고개를 끄덕여 보였다.

나일은 귀찮다는 듯이 발길로 쓰러진 산적의 몸을 치워 나가며 진백득을 향해 걸음을 옮기기 시작했다.

"잠깐! 내 동생을 살려다오! 그렇다면 이 소녀를 놓아주겠다!"

이쯤 되면 진만득이 더욱 다급해진 것은 당연하다. 소녀를 볼모로 실컷 이용하려 했는데 나일이 전혀 상관하지 않고 오히려 같은 편이라 생각되는 산적들까지 패대기치니…….

칼자루는 자신이 쥐고 있다고 생각하면서 느긋하게 상대를 손아귀에 쥐고 흔들려 했는데 도무지 먹힐 것 같은 분위기가 아니었다.

할 수 없이 진만득은 이쯤에서 물러나려 했다. 나일이 보여준 무위는 자신의 예상을 훨씬 상회하는 것이었다. 혈우삼마라는 어린애도 울고 간다는 외호가 아깝지만 지금은 이것이 최선이라는 생각이었다.

파다닥! 쿵! 벌떡.

"어라? 오뚝이처럼 또 일어나네."

나일은 진만득이 소리치자 오른손 검지로 귓구멍을 한번 후비고는 진백득의 깨진 머리통에 다시 일장을 가하였다. 진백득이 지능이 모자라다고는 하지만 본능적으로 자신에게 위험이 다가오는 것은 개나 소나 다 느끼는 것이다. 더구나 진백득은 나름대로 무림고수가 아닌가?

진백득은 자신에게 날아오는 주먹을 피하기 위해 팽그르르 돌면서 마천보(魔天步)를 밟아갔다.

피식.

나일은 꼴에 보법을 펼치며 도망치려는 진백득을 향해 기가 차다는 표정을 지어 보이며 다른 손의 주먹을 진백득이 빙그르르 돌아서 빠져나오는 지점에 날렸다. 그것은 여지없이 진백득의 깨진 이마를 또 깨버렸다. 철갑마공은 과연 손꼽히는 뛰어난 무공이었다, 그렇게 맞고도 진백득이 다시 일어선 것을 보면. 하기사 뛰어나다고 좋은 것은 아니다. 이런 경우에는 맞고서 뻗어버리는 편이 진백득에게는 더 이로울 테니까.

"일로 와라."

나일이 일어선 진백득을 향해 손가락을 까닥여 보였다.

도리도리.

장내에 있는 사람들의 입가에 웃음이 맺혔다. 중년의 사내가 아이처럼 고갯짓을 하다니.

"형아, 무서워… 으앙……."

나일은 진백득이 오지 않자 할 수 없다는 듯 어깻짓을 하며 진백득에게 자신이 다가갔다. 그것을 본 진백득은 급기야 울면서 진만득에게 도망치려 했다.

"어딜 가. 나랑 좀 더 놀아야지."

나일이 도망치는 진백득의 어깨를 잡아 돌리고는 왼팔로 진백득의 목을 휘감아 옆구리에 갖다 댔다.

"형아, 살려주… 아아앙!"

굵은 눈물방울을 뚝뚝 흘리며 진백득이 진만득에게 손을 내밀었으나 진만득의 손이 닿기에는 턱없이 멀었다.

"이보게. 내 이 소녀를 풀어주겠네. 그러니 내 아우를 풀어주게."

진만득이 조심스럽게 손환희의 목에 갖다 댄 손가락을 뺐다. 손환희는 얼마나 많은 피를 흘렸는지 이미 탈진해 있었다.

"우리 아이를 살려주시오, 나 채주. 제발 살려주시오. 조건을 받아들여 주시오."

"살려주세요. 살려주세요."

장내는 가관이었다.

한 시진 전만 해도 싸우던 혈우삼마의 첫째와 손가채의 산적들이 한뜻으로 마음을 모아 이구동성 나일에게 선처를 구했다.

'쩝, 원래는 이럴려던 게 아니었는데…….'

손가채가 위험에 빠져서 구해주려는 마음으로 달려들었는데 이런 결과라니…

띵.

나일은 주위를 둘러보고는 진백득의 이마에 딱밤을 때렸다. 정확하게 깨진 부분을 가격해서 피가 우수수 쏟아졌다.

"너 때문에 나까지 나쁜 놈이 됐잖아. 젠장. 좋다! 그럼 우선 소녀를 풀어줘라. 그 다음에 이놈을 놔주지."

나일은 어깨를 건들거리며 진만득을 향해 말했다. 그러자 진만득이 고개를 저으며 소리쳤다.

"아니, 네가 풀어주지 않을 수 있으니 하나, 둘, 셋 하면 풀어주기로 하자. 그리고 서로 공격하지 말고 뒤를 쫓지 않기로 하자."

진만득이 오래전에 은거를 했다고 하지만 예전의 노련함은 아직 죽지 않은 듯 세심하게 협상을 조율했다. 일견 타당하게 보이면서 자신의 실리를 다 찾아 못을 박는 말. 나일은 진만득을 향해 동네 건달이나 할 수 있는 손짓으로 건들댔다.

"싫어. 조건이 뭐 그리 많아. 당신은 당신이 하고 싶은 대로 해. 나도 내 맘대로 하지 뭐."

따악!

말을 뱉어내자마자 나일은 다시 진백득의 이마를 희롱했다.

막무가내. 독불장군.

장내에 모인 사람들은 적아를 떠나서 모든 사람이 나일에 대해 이런 생각을 떠올렸다.

나일의 이런 행동에 가장 아픈 사람은 당연히 진백득이었고 제일 안절부절못한 사람은 손익이었다. 사건이 이상한 방향으로 흘러가서 까닥하면 자신의 딸이 죽게 생겼다.

일단락되나 싶어서 한숨을 돌리는 사이 나일이 전혀 뜻밖의 말을 늘어놓아서 손익의 이마에는 잠깐 쉬었던 땀방울이 한꺼번에 흘러나왔다. 부모의 마음은 다 똑같다. 산적이라 해서 다르지 않다.

자식이 험한 모습, 아픈 모습, 위험에 처한 모습을 보이는데 똥줄이 타지 않을 부모가 세상 천지에 어디 있겠는가? 손익은 얼굴에 비굴한 웃음을 띠었다. 어떡해서든지 딸을 돌려받아야 하기 때문이다.

"나 채주."

"나 채주님."

다시금 손가채 산적들의 애원이 들려왔다.

나일은 사람들의 목소리에서 간절함을 읽었다.

지금은 자신이 하고 싶은 것보다는 사람들의 애원을 들어주는 게 중요하다. 손환희의 상세는 한눈에도 심상치 않아 보였다. 잘하면 도와주고도 욕먹을 판이었다.

"쳇. 젠장. 당신 말대로 하지. 그런데 하나만 충고하지. 약속을 지키는 게 좋을 거야."

드디어 나일이 정의의 사도 같은 말을 입에 담았다.

"그건 이 혈우삼마의 명예를 걸고 보장하지."

"쩝… 좋다."

나일이 아쉽다는 표정으로 협상을 수락하자 진만득뿐 아니라 손가채의 산적들 모두 얼굴이 환해졌다. 노진 등이 보기에는 나일이 주위 사람들에게 공동의 적처럼 보일 지경이었다.

"좋다. 하나, 둘, 셋에 사람을 교환하지. 다른 사람들은 저자의 뒤로 서주시오."

정중하게, 그리고 교묘하게 자신이 살길을 만들어가며 진만득은 빠져나가기 좋은 방향으로 몸을 틀었다.

"하나."

꿀꺽.

나일의 등 뒤에선 산적들이 침을 삼켰다. 그만큼 긴장된 순간이었다. 진만득도 사실 산적들이야 있어도 그만 없어도 그만이지만 나일, 그리고 나일과 함께 온 일행 중 불쌍한 얼굴의 노인은 가볍게 볼 수 없는 상대라는 것을 느꼈다. 그래서 모두를 나일의 뒤로 모아둔 것이다.

"둘."

모든 이들의 시선은 기절한 손환희에게 향해 있었다. 피를 많이 흘려서 그런 것인지 아니면 공포 때문인지 손환희는 기절한 지 오래였다.

"셋."

진만득이 숨을 고른 후 셋이라는 구호와 동시에 손환희를 나일이 손을 뻗쳐 잡기 힘든 위치로 던졌다. 시간을 번 것이다.

새앵.

나일도 진백득의 머리를 손가락 끝으로 툭툭 치고는 구호와 동시에 포물선을 그리며 떨어지게 진백득을 하늘 위로 높이 던졌다.

"나쁜 놈."

진만득의 입에서 욕이 나왔다.

나일은 진백득의 목덜미를 잡고 하늘로 던졌지만 마지막 순간에 진백득의 바지를 끌어당겼고 진백득은 바지가 벗겨진 흉한 모습으로 하늘을 날아야 했다.

씨익.

진만득은 나일이 지긋지긋한 웃음을 보이자 진백득을 잡기 위해 하늘로 뛰어올랐다. 진백득은 머리부터 떨어지고 있었다. 가볍게 진백득을 받은 진만득은 진백득을 안아 들고는 도주하려는 방향으로 몸을 틀었다. 그리고 그 순간 나일도 손환희를 품에 안았다.

"저놈을 잡아둬. 안 되면 업힌 놈을 죽이던가!"

나일은 손환희를 안는 동시에 편봉타에게 고개를 돌리며 살기등등하게 소리쳤다.

손환희의 상세는 워낙 피를 많이 흘린 터라 빈혈 증세를 보이고 있었다. 응급조치로 나일은 선환희의 인후혈을 점해 지혈했다. 마치 흡혈귀가 목을 덥석 문 것 같은 상처가 났지만 생각보다는 대단치 않았다.

나일에게서 첫 번째 명령을 받은 편봉타는 자신도 모르게 진만득의 뒤를 쫓기 시작했다.

'내가 왜 저놈의 말을 듣는 거지?'

나일과 함께 보낸 하루, 그 짧은 시간 동안에 나일이 자신에게 명령을 내리고 그것을 따르는 게 당연하다고 여기는 자신의 모습을 보며 내심 쓴웃음을 지을 수밖에 없었다.

쉬이익.

진만득은 과연 노련했다.

철저하게 험한 길로 도망쳐 가며 손에 걸리는 모든 것을 편봉타를 향해 집어 던졌다. 그 때문에 편봉타도 쉽게 진만득을 따라잡을 수 없었다.

"더러운 놈들, 인질을 곱게 교환하지도 않고 거기다가 뒤를 쫓다니, 그러고도 너희가 사내냐, 이런 비겁한 놈들! 그러니까 산적 나부랭이라는 소리밖에 듣지 못하는 거야."

진만득의 일갈에 편봉타는 창피해서 쥐구멍에라도 숨고 싶었다.

협(俠)을 숭상하는 개방의 장로가 비겁하다는 말까지 듣다니, 편봉타가 수치스러워하는 것도 당연했다. 나일의 행동은 분명 조금, 아니, 많이 비겁하기는 했다.

편봉타는 진만득을 쫓는 걸음을 멈췄다. 약속은 약속. 나일이 지키지 않은 약속을 자신이 지키기로 한 것이다. 또한 뒤쫓는다 해도 혈우삼마의 맏이인 진만득을 이길 자신도 없었다. 편봉타는 선 채로 진만득이 도망치는 광경을 바라봤다. 그러면서 편봉타는 나일에게 둘러댈 변명거리를 궁리했다.

"야, 초보! 그놈 어디 갔어?"

어느새 나일이 따라붙었다.

"채주… 그게……."

숲이 우거진 중간에 우뚝 서 있는 편봉타를 보며 나일이 눈살을 찌푸렸다.

"놓친 거야?"

"네……."

"이런 망할! 그것도 못해! 저걸 어따 써먹어."

나일은 분통이 터지는지 자신의 가슴을 치고는 주위를 둘러봤다.

한쪽으로 눕혀진, 혹은 꺾어진 가지들.

그것은 급한 마음에 동생을 등에 업고 도망친 진만득이 남긴 흔적이었다.

"왜 여기 있지?"

나일은 편봉타에게 다그치듯 물었다.

"쫓는다고 잡을 수 있는 사람도 아니고 무엇보다 약속을 지키지 않는 건 좀 비겁하지 않습니까?"

목소리가 작아지기는 했지만 편봉타로서는 자신이 하고 싶은 말은 다 한 셈이었다.

딱!

"그 자식들이 복수한답시고 다시 이곳을 찾으면 어떡할래."

굳은 얼굴로 나일이 편봉타를 윽박질렀다.

'아차!'

편봉타는 잊고 있었다.

강호 경험이 많기는 했지만 자신은 개방이라는 거대한 그늘에서 살아왔다. 구파일방 중의 한 곳인 개방. 그곳은 정파였고 분명 거대한 방파였다. 지금까지 개방에 복수 운운하는 자가 없을 정도로.

그러나 방금 혈우삼마와 일전을 치렀던 산적들은 그만한 힘이 없었다.

사소한 생각의 차이, 입장의 차이를 간과한 것이다.

"그 자식들이 패거리를 이끌고 몰려오면 네가 천년만년 이곳을 지켜 줄 거야?"

그래서 강호의 은원에는 쉽게 끼어드는 것이 아니다.

자신이 직접 겪는 것이 아닌 일에 끼어들면 골치만 아플 것이다.

"설마 그럴려구요."

뒤가 켕기는지 편봉타가 작은 목소리로 나일에게 답했다.

편봉타는 나일을 모처럼 다시 보았다.

'생각보다 악질은 아니군.'

나일이 산적들 입장까지 생각해서 비겁함을 무릅쓰고 끝장을 보려 했던 것을 깨달은 것이다. 그것은 광명정대한 것보다 어쩌면 더 어려운 일일지니…….

어찌 됐든 처음에 나일을 본 자신의 생각이 맞았다. 산적의 입장까지 배려를 하다니…….

노진은 나일이 세상에서 가장 흉악하고 악독한 놈이라고 했다. 하나 나일은 겉으로는 그렇게 보이지만 속은 나름대로 다른 사람을 배려하는 따뜻한 모습도 가지고 있었다. 편봉타가 머리를 긁었다.

"저쪽 맞지? 빨랑 말해."

나일이 진만득이 사라진 곳을 가리키자 편봉타가 슬그머니 고개를 끄덕였다.

"두고 보자."

나일은 편봉타를 위아래로 훑고는 신형을 날렸다.

"휴우, 이것들이 어디로 도망간 거야."

그러나 나일은 끝내 혈우삼마 중 이마를 잡지 못했다.

진만득의 무공은 생각보다 고강했다. 잠시 지체했을 뿐인데도 그들을 놓친 것이다. 게다가 도주하는 데에는 교활한 진만득이 아직 강호 경험이 부족한 나일보다 한 수 위였다. 나일은 진만득이 만들어둔 함정에 골탕 먹고 끝내는 이를 씩씩 갈며 사람들이 모인 공터로 돌아왔다.

산적들은 아직 자리를 뜨지 못하고 있었다. 나일을 기다리고 있었던 것이다. 어찌 됐든 생명의 은인인 나일이기에 산적들은 그에게 무언가를 보답하고 싶어했다.

손환희는 어느새 정신을 차리고 있었다.

상세가 그리 깊지 않은 이유도 있지만 정확하고 신속한 나일의 조치 덕분에 제법 또렷한 음성으로 말까지 할 수 있었다. 오히려 손가채의 채주 손익과 나일에게 맞은 산적 일곱 명의 상세가 깊었기에 산적들은 그들을 치료하기 위해서 부산하게 움직였다.

"에잇! 놓쳤네."

돌아온 나일을 노진 등이 반갑게 맞이했다. 편봉타도 이미 돌아와 있었다.

"정말 고맙습니다."

"그나저나 경황 중이라 제대로 인사를 못했습니다. 와룡채의 채주 나일입니다."

나일이 손익을 향해 포권을 하자 손익도 아픈 손을 대신해 고개를 숙였다.

"나 호걸 같은 인물이 녹림에서 났으니 녹림의 일대쾌거, 일대경사입니다."

손익은 입에 꿀이라도 발랐는지 나일이 듣기 좋은 말만 골라서 했다. 나일은 어찌 됐든 산채의 은인이었다. 물론 손익의 뒤에 있는 산적들의 눈빛에도 존경심이 담겨져 있었다. 강하고 얍삽하고 게다가 비겁하기까지 하니 어찌 보면 산적의 모범적인 모습이라 할 수 있겠다.

"오늘 밤은 산채에서 술을 대접하고 싶습니다."

손익이 정중하게 나일을 초청하자 간만에 건수 잡았다고 생각한 나일이 거절할 리 없다.

"회계 비서, 앞으로 호남성까지 얼마나 남았지?"

짐짓 바쁘다는 듯 나일은 시간이 있느냐고 물었다.

"녹림대회 참석하시려구요?"

손익이 자연스럽게 나일에게 말을 건네자 나일이 고개를 끄덕였다.

"잘됐군요. 그렇지 않아도 저희도 며칠 후에 그곳으로 출발하려 했습니다."

"그거 정말 잘됐군요."

나일이 손익의 손을 맞잡았다.

"앗!"

"아, 죄송합니다."

손익의 손이 아픈 것을 잊고는 손을 잡은 터라 손익은 얼굴이 일그러졌다가 이내 다시 펴졌다. 지금 자신의 목숨을 취한다 해도 감사하게 생각해야 하는 사람이었다. 나일은 손가채의 구세주이니까.

"괜찮습니다……."

공터에 남아 있던 모든 일행이 손가채로 발걸음을 옮겼다.

손가채의 모습은 제법 그럴싸해 보였다. 녹림칠십이채 중 당당히 한자리를 차지하고 있는 곳이니 그럴 수밖에 없었다. 비록 서열이 육십위권이기는 하지만 나름대로 유구한 전통을 자랑하는 곳이다 보니 규모도 상당하고 산채에 머무는 산적들의 숫자도 유명 산채 못지않았다.

흥청망청 술판을 벌이는데 사람이 적으면 기분이 나지 않는 것은 당연한 것. 오늘 손가채는 채주의 생일을 맞은 듯 산채에 있는 거의 모든 술단지를 내오고 고기를 구워서 벌써 코가 삐뚤어진 사람도 여럿 있었다. 하기사 오늘은 여러 사람이 다시 태어난 것이나 진배없는 하루였다. 죽었다가 다시 살아난 기분을 만끽하며 산적들은 평소보다 더 많은 음식과 술을 들이켰다. 마치 다시는 그런 것들을 보지 못할 것처럼 열심히 마셔댔다.

어차피 녹림의 생활이란 생과 사의 부침이 끝도 없이 일어나는 것. 그것이 싫어 녹림을 떠난 자도 적지 않지만 한편으로는 그런 일이 없으면 무슨 재미로 녹림도가 됐겠는가. 그래서 옛말에도 녹림도는 태어나는 것이 아니라 만들어지는 것이라 하지 않았던가? 수많은 우여곡절이 난무하고 그러면서 녹림도는 만들어지고 커가는 것이다. 오늘의 일도 등골이 오싹한 경험이기는 했지만 죽지 않았으니 지금은 내일이면 죽을 사람같이 술을 마셔대면 그만인 것이다.

곰을 가죽째 삼킬 듯 사나운
나는야, 언제나 독사 같은 사나이.
죽엽청 한 모금 생각날 때
흙탕물을 마시고
사랑하는 나의 앵앵이가 그리울 때
남몰래 밤하늘을 헤아린다.

사나이 한평생 칼을 벗 삼고
굳세게 살다가 깡다구로 죽으리라.
손가채. 나의 손가채.
그곳에서 죽으리라.

손가채 가는 곳에 묵사발있고, 손가채 가는 곳에 승리가 있다.
죽음이 두렵지 않은 자 세상 다 둘러봐도
바로 이곳밖에 보이지 않네.
그 이름 손가채. 의리의 사나이들이 모여 있는 곳.
손가채의 손에 걸리면 묵사발나고
손가채에 칼을 맞대면 지옥을 구경한다.

고단했던 하루를 잊으려 술을 마시던 산적들의 입에서 손가채의 산채가가 흘러나왔다. 산적들의 목소리는 평소에 걸걸했던 목소리와는 달리 잔잔하면서도 무언가 서글픔이 느껴졌다. 자신들 산채가의 가사와는 정반대였던 하루. 그러나 손가채의 산적들은 내일이면 이 일을 툭툭 털고 다시 일어날 것이다. 산적이니까.

나일도 손익이 권하는 술을 마시며 산채가를 음미하고 있었다.

구성졌던 목소리가 어느 순간 포효하듯 울려 퍼졌고, 모두 소리 내어 산채가를 합창했다. 어느 산채가에나, 그리고 누가 부르던 산채가도 사나이의 낭만을 담고 있어서 묘하게 노진 등에게도 호기로움을 불어넣어 주었다.

손목 아래의 뼈가 엉망이 된 손익은 술을 마음대로 따르지 못해 답답했다.

어디 바스러진 뼈가 하루 이틀 만에 완쾌될 상처인가? 적어도 삼 개월, 아니, 육 개월은 있어야 제대로 손을 사용할 수 있을 것 같았다.

"나 채주, 낮에는 정말 고마웠습니다."

손익은 거듭 고마움을 표시했다. 남의 일에 도움을 준다는 것은 생각보다 쉽지 않다. 그것도 목숨에 관계된 일은 더욱 그러하다.

그러기에 세상에 단 하나뿐이고 가장 소중한 것이 생명이라 하지 않는가? 거의 산채가 절단날 위기였고 자신의 딸도 꼼짝없이 죽는구나 생각하던 차의 구원. 손익은 어떡해서든 고마움을 표시하고 싶었다.

"녹림의 식구로서 당연히 해야 할 일인데요. 그리고 말 낮추세요, 저보다 녹림의 선배신데."

어울리지 않게 나일이 겸양을 떨어 보였다. 아마도 처음으로 채주다운 대접을 받았기에 자신도 모르게 행한 겸양일 테다.

"아니, 이 각박한 세상에서 정말 마음에 드는군. 그래, 고향이 어디인가?"

슬쩍 손익이 말을 놓았다.

"사천입니다. 성도의 강진이 제 고향입니다."

"그래, 강진이라… 내가 존경하는 형님이 그곳에서 산채를 운영하고 계신다네."

손익은 그곳이 자신의 의형의 활동 구역이라는 것을 생각해 냈다.

"어……."

나일이 알기로는 그곳을 주 무대로 움직이는 산채는 풍귀채밖에는 없었다.

"혹시… 풍귀도 나 채주님을 말씀하시는 것 아닌가요?"

"그래, 맞네. 나웅 형님. 참, 자네도 나 채주니……."

손익이 이것저것을 생각하다가 나웅과 무슨 연관이 있는지를 물었다.

"나 채주님이 제 숙부 되십니다. 제가 가장 존경하는 분이죠."

나일이 술잔을 들이키며 자신의 족보를 밝혔다.

"험… 그랬군. 어쩐지……."

눈을 동그랗게 뜬 손익이 감격한 듯 나일의 손을 꽉 잡았다. 마치 오래전에 헤어진 친조카를 만난 것처럼 시원한 웃음을 짓는 손익의 얼굴에는 진실로 반가운 기색이 가득했다.

"소싯적에 나 형님과는 절친한 사이였지. 정말 대단한 분이셨어. 자신을 믿고 따르는 사람들에게 언제나 희망을 안겨준 분이셨지. 그래, 형님은 잘 계시는가?"

아련한 눈빛으로 손익은 나웅과 함께 보냈던 과거를 상기했다.

"잘 계십니다."

"젊었을 때는 정말 한성질 하시는 분이었지. 그것은 전 녹림이 다 알고 있었어. 그래서 나 형님과 호형호제 하는 사람이 많았지만 나는 나 형님과 진심으로 이어진 사이였네. 형님이 풍귀도를 떨치고 일어서면 내가 형님이 싸울 상대를 피신시키고는 했으니까. 하하하."

손익은 나일에게 나웅과 자신이 특별한 인연임을 강조했다.

"나는 이곳에서 가업을 잇기 위해 떠나왔지만 아직도 몇 년에 한 번은 나 형님을 뵙고 술잔을 기울이고 있네. 그런데 나 채주……."

"말씀 낮추십시오. 나 채주라니요. 그냥 나 조카, 아니, 조카라고 부르십시오."

나일이 손사래를 치며 손익에게 계속 자신을 낮추었다.

"그럴까? 하하, 역시 나 형님의 조카라 대범한 줄은 알았지만 예의까지 밝으니 은근히 사윗감 삼고 싶네그려."

손익도 나일에게 농을 던지며 못 이기는 척 나일에게 말을 편하게 하였다.

"하하, 따님이 정말 절세미인입니다."

"농담도 잘하는군. 그리고 보니 정말 왕년의 나 형님을 많이 닮았군."

껄껄 웃으며 손익은 다시 나일에게 술을 권했다.

나일은 자신이 숙부를 닮았다는 말에 입이 째져라 웃었다.

나일이 이 세상에서 가장 존경하는 사람은 사부에게는 미안하지만 바로 나웅이었다.

언제나 호호탕탕, 위풍당당한 모습으로 천하제일의 호걸다운 풍모를 보였던 나웅은 어린 날 나일의 우상이었고, 그것은 아직도 유효했다.

그렇기에 사람들이 저마다 못마땅해하는 산적을 기를 쓰고 되려고 하지 않는가?

"조카, 부탁이 있는데그려."

넉살 좋은 웃음을 지으며 손익이 나일을 불렀다.

"무슨 일입니까?"

은근히 취했는지 나일의 두 눈이 붉게 충혈되었다.

만독불침의 몸이라고는 하지만 황생이 말했듯 술은 독이 아니라 약이었다. 그 좋은 것을 마다할 나일이 아니었다. 지금 나일이 마시고 있는 술은 산서성에서만 난다는 진백건아였다. 매와 술에는 장사 없다고 했다. 산서 속담에 '진백건아 한 병에 쓰러지지 않는 자 없다'는 독하디독한 술을 무려 네 병이나 비운 나일이었다.

'독하긴 독하네.'

고급의 술은 아니지만 독하기는 지금껏 맛본 그 어떤 술보다 더했다.

하기사 북쪽 지방의 술이 다른 지방보다 독하기는 했다. 북쪽 지방은 남쪽보다 날씨가 춥기 때문에 술을 통해 몸의 열을 조절하곤 한다. 그래서 예로부터 북쪽의 술은 독하고 남쪽의 차(茶)는 진하다 했다.

"내 딸아이를 호남성까지 데려다 주게."

손익의 말이 떨어지자 나일은 거짓말처럼 술기운이 단박에 사라졌다.

"네?"

손가채도 녹림의 일원.

얼마 후면 손가채도 호남성으로 떠나는 인원이 있을 것은 자명한 일이다. 한데 왜 하필 자신에게 손환희를 동행시키는지 그 이유가 궁금해졌다.

"자네도 알다시피 내 손이 이렇네."

손익은 붕대로 감싸 매고 부목으로 받친 손을 나일에게 보여주며 한숨을 쉬었다.

"휴우~ 내 꼴이 지금 이런데 어떻게 녹림대회에 가겠는가?"

나일도 그 점에 관해서는 수긍했다.

녹림도가 먹고 사는 것은 칼밥. 지금 손익은 밥을 먹을 수 있는 그 칼을 쥐지 못하는 상태였다.

그래서야 어디 녹림도라 할 수 있겠는가? 자신이라도 전 중원의 녹림도가 모이는 장소에 그런 모습으로 얼굴을 드러내는 일은 창피할 것이다.

"그런데 왜 따님을……."

"아내가 일찍 죽어서 내 딸아이를 너무 오냐오냐하며 키웠다네."

죽은 아내 생각을 하는지 손익의 얼굴이 처연해졌다.

"그래서 그런지 세상이 얼마나 넓은지 모르고 철없이 날뛴다네. 아마도 나를 믿고 그런 거겠지. 무슨 일을 벌여도 항상 편을 들어주고는 했으니까. 아비는 녹림도인데 자기는 강호의 협객인 듯… 크응."

딸을 생각하니 골치가 아픈지 손익이 머리를 흔들었다.

"내 꼴이 이렇지만 않았으면 내가 세상이 얼마나 넓은지 가르쳐 주었을 걸세."

말을 끝내지는 않았지만 나일도 손익의 마음을 짐작할 수 있었다.

과거에 자신도 손환희와 같지 않았던가? 등 뒤에 있는 배경을 믿고 그렇게 천방지축으로 날뛰었다. 아니, 조금 다르기는 했다.

손환희는 정의로운 곳에 그 힘을 사용하려 했고 나일은 그 반대였다.

협객과 건달. 이렇게 놓으면 완전히 다른 의미이기는 하지만…….

지난날의 자신을 생각하면 손환희에게 세상이 얼마나 넓은지 보여주고 싶은 마음이 전혀 없는 것은 아니나 나일은 고개를 저었다.

짐을 떠안고 싶지는 않다. 짐을 떠안으면 자연적으로 지출은 늘어나게 된다.

"그것은 아무래도……."

나일이 거절의 뜻을 표현하려는데 손익이 조건을 제시했다.

"나 채주, 아니, 조카. 내 대신 그래만 준다면 호남성까지 가는 자네

일행의 모든 경비를 대겠네."

꿀꺽.

나일이 목구멍으로 침을 삼켰다.

"아무리 그래도 여자를……."

손익은 나일의 고민이 무엇인지 알아차렸다.

여자. 녹림도가 되기에는 어울리지 않는 족속. 여자는 약하고 겁이 많다.

그렇기에 험한 일을 하는 녹림에서 여인이 하는 일은 전무(全無). 산채의 모든 일은 거의가 남자의 손으로 이루어진다.

"누가 평생 같이 다니라는 것도 아니고 단지 호남성까지만, 그리고 그래 뵈도 그 아이가 음식 하나는 기가 막히게 잘하네."

"……."

나일은 숙부의 얼굴 때문에 단번에 거절하는 말을 내뱉을 수 없었다.

"저기… 그것은……."

"부탁하네, 조카."

조카라는 말에 나일은 싫다는 말을 목구멍까지 삼켰다.

'돈 때문이 아니야. 인간관계 때문이다. 숙부와 절친한 사이니까.'

나일이 손익의 눈을 보았다. 순간 나일과 손익의 눈이 부딪쳤다.

나일이 쓴웃음을 지으며 손익의 눈길을 피하고는 고개를 끄덕였다.

"야. 나일, 일로 와."

한참 흥이 나서 술을 마시는 나일의 귀에 혀 꼬부라진 마협지의 음성이 들려왔다.

잊었다, 마협지는 평상시에는 말없이 조용히 지내지만 술만 들어가면 그동안 가슴에 쌓아둔 앙금을 고스란히 토해낸다는 사실을.

흔히들 주사(酒邪)라 한다. 술을 마시면 싸우거나 울거나 미친 듯이 소리를 지르는. 마협지의 주사는 꾹 눌러 참았던 서러운 감정을 토해내는 것.

나일이 마협지를 향해 안색을 굳히며 고개를 돌렸다.

산채에서 잔치가 벌어지면 채주든 막내든 간에 모두가 큰 원을 그리고 앉아서 술과 고기를 나눠 먹는다. 지금 마협지는 나일의 왼편에서 두 번째 건너에 앉아 있었다.

"협지 형, 왜 그래."

옆에서 고기를 집어 먹던 노진이 나일의 눈치를 보며 마협지의 입을 틀어막았다.

"놔! 저… 고조숙이라고 거들먹거리지만 겨우 나보다 여섯 살 많은 나일. 너, 오늘 혼나봐야겠다."

노진의 손을 뿌리치며 비틀비틀 마협지가 일어섰다.

"이런 쌍! 이 자식이, 술 취했다고 내가 봐줄 것 같냐!"

귀기(鬼氣).

나일이 뿜어낸 것은 그런 종류의 것이었다. 나일은 마협지가 일어서자 안 그래도 껄렁한 얼굴을 있는 대로 일그러뜨리며 마협지를 노려봤다. 그 속에서 나오는 살기.

나일의 눈빛이 자신이 감당할 수 없을 만큼 삭막해지자 술에 취했음에도 마협지가 움찔거리다가 다시 자리에 주저앉았다. 그러나 그것으로 끝이 아니었다. 앉은 후에 나일의 반대 편으로 고개를 돌려서는 다시 주저리주저리 떠들기 시작했다.

"노진, 너도 나빠."

"나?"

주사의 대상이 나일에게서 자신에게로 바뀌자 노진이 황당하다는 얼굴로 손가락으로 스스로를 가리켰다.

"그래, 너 임마! 그러는 게 아냐. 왜 너 하기 싫은 일 나 시켜. 아니, 왜 힘든 일은 나한테 떠넘기고 너는 쉬운 일로 쏙 빠져."

노진은 그제야 마협지의 불만이 무엇인지 눈치 챘다. 그런 면이 없다고는 말할 수 없는 노진인지라 고개를 숙이며 마협지의 주사를 순순히 경청했다.

"나를 무시하는 거야? 내가 모를 줄 알아? 까불지 마……."

말이 없고 과묵한 평소의 마협지가 아니었다.

'잘 걸렸다', '기회는 이때다' 라고 생각했는지 쪼잔하게 지나간 일들을 열거하려는 찰나,

휘익.

마협지의 입으로 잘 발려진 뼈 하나가 들어왔다. 그리고 이어 던져진 또 하나의 뼈는 마협지의 아혈과 중완혈(中脘穴)을 동시에 점했다. 그래서 마협지는 말을 하던 그 상태로 몸이 굳어버렸다.

물론 이것은 나일이 한 짓이다. 도저히 두고 봐줄 수가 없었다. 그 과묵한 마협지가 저렇게 치졸한 모습으로 바뀌는 것이 마땅치 않았다. 다른 사람들의 눈도 있고 하니 나일은 마협지를 재우기로 마음을 먹은 것이다.

"끌어내."

나일이 마협지의 주사도 아랑곳하지 않고 식탐에 열중하는 편봉타에게 고갯짓을 했다. 시키지도 않은 노진까지 자발적으로 힘을 보탠 덕에 마협지는 쉽게 산채의 가옥으로 운반되었고 술자리는 계속 이어졌다. 이윽고 한 순배씩 술잔이 돌고 나자 손환희가 일행에게 인사하러 왔다.

"나 채주님, 함께 가게 됐네요."

"흥."

손환희가 아부성의 말투와 손을 내밀자 나일이 콧방귀를 뀌었다. 같이

가게 된 것이 기정사실이 되기는 했지만 막상 다시 보니 못마땅한 점이 남아 있기 때문이었다. 하지만 그런 손환희를 노진과 편봉타가 반갑게 맞아들였다.

달은 벌써 동쪽으로 져가고 샛별은 그런 달을 맞이하며 반짝반짝 빛을 내고 있었다. 또 다른 하루가 시작되려 하고 있었다.

제39장
노숙은 정말 싫어

여러 가지 이유로 인하여 손환희를 포함해 다섯 명의 일행으로 불어난 나일 일행은 산채의 잔치가 끝난 다다음날에나 눈을 떴다.

밤을 새고 어둠이 걷힐 때에야 마칠 수 있던 잔치.

두주불사(斗酒不辭).

그 잔치에서 나일은 진정한 두주불사가 무엇인지를 깨닫게 된 것이다. 그 덕에 열 중 아홉의 산적들이 띵한 골머리를 잡고 나일 등을 마중했다.

"저기, 우리 말 타고 가요."

뜨악.

나올 때부터 쉴 새 없이 쫑알대는 손환희를 보며 혹자들은 붙임성이 좋다고 할 것이다. 하나 좋은 것도 정도를 넘지 않아야 한다. 이것저것 무엇이 그리 궁금한지 방년 십육 세의 꽃다운 처녀 손환희는 좋은 것이나 신기한 것 등 보이는 것은 무엇이든 어김없이 물어왔다. 그리고 시키지도 않는 감상을 이야기하면 일행 모두가 그것에 호응하느라 진이 빠질 지경이었다.

지금 손환희는 말을 타고 가는 관인을 보고는 '말이 못생겼네', '사람이랑 어울리지 않네' 하고는 느닷없이 말을 타고 길을 가자고 했다. 손환희가 말이 많아서, 그것 때문에 일행들이 철렁한 것은 아니다.

솔직히 말하면 마협지는 말을 탈 줄 알았지만 나머지 사람들은 말을 탈 줄 몰랐다. 노진이야 그렇다 쳐도 말보다 빠른 다리를 소유한 편봉타와 '동물은 그저 음식 그 이상은 아니다' 란 생각을 가지고 있는 나일은 말의 필요성을 느끼지 못했다.

"말이 보기에는 빠르게 보이지만 그것도 한두 시진이라고. 거기다가 우리가 다 타고 가려면 말이 많이 필요하고, 말 타는 기술도 차이가 나니까… 차라리 마차를 구하는 게 어떨까?"

자신이 말을 탈 줄 모른다는 치부를 감추기 위해 편봉타가 노진에게 말의 맹점을 알려주며 마차를 구하는 것이 낫다는 의견을 피력했다.

"맞아. 그런데 마차도 좀 그렇네. 멀쩡한 두 다리 놔두고… 그것 유지하는 것도 돈이 많이 들어가고."

나일이 편봉타에게 장단을 맞추었다.

"말은 무서워."

아직 한 번도 말을 타보지 못한 노가장의 귀하디귀한 후계자인 노진은 자신의 감정을 솔직히 털어놓았다.

"우리가 가는 길은 말이 다니기에 적당치 않은데… 무엇보다도 우린 산적이잖아요."

이틀을, 정확히 얘기하면 나일이 혈도를 점한 후 한나절 만에 술이 깨어서 꼬박 하루 동안 모옥에서 석상처럼 눈 뜨고 지낸 마협지는 일행의 정체성을 일깨워 줬다.

"맞아, 맞아. 말은 너무 불편해."

마협지의 말에 서로서로 맞장구치며 오랜만에 화기애애한 모습이 된 나일 등을 보며 손환희가 투덜댔다.

"혹시 말 못 타는 건 아니겠지요?"

제일 먼저 화를 낸 사람은 나일이었다.

"나를 어떻게 보고! 그깟 말을 못 타는 사람이 어딨어. 게다가 난 천하무적 와룡채의 채주라고! 난 뭐든지 잘해. 다들 내 말이 맞지?"

완강한 부정은 긍정의 뜻이라는 것을 잊은 채 나일은 손을 저으며 자신의 말에 강제로 동의를 하라고 노진 등을 향해 눈짓을 보냈다.

"그럼요. 채주님은 팔방미인, 아니, 만능이죠. 그리고 나 역시 못하는 게 없단 말이야."

나일에게 질 수 없다는 듯 고개를 흔드는 편봉타, 그리고 무덤덤한 마협지와 고개를 숙인 노진을 뒤로하고 어느새 손환희는 다른 곳으로 눈을 돌리고 있었다.

"엇! 저 새는 이름이 뭐예요?"

그사이 흥미가 다른 곳으로 향했는지 하늘 위로 날갯짓을 하는 매서운 새를 보며 손환희가 손가락질을 했다.

"글쎄……."

매였다. 이야기해 줄까 하다가 다른 것들로 또다시 흥미를 돌릴 것이 뻔한지라 나일 등은 호남성을 향해 걸어갔다. 저 멀리 인가가 보였다.

"그런데 와룡채는 어떤 곳이에요?"

입도 안 아픈지 쫑알대는 손환희가 옆에 있는 편봉타에게 물었다.

"와룡채… 글쎄, 나도 아직……."

편봉타는 나일을 따라 산적이 된 지 고작 닷새. 알 턱이 없었다.

"그러고 보니 와룡채가 어디 있어?"

편봉타는 그래서 '너는 알겠지' 하고는 노진에게 눈을 돌렸다. 노진에게 손환회의 질문을 떠넘겼지만 노진 또한 모르기는 매한가지였다. 나일이 와룡채의 채주라고 하기에 그런가 보다 하고는 생각했을 뿐이다. 관심을 갖고 싶지 않았다. 그리고 지금도 '어떻게 하면 나일 없는 세상에서 편하게 살 수 있을까?' 에 대해서 매일 심각하게 고민하며 사는 사람이 노진이었다. 다만 나일이 그런 호칭을 좋아한다는 것을 알기에 사람들 앞에서 소개할 때 주저리주저리 갖다 붙이는 것뿐 아직까지 그런 것들에 관심을 가진 적은 없었다.

"흠… 와룡채는 절강성 바닷가에 위치한 곳으로 그 규모가 손가채의 백 배쯤 되는 곳이지."

보다 못한 나일이 나섰다.

"인원은요?"

또 다른 질문을 하는 손환회를 보며 나일은 일행들에게 누가 쟤 좀 말려주지 하는 눈빛을 쏘아 보냈다.

"지금은 여기 있는 인원들 외 세 명이 더 있지. 개개인의 능력이 각기 한 방면으로 출중할 뿐 아니라 나에 대한 충성심 또한 높지. 능히 한 사람 한 사람이 백 명의 산적 몫을 하지. 게다가……."

말도 안 되는 소리를 하느라 나일이 버벅대기 시작했다.

나일은 말을 하면서도 자신의 부하들을 떠올리자 암울해졌다. 솔직히 제대로 된 인물이 없었다.

취약한 수석 비서, 헤헤거리는 행동대장, 힘도 없으면서 말만 그럴듯한 군사, 필요할 때는 둔한 애늙은이 회계 비서, 평생 거지로 살아와서 모든 게 불쌍해 보이는 편봉타.

나일은 그들을 떠올리다가 옆에 있는 마협지를 보고는 그의 머리를 쓰다듬었다.

'믿을 건 너밖에 없다. 기대한다' 라는 눈빛으로 마협지를 보던 나일은 문득 그저께 보였던 마협지의 주사를 떠올렸다.

'젠장! 이 자식도 제대로 된 놈이 아니잖아!'

나일이 한숨을 푹 내쉬고는 하늘을 올려다봤다.

"근데요… 채주님은 어떤 산적이 되고 싶으세요?"

그때 부끄러운 듯 나일을 올려다보며 손환희가 물었다.

손환희는 나일이 자신에게 치욕을 주던 사람인 것을 알고 있었다. 그러나 지금은 자신이 정신을 잃은 사이에 나일이 손가채의 은인이 된 이야기를 듣고는 주루에서의 일은 싹 잊고 은연중에 존경심을 품고 있었다. 나일이 손가채의 은인이고 앞으로 자신의 딸과 일행이 될 사람인지라 과정은 설명해 주지 않고 드러난 결과만 손익이 이야기했기 때문이다. 당연히 손익은 나일에게 딸려 보내기 위해 손환희에게 나일의 좋은 점만을 이야기했다. 그래서 손환희는 주루에서와는 다르게 태도가 백팔십 도 바뀐 것이다.

아무리 자신에게 잘못을 했다 해도 엄연한 은인이기에 손환희는 나일을 예전과 다른 존경의 눈으로 바라보고 있었다.

강하고 의리있는 사람을 누가 존경하지 않을 수 있겠는가? 손환희도 강한 남자를 숭상하는 천상 녹림의 여자였다.

"나, 난 말이지."

나일은 자신의 채주관에 대해 생각해 봤다.

어떤 채주가 되는 것이 멋있을까?

그러고 보니 그런 생각을 딱히 해본 것이 없었다. 그저 산적이 되고 싶었고 자신의 산채를 가지고 싶었을 뿐이다.

다만… 숙부처럼 부하들에게 존경을 받고 무엇을 하든 늠름한 그런 모습의 채주가 되고 싶었다.

"난 세상에서 최고로 멋있고 강한, 그러면서도 아랫사람들에게 존경을 받는 채주가 되고 싶다."

낯부끄럽기는 한지 나일은 입술을 깨물며 말했다.

"우와! 역시 나의 기대대로… 아니, 멋져요."

손환희가 눈빛을 반짝이며 나일을 쳐다보았고 손환희를 제외한 나머지 일행들은 기가 차다는 눈빛으로 서로를 쳐다보았다. 세상에는 가능한 것이 있고 절대로 불가능한 것이 있다. 다른 것은 다 제쳐 두고라도 마지막에 언급한 부하들에게 존경받는 채주가 된다는 것은 노진 등에게는 불가능에 속하리라는 것이 그들의 공통된 의견이었다.

"흐음. 뭘 봐, 이것들아!"

빽! 빽! 빽!

"이 자식들이, 어디 그런 눈으로 감히 이 채주님을 봐."

단지 눈빛이 마음에 들지 않는다고 이 난리를 치면서 부하들에 신뢰를 받는다고…….

"편봉타."

"네, 채주님."

나이로 대우받는 것을 포기하고 벌써 고분고분해진 편봉타가 나일을 쳐다봤다.

"넌 나이 먹었으면 나잇값 좀 해라. 쪽팔리게 음식을 그릇까지 싹싹 핥아 먹냐. 그렇게 먹고 싸고, 또 싸고 먹냐! 니가 거지야? 그리고 왜 얼굴이 원래대로 돌아오는 거야. 며칠 교정 작업 쉬었다고 다시 거지로 돌아가고 싶다는 거지."

나일이 자신에게 호통을 치며 손을 들자 다급하게 편봉타가 손을 저었다.

"아닙니다. 절대 아닙니다! 억울합니다. 단지 만든 사람의 성의를 생각해서 그런 것뿐입니다."

맞아본 사람은 안다. 당해본 사람들은 안다. 나일의 주먹이 얼마나 아픈지. 차라리 그것은 시험이라 불러도 좋을 그런 것이다. 인간 한계에 대한 시험. 그러나 그렇게 맞고 나서 한두 달 요양이라도 하면 좋을 텐데 이것이 얼마나 교묘한지 눈물을 쏘옥 빼낼 정도로 아프면서도 다음날이면 몸을 추스를 수 있으니… 미치고 환장할 노릇이었다.

그러나 무슨 생각인지 나일의 손은 멈추지 않았다.

"제발 산적답게 처신해라!"

빡! 빡! 퍼더덕!

"그리고 노진, 너 이 자식! 넌 임마, 걸음 좀 빨리 못해! 한 사람의 산적 몫은 해야 할 거 아냐. 니가 부잣집 도련님이라도 되냐! 넌 산적이야. 사내놈이 이렇게 걷는 것도 힘에 부쳐서 다른 사람에게 도움이나 받고!"

이번에는 손을 노진에게 돌려서 폭행을 가하기 시작했다.

"저……."

노진은 그동안 이곳까지 걸어오면서 힘이 들 때면 마협지에게 기대 오고는 했다.

나일은 그것을 빌미로 말을 하는 것인데 어린 노진을 감안하면 일견 억지 주장인 것 같으면서도 언뜻 들으면 타당한 이유였기에 노진도 찍소리하지 못하고 얻어터졌다.

어느 정도 노진이 고통스러워하자 나일이 느닷없이 마협지의 이마를 때렸다.

"이 자식은 술만 먹으면 그래."

더 이상의 이유를 만들 필요가 없었다.

혈우삼마와의 격투 중에 들려온 그들의 대화를 나일은 잊지 않고 있었던 것이다.

협객은 은혜와 원한을 잊지 않는다. 녹림은 은혜는 잊어도 원한은 절대 잊지 않는다.

그리고 나일은…

은혜는 깜박하고 큰 원한은 배로 복수하며 자잘한 원한도 머리 속에 담아두었다가 다른 이유를 들어 복수한다.

호남성에 가기 위해서는 산길, 들길, 논길, 대로 등의 많은 길이 있다. 그러나 나일은 수많은 길 중 산길을 택했다. 산길. 산적의 길. 지금부터라도 그런 것을 마음으로, 그리고 피부로 익혀두자는 취지였다. 그리고 당연히 이어진 노숙. 손가채의 채주 손익은 정말 엄청난 거짓말쟁이였다. 그렇게 믿고 믿던 손환희의 음식 솜씨는…….

나일 일행은 손가채를 나올 때 건포와 식료품 및 노숙에 필요한 장비 등을 편봉타와 마협지의 등에 실었다. 안 그래도 무거워 죽겠는데 이왕 산적이 되는 것이니 이제부터는 산과 친해질 수 있는 산길로만 걸어가자고 나일이 말했다. 그 고통은 다른 편한 길로 걸을 때의 배나 되었다. 항상 편한 길만 갈 수는 없다. 하지만 굳이 험한 길을 고집할 필요도 없다. 길이란 때로는 험하고 때로는 편하게 가는 것이 좋은데 굳이 나일이 이렇게 산길을 주장하니 힘없는 노진 등은 따를 수밖에 없었다.

"자, 환희는 밥을 하고 나머지는 잘 곳을 만들어. 노진, 너는 환희를 도와라."

그게 악몽의 시작이었다. 손익에게서 손환희가 음식을 잘한다는 말을 들은 터라 나일은 각자에게 적절한 임무를 나누어주었다.

"자, 빨리빨리 움직이라고."

나일이 한쪽에서 나머지 일행들을 감독한다는 명분으로 누워 있는 동안 손환희는 그럴싸한 폼으로 말린 육포를 냄비 속에 찢어 넣었다.

타다다탁.

손환희의 파를 다듬는 솜씨는 한두 해 해본 것이 아니었다.

편봉타는 우선 자신의 등에서 그릇 등을 꺼내어 식사 준비를 할 수 있게 모든 준비를 해주었다. 산적이 된 후에 정들었던 구걸통은 버렸지만 역시 밥그릇에 애착이 남아 있는지 연신 손환희가 음식을 하는 동안 냄비 주위를 서성거렸다.

이윽고 냄비 안에 국이 담백한 향기를 내며 끓여졌다.

빛깔도 고왔고 식욕을 자극하는 향기도 일품인지라 자연스럽게 일행은 냄비 주위로 모여들었다.

"역시 손 채주님의 말대로 음식 솜씨가 끝내주는데. 진수성찬이 따로 없네."

어디서 들은 것은 있는지 편봉타가 감탄사를 터뜨리자 너도나도 손환희의 음식을 찬양했다.

"이건 음식이 끝내준다고 하는 게 아니라 정갈하다고 하는 것이죠."

노진이 편봉타의 언어를 순화시켜 주며 음식을 바라보았다.

절로 입 안에 가득 침이 흘러내리는 상태.

아직 맛은 보지 않았지만 보기에 맛있는 게 맛도 당연히 좋을 것이라는 고정관념.

드디어 나일이 수저를 들었다. 그와 동시에.

"식사 시작!"

나일이 수저를 들자 노진이 소리 높여 외쳤다. 그리고 이어진 어제까지만 해도 없던 산채 사랑 구호.

"우리는 자랑스런 와룡채의 사나이. 최고 최강의 산적들. 맛있는 식사를 하게 해주신 천하무적 나일 채주님 감사히 먹겠습니다!"

산채의 규율을 내세워 주먹을 빌미로 나일은 노진에게 '식사 시작'이란 구호를 만들게 했다.

모두들 밥 먹는 데 이렇게까지 해야 하는지 불만이었지만 입 밖에 낼 수는 없었다. 어차피 돌아오는 것은 가혹한 구타뿐일 테니.

나일이 제일 먼저 냄비의 국을 한 숟가락 떠넘기고는 미미하게 안색이 흔들렸다. 그것도 잠시,

"음… 맛있군."

나일이 곧 엄지손가락을 치켜들었다. 그리고 동시에 일제히 냄비 속으로 수저가 들어왔다.

물론 가장 빨리 국에 닿은 것은 편봉타였다. 무공도 무공이지만 음식에 대한 집착은 도를 지나칠 정도였기에.

"푸컥!"

그러나 편봉타는 한 수저 가득 입에 넣고는 맛을 음미하려고 입 안에서 오물거리려다 속을 어지럽히는 미각에 참지 못하고 고개를 돌려 음식을 토해냈다.

"어디 불편하세요?"

걱정스러운 눈빛 반, 그리고 기대 반으로 손환희가 편봉타를 부축했다.

편봉타의 원망스러운 눈이 잠깐 나일을 향했다. 그 눈빛에 나일이 먼 산을 바라보았다.

'미리 알려주지……'

나일은 알고 있었을 것이다, 음식 맛이 형편없다는 것을.

시궁창 속에서 음식을 건져 먹어도 이것보다는 나았다. 분명 자신만이 맛을 본 게 억울해서 나일은 다른 사람들에게 언질을 주지 않은 것이리라.

"아니, 아무것도 아니야."

손환희의 초롱초롱한 눈을 보니 차마 진실을 토해낼 수 없어서 편봉타는 살며시 고개를 숙였다.

"푸악! 협지 형, 먹지 마. 먹으면 죽어! 독약이……."

편봉타에 이어 음식에 손을 댄 노진 또한 참을 수 없는 역겨움, 니글거리는 거북함에 음식을 토하고는 숟가락을 든 마협지의 손을 잡았다.

따악!

"조용히 해라. 수선은… 독약은 안 들었다."

나일이 노진을 때렸다. 아직 마협지가 남았다. 그 이상스러운 맛을 마협지도 맛봐야 한다.

"네에? 그럴 리가."

토끼눈으로 대경실색한 손환희가 황급히 자신이 만든 음식 맛을 봤다.

"전혀 이상없는데요?"

아주 맛있는 음식을 먹어서 기분 좋은 얼굴로 손환희가 음식을 마협지에게 권했다.

'으악! 실수가 아니라 평소에도 이렇단 말이야?'

손환희의 자연스러운 얼굴에 나일 등의 얼굴에 핏기가 가셨다. 어쩌다 한 번 있는 실수라고 칠 수도 있는 것이다. 아니, 그들은 그렇게 생각하고 있었다. 그런데 매번 그렇다면… 그것은 실수가 아니라 살수(殺手)다.

"그나저나 건포 남은 거 좀 줘. 난 오늘 왠지 식욕이 땡기질 않네."

나일이 노진의 입을 막은 채 건포를 찾자 음식에 한이 맺혀 있던 편봉타마저 건포를 찾았다.

"나도요."

노진까지 건포를 찾자 마협지도 이 상황이 심상치 않다고 느꼈지만 배

도 고프고 손환희가 음식을 손수 권하자 수저에 국물을 한가득 떠서는 입 안에 넣었다. 결국,

"쿠억! 나도 건포요."

분명히 손환희는 이 음식의 이름을 육향건탕(肉香乾湯)이라 했다. 육포를 찢어서 고기처럼 넣고 조미료를 첨가해서 넣은 탕. 노숙을 할 때면 일반적으로 해 먹는 음식이라 모두에게도 낯설지 않은 음식. 분명 냄새와 모습도 그러하다. 그러나 맛만은 절대로 비슷하지 않다.

비싸디비싼 소금과 그보다야 싸기는 하지만 그 가격이 만만치 않은 사탕가루가 이상하게 조화를 이루었고 거기에 고춧가루는 얼마나 들어갔는지 그 셋의 느끼한 조화로 인해 자연적으로 헛구역질을 유발시켰다. 개나 소라도 먹다가 토할 음식, 아니, 독극물이었다.

나일도 다른 이들이 건포를 찾는 것을 이해할 수 있었다. 어떻게 저렇게 겉모습은 똑같은데 맛이 상상을 초월하게 역겨울 수 있는지… 음식에 일가견이 있는 나일이었지만 도저히 그 비법(?)을 알 수가 없었다. 다른 때라면 노발대발 화를 내며 억지로 음식을 남겼다가는 죽을 줄 알라고 협박을 가했겠지만 지금 그렇게 한다면 너무 잔인한 짓이라는 생각이 들 정도였다.

"아잉."

손환희가 울기 시작했다.

기껏 있는 솜씨 없는 솜씨를 부려 평소보다 맛있게 만들었는데 아무도 먹으려 들지 않으니, 아니, 오히려 기피하는 기색까지 보이니 누군들 서운하지 않으랴.

"아잉. 왜 안 먹어요. 내가 얼마나 열심히 정성을 들여 만들었는데……."

손환희의 눈에서 쉴 새 없이 눈물이 흘렀다.

울보. 나일이 모르는 것은 아니다.

처음 손환희를 만났던 때도 나일은 복수 운운하고는 손환희가 우는 것을 보았다. 그때는 한 번 보면 끝인 줄 알았기에 외면할 수 있는 상황이었지만 지금은 계속 동행을 해야 하는 처지기에 좀 다르다.

나일의 마음이 약해졌다.

여자의 눈물 앞에서 강한 남자가 어디 있겠는가?

"울지 마. 여기 사람들이 음식이 너무 맛있어서 아껴 먹으려고 그런 거야. 그치?"

나머지 사람들에게 못할 짓이라는 것을 알지만 나일은 선의의 거짓말로 손환희를 다독이며 눈치를 주었다. 노진 등이 너도나도 일그러진 표정을 지으면서도 숟가락을 들었다.

"정말 그런 거였어요? 나는 그런 줄도 모르고… 하기는 우리 산채 아저씨들도 그런 말을 자주 했었어요."

방금 대성통곡을 하던 건 다 어디 가고 손환희는 은근히 기대 섞인 눈으로 활짝 웃었다.

'이런 걸 자주 먹었다고?'

순간 노진 등은 그동안 산적들이 겪었을 고초를 떠올리며 몸을 떨었다.

"그렇게 울다가 웃으면 똥구멍에 털 난다. 하하하… 맛있게 먹자고."

나일은 손환희가 금세 변한 모습이 어찌나 웃긴지 자신도 모르게 웃음을 터뜨렸다.

그에 반해 노진 등은 죽을 걸 알면서도 진시황을 죽이러 가는 전국 시대의 자객 형가처럼 비장한 모습으로 서로를 쳐다보았다.

"참. 나는 채주니까. 아니, 아까도 말했지만 부하를 사랑하는 채주니까 부하들을 위해야지. 그래서 내 몫까지 너희들이 실컷 먹어. 내 눈치보지 말고 실컷 먹어."

'어떻게 이럴 수 있어요!'

말은 안 했지만 모두가 마음속으로 이런 말을 내뱉었으리라.

나일이 자신은 음식에서 손을 빼겠다고 하자 분위기가 서늘해진 것이다. 안 그래도 양이 많은데, 거기다 한 사람이 빠지면 나머지 사람들의 양이 좀 더 많아진다. 모두들 그것을 염두에 두고 굳은 채 숟가락을 움직이지 않았다.

그리고 지금은 '빨리 움직이면 손해다' 라는 공감대가 형성된 것이다. 한 숟가락이라도 먼저 움직이면 그만큼 먹는 양도 증가할 것이다. 최대한 적은 횟수로 적은 양을 떠서 혀를 닿지 않고는 삼키듯이 먹어야 한다. 그런 생각들을 하고 있는지 모두들 먼저 움직이기를 주저했다.

"채주님, 저희끼리 먹기에는 양이 너무 많습니다. 채주님도 이 맛있게 보이는 육향건탕을 드시지요. 저희만 맛있는 음식을 먹으려니 너무 죄스러워서……."

편봉타가 말꼬리를 흐리며 냉각된 분위기를 누그러뜨리기 위해 절묘하게 나일을 끌어들였다.

빽!

"내가 얼굴 표정 고치라 그랬지."

나일은 편봉타가 자신에게 음식을 권하자 괜한 트집을 잡았다. 일명 '물귀신 작전' 에 넘어갈 나일이 아닌 것이다. 아무리 자신이 만독불침이라고는 하지만 냄비 안의 음식을 떠올리는 지금 순간에도 그 지독했던 맛의 고통을 느끼고 있는 것이다. 상상만으로도 살인이 가능하다더니 이런 경우를 두고 하는 말 같았다.

"뭘 봐. 빨리 안 먹어!"

나일이 나머지 일행들을 다그쳤다.

상황이 이러하니 나일을 끌어들이기 힘든 것은 당연한 것.

상대는 나일이었다. 일단은 제쳐 두고 나머지 사람들끼리 생사를 건 심리전을 펼칠 수밖에 없었다. 일단 나머지 사람들은 나일은 없는 사람으로 치고 또다시 신경전을 벌였다.

'채주도 필사적이다. 괜히 같이 먹자고 했다가는 다른 이유를 붙여서라도 때릴 것이다. 그럴 바에는 안 맞고 음식을 자체적으로 해결하는 수밖엔 없다.'

또다시 이런 공감대가 형성되자 노진의 가슴이 답답해졌다.

압박감, 중압감, 재수없으면 먹고 죽을지도 모른다는 공포감.

노진은 머리를 굴렸다. 어딘가에 살아갈 방법이 있을 것이다. 아니, 피해를 그런대로 최소한으로 할 수 있는 방법이 있을 것이다. 그 방법을 짜내야 한다. 노진의 머리 속에 세 개의 밥그릇이 떠올랐다.

사용할 일이 없어서 거의 사용하지 않는 그릇.

노진이 그릇을 들고는 국자를 잡아서 그릇에 육향건탕을 털어 담았다.

선공, 선방, 세상에는 이런 것이 중요하다는 것을 새삼 깨닫게 해주는 한 수.

어린 노진이지만 역시 잔머리는 대단했다.

"자, 저는 아직 어리니까 이만큼만 먹을게요. 나머지는 다른 분들 드세요."

그 순간 남아 있던 마협지와 편봉타의 얼굴이 변했다.

'당했다! 마지막 사람은 냄비통째……'

서로의 눈을 바라보며 그들은 그런 생각들을 하고 있었다.

"싹싹 다 비워야 한다."

나일이 건들거리는 얼굴로 한마디 하자 국자 쟁탈전이 벌어졌다. 그릇은 또 있다. 그러나 국자는 하나다.

선공은 마협지였다. 노진이 일부러 그랬는지 아니면 우연인지 국자 끝이 마협지 쪽으로 놓여져 있는 상태라 마협지는 손쉽게 국자를 잡는 듯 했다.

슈우웅.

쾌속하게 날아드는 편봉타의 손바닥에는 항거할 수 없는 흡입력이 담 겨 있었다.

"놓아라."

편봉타가 마협지를 보며 급박하게 말했다.

"으으……."

마협지도 자신의 모든 내공을 손가락에 집중시킨 듯 얼굴이 달아올랐 다.

이 한 번의 공방이 음식의 양을 결정한다는 생각이 들자 생사가 걸려 있는 듯 있는 힘을 다하는 것이다.

"왜 그래요. 싸우지 마세요."

보다 못한 손환희가 말리고 나섰다. 그러나 그런 만류에도 그들의 국 자 쟁탈전은 그치질 않았다.

파바박!

예상외로 강한 저항을 하는 마협지였기에 편봉타는 내상을 입힐 것을 막기 위해 흡인지공을 거둬들이고는 금나수를 펼쳤다. 마협지도 응조수 로 손바닥을 변화시키며 맞섰기에 둘의 공방은 더욱 거세졌다.

"그렇게 맛있어요?"

손환희가 자신의 음식 때문에 다툼을 벌이는 그들을 바라보며 행복한 미소를 짓자 마협지와 편봉타가 국자 쟁탈을 벌이면서 고개를 끄덕였다.

꿀꺽.

결코 맛있어서 나는 소리가 아니다. 너무 두려워서 나오는 소리이다.

"에이, 그럼 뭐 이거 드신 후에 제가 또 만들어 드릴게요. 그러니 싸움을 멈추시고 사이좋게 드세요. 식으면 이 맛있는 음식 맛이 변할지도 몰라요."

염려 반 자부심 반의 손환희의 말이 끝나자 편봉타와 마협지는 불꽃 튀기며 경쟁을 벌였던 국자를 떨어뜨렸다.

"아니 뭘… 됐어!"

나일이 식은땀을 흘리는 편봉타와 마협지 사이에 끼어들었다.

"이 정도면 충분하지. 공연히 번거롭게 할 수 없지. 더 먹고 싶어?"

이것도 양이 장난이 아닌데 더 먹으면 먹다가 둘 다 죽을 것 같았기에 나일이 그들을 구해줬다. 이럴 때 가만히 있으면 그것이 살인 방조죄였다.

도리도리.

눈알을 굴리며 둘은 나일에게 처연한 표정을 지어 보였다.

"그래, 이것만 먹어도 죽을 거… 아니, 배 안 고플 거야."

나일이 손을 들어 국자를 잡고는 그릇에 국을 담아서 마협지에게 건네고 냄비째로 편봉타에게 내밀었다.

"채주님, 제 게 훨씬 많은데요?"

한때는 양잿물도 공짜라면 마시겠다라는 신조를 가지고 살았던 편봉타가 울상을 지으며 선처를 호소하는 죄인처럼 나일에게 매달렸다.

"넌 음식 좋아하잖아."

매정한 나일의 말이 끝나는 동시에 편봉타에게 하나의 전음이 들려왔다.

"감히 아까 나한테 음식을 권해?"

나일은 잊지 않는다, 자잘한 원한을.

편봉타는 하늘을 우러러보고는 겉모습만 육향건탕인 괴음식을 입 안에 듬뿍듬뿍 부어 넣었다. 이제는 이 저주받을 음식을 최단 시간에 입 안에 넣고 삼키는 게 최선이라는 것을 깨달은 것처럼.

괜히 눈물이 났다. 어쩌다가 이런 것까지 먹게 되었는지. 국 한번 먹고 물 한 바가지 먹기를 수십 차례.

"꾸에엑!"

장엄하게 분수처럼 쏘아 올라가는 토사물.

편봉타가 고수는 고수인 모양이다. 토사물은 온 하늘을 온통 덮었다. 가히 만천화우(萬天花雨)라 이름 불러도 손색이 없을 정도로.

나일은 이런 현상이 발생될 것이라는 것을 예견했는지 아주 멀찍이 떨어져 있었다.

"꾸에엑!"

또 한 번 편봉타의 입에서 분수가 터져 나오자 그와 동시에 이곳저곳에서 분수가 터져 나왔다. 같이 음식을 먹었던 노진과 마협지였다.

"푸억!"

"꾸엑!"

나일이 편봉타에게 많이 주기는 많이 줬나보다.

편봉타의 그것은 높이나 길이, 그리고 양에서 나머지 둘의 것을 합친 것보다 높고 길고 많았다.

그렇게 날이 저물었지만 나일 등은 다시 짐을 챙겨야만 했다.

노숙할 것을 포기한 것이다. 이곳에서 노숙을 하면 필연적으로 내일 아침도 먹어야 한다. 나일은 자신과 부하들을 위해서 호남성에 도착하기 전까지는 당분간 노숙을 하지 않을 것을 다짐했다. 분주히 짐을 정리하고 나일 등은 밤을 재촉해서 마을을 찾아 걷기 시작했다.

제40장

세상에서 제일 예쁜 아이

산서에서 하남으로 향하는 곳.

그 길목에 있는 부천(膚淺)은 제법 큰 도시였다.

곁에 넓지는 않지만 중원 전체에서도 비옥하기로 소문난 진춘평야를 가지고 있었고, 얼마 전에는 하남성으로 이어지는 대로도 만들어져서 멀리 장백산 너머까지 표물을 운송하는 표국들이 쉬어가는 장소로 적당했다.

이곳은 그것을 기반으로 물류가 발달하면서 도시의 외양이 커졌고 일자리를 찾는 사람들이 몰려들어 근자에 더욱 발달하기 시작했다. 하나 그만큼 치안은 어지러워졌는데 아직 관에서는 그것을 신경 못 쓸 시기였다. 몰려드는 사람들은 우후죽순처럼 동향이나 동성으로 끼리끼리 모여서 흑사회를 만들고 있었다.

"저놈 잡아라!"

나일 등이 이곳에서 제일 먼저 만난 사람은 도둑을 잡는 포쾌였다. 제법 목소리는 컸지만 척 보기에도 쫓는 시늉만 할 뿐 적극적으로 달려들지 않았고 주변 사람들도 골치 아픈 일에 끼어들기 싫은지 멀뚱히 서 있었다.

"이곳 민심이 흉하군."

편봉타는 자신의 머리 속에 있는 중원 전도에 X표를 했다. 이곳은 중원을 굴러다니는 거지도 밥을 얻어먹기 힘든 곳이다.

사삭.

나일은 자신에게 부딪치고는 품으로 파고드는 손목을 틀어쥐었다.

"어쭈, 이게 미쳤나!"

이제 스무 살이나 먹었을까?

어딘지 모르게 강인한 기색이 느껴지는 청년은 나일의 품을 털다가 잡히자 히죽 웃었다.

"미안해요, 형씨. 세상이 어렵다 보니… 나눠 씁시다."

소매치기를 하다가 들킨 것치고는 너무 당당하고 능글맞은 태도.

나일도 청년을 보며 같이 웃어주었다.

피식. 푸칵!

"아악!"

웃는 얼굴로 나일은 청년의 손목을 부러뜨렸다.

"빌어도 시원치 않을 판에 어디서 깝죽거려."

나일이 한마디를 하고는 아파서 죽는 표정을 짓는 사내의 가슴에 무릎을 찍었다.

"사람 봐가면서 장사해라!"

그 말을 끝으로 손목을 놓아주자 청년은 무너지듯 쓰러졌다.

"이 새끼! 이 원수는 꼭 갚겠다!"

쓰러진 상태에서 청년은 눈을 부릅뜨며 나일에게 복수 운운했지만 그것을 가만히 들어줄 나일이 아니었다.

"모두 밟아."

일행을 향해 고갯짓을 하자 손환희를 제외한 나머지 일행이 달려들어 청년을 밟기 시작했다.

　"그만 하세요. 이 사람이 불상하지도 않아요."

　나서기 대마녀, 울보 손환희가 눈물을 뿌리며 등장했다.

　"이놈이 내 돈을 훔치려고 그랬다고, 게다가 건방지잖아!"

　나일이 어이없는 웃음을 입가에 지었다.

　"아무리 그래도 이 사람이 무슨 사정이 있어서 어쩔 수 없이 그랬는지도 모르잖아요."

　"이놈의 움직임은 숙련된 배수(소매치기)였다고."

　편봉타까지 나섰지만 역부족, 손환희는 쓰러진 청년을 가로막으며 비켜주질 않았다.

　"혹시 모르잖아요. 손을 끊고 절대 하지 않으려 했는데 열흘을 굶어서 배고픔을 참지 못했다거나 집에 몸져 누워 있는 동생과 노모가 있어서 할 수 있는 짓이 이것뿐이라는 생각에… 우리처럼 말이에요."

　아마도 어쩔 수 없이 산적이 된 사람들을 떠올리며 급조로 손환희가 지어낸 말일 테다.

　"이것 참……."

　나일은 실컷 때려주고 싶었지만 이렇게 손환희가 완강하게 막아서니 무작정 때리기도 쉽지 않았다.

　"야, 노진! 네가 설명해 줘라."

　나일은 내심 교묘하게 나불대는 것을 잘하는 노진에게 손환희를 떠넘겼다.

　"누나, 이것은……."

　노진도 난감했다.

　자신보다 세 살이나 많으면서 저렇게 철모르는 손환희를 설득한다는 것은 곤욕이다. 지금은 소매치기가 너무 불쌍해 보이는지 울려고 폼을 잡고 있지 않은가? 누군가가 세상에서 가장 어려운 일이 철모르는 아이와 우는 여자를 설득하는 것이라고 했다. 노진은 그 사람이 있다면 더 보태주고 싶다. 울려고 하는 철모르는 여자 아이를 설득하는 것이 제일 곤욕이다라고.

"음… 이렇게 생각해요. 모든 것은 인과가 있어요. 나쁜 일을 하면 벌을 받는다는 것. 그것이 기본적인 인과예요. 이 사람은 도둑질을 하려다 잡혔으니 지금 이것은 당연히 받아야 하는 벌, 그것이라고 생각하세요. 말하자면……."

'역시 애늙은이야.'

나일은 논리적으로 자신들이 하는 일이 합당하다고 설명하는 노진의 말에 귀를 기울이며 '제법인데' 하는 표정을 지었다.

"음… 그렇지만 착한 일을 해도 벌을 받는 경우는 어떻게 설명을 해? 운이 없는 경우처럼, 그런 경우는 어떡해?"

노진의 화술에 말려들지 않고 의외로 손환희도 꽤 조리있게 노진의 말에 반박을 해 나갔다.

뻑!

그 순간 사내가 고개를 쳐올리며 손환희를 바라보자 손환희가 노진과 대화하는 틈을 노려 나일이 사내의 머리통에 발길질을 가했다.

"나 채주님, 왜 때려요!"

사람이 미워도 이렇게까지 미울 수 없다는 듯 다시 손환희의 눈동자가 나일에게로 향했다. 예전에 존경을 품었던 눈은 사라진 지 오래다.

"내가 뭘."

손환희가 아니라 노진이나 마협지, 혹은 펀봉타가 이렇게 자신을 째려보았다면 분명 '내가 너를 때렸냐!' 하고는 밟았을 테지만 아쉽게도 상대는 삼촌 의형제의 딸. 게다가 여행길에 돈을 대주는 손환희인지라 나일은 어깨를 으쓱이며 먼 하늘로 눈동자를 돌렸다. 전형적인 딴청이었다.

"누나, 인간에게는 운명이라는 것이 있죠."

침착하게 손환희가 눈을 자신에게 돌리게 하고 노진은 다시 설득에 나섰다.

"운명은 피할 수 없어서 운명이에요. 이 사람이 지금 무엇을 하고 상황이 어떻든 운명은 지금 이 모습이 되는 것이었어요. 그렇지만 앞으로 일어날 운명은 바꿀 수 있죠. 이 사람은 지금 이 버릇을 고치지 못한다면 평생 소매치기로 살아야 해요. 그러면 앞으로도 쭈욱~ 약하고 불쌍한 사람들의 돈을 훔치며 살겠죠. 이대로 살게 하시겠어요? 아니면 좀 험하더라도 이 버릇을 고치게 하고 착실하게 살게 하는 게 좋겠어요?"

노진이 운명론까지 들먹이며 사이비 교의 교주가 신도들을 꼬실 때 쓰는 화술로 이번을 기회로 착실한 사람 만들자고 했다. 그러자 손환희도 더 이상 나일 등의 행패에서 소매치기를 구할 방도가 없었다.

"이제 때려도 되냐?"

손환희가 손을 내리며 일어서자 나머지 일행들이 또다시 구타를 하기 시작했다. 노진의 말대로라면 교훈을 주어서 착하게 살도록 하는 것이 목적인데 '과연 살아날 수 있을까?' 하는 의문이 들 정도로 나일 등은 인정사정없이 팼다.

멀리서 그 장면을 보고 포쾌가 뛰어오지 않았다면 절대로 움직이지 않았을 정도로.

어둠이 깔리기 시작하자 나일 등은 청월루(淸越樓)라는 깃발을 단 자그만 객점에 들었다.

식사를 한 후 나일은 방을 예약하려는데 은근히 뒤통수가 간지러웠다. 누군가가 자신의 행동을 힐끔힐끔 보는 것이었다. 그 사람은 음침한 눈동자로 나일의 방 번호 열쇠를 살피고 있었다.

"뭘 보는데?"

나일이 버릇처럼 손을 들어 그 사람을 향해 해코지하려 하자 음침한 인상의 사내는 눈을 딴 데로 돌렸다.

"야! 너 말야."

나일이 손가락질로 지목하자 사내가 뒤도 돌아보지 않고는 객잔을 빠져나갔다.

"거참, 싱거운 놈일세."

나일이 머리를 긁적였다. 나일 등은 객잔에서 방 두 개를 얻었다.

하나는 손환희가 쓰기로 했지만 노진이 손환희에게 붙은 덕에 나일의 방에는 나일, 편봉타, 마협지가 누워 있었다. 시간이 축시(丑時) 초를 지나고 있을 무렵이었다.

슈우웅.

무언가가 방 안으로 날아들었다.

도둑이 극성이라더니… 해도 너무하다. 낮에는 소매치기, 밤에는 좀도둑.

푸쉬쉬.

미혼향.

강호에서 하오문도들이 자주 애용하는 것으로 사람의 정신을 혼미하게 하여 수마에 들게 한다. 나일은 날아온 물체가 소리없이 터지면서 향을 피우자 편봉타 등을 돌아봤다.

물론 그들도 깨어 있었다.

나일이 일어서려는 마협지와 편봉타의 귀에 전음을 보냈다.

"움직이지 마. 어떤 자식들인지 놀래켜 주자."

하오문도들은 무공을 체계적으로 배우지 않고 그저 무공이랄 수 없는 주먹을 휘두르기에 살금살금 걷는다 해도 웬만큼 무공을 익힌 사람은 금방 눈치 챈다.

미혼향이 날아온 지 일각이 흘렀을 때 누군가가 복면을 쓴 채 방 안으로 들어왔다.

푸다닥! 픽!

"이게 미쳤나. 넌 뭐야? 도둑이냐?"

나일이 복면인을 격투 끝에, 아니, 들어오자마자 단번에 복면인의 모가지를 잡고 내동댕이쳤다.

"살려주세요……."

그래도 자기 잘못은 아는지 복면인이 무릎을 꿇고 싹싹 빌기 시작했다.

"밟아."

호흡이 척척 맞았다.

나일의 말이 떨어지자 마치 기다렸다는 듯 편봉타와 마협지가 합세했다. 그때 다른 쪽 방에서 노진의 비명이 들려왔다.

'아차! 다른 방에 노진과 손환희가 있었지.'

나일의 머리 속에 그들이 떠올랐다. 급하게 손환희가 잠들어 있는 방의 문을 열고 들어서는 동시에 창문으로 누군가가 몸을 날렸다.

나일은 그를 뒤쫓으려 하다가 혹시 또 다른 일당이 있을까 봐 자신의 방으로 향했다. 손환희가 있는 방에 누군가를 보내 지키게 만들어야 마음이 편할 것 같았기 때문이다.

"잠깐 노진이 있는 방 좀 지켜."

나일은 던지듯이 그 말을 내뱉고는 사라진 인물을 쫓기 시작했다. 물론 길치에 방향치인 나일이 미로처럼 복잡한 골목에서 그를 찾을 수 있을 리 없었다. 꼬불꼬불한 골목길을 잘 아는지 도둑은 순식간에 사라졌다.

일견 보기에 다행히 손환희와 노진이 있던 방에는 아무런 피해가 없어 보였다.

빈손으로 돌아온 나일이 쓰러진 복면인에게 다가갔다. 이미 편봉타의 손에 의해 복면이 벗겨진 사내는 매부리코에 음침한 인상을 풍겼다. 아까 객잔에서 자신을 자꾸 힐끔거리던 사내였다.

"이놈이 미쳤구나. 감히 내가 누군 줄 알고……."

사라진 도둑을 찾지 못한 것을 화풀이라도 하려는 듯 나일은 사내의 뺨을 거세게 강타했다.

철썩! 철썩!

"살려주십시오. 먹고 사는 게 너무 힘이 들어서 그만……."

사내는 엎드려 빌었지만 나일은 이쯤에서 그만둘 생각이 전혀 없었다.

"야! 빨리 불어. 너랑 한패는 어디로 도망갔어?"

"……."

사내는 나일에게 맞으면서도 입을 굳게 다물었다. 그것만은 말할 수 없다는 듯이.

"어쭈, 도둑놈 주제에 의리있네."

파바박! 퍽! 빠당!

"의리 끝까지 지켜봐라."

이쯤 되면 구타가 아니라 고문이다.

나일은 쓰러진 사내를 밟고 일으키고 다시 밟고, 초죽음이 되어도 멈추지 않을 태세였다.

"채주님, 그만 하시죠."

너무 살벌한 광경에 편봉타와 마협지가 떨리는 가슴을 잡고는 나일을 말리기 시작했다.

"봐봐. 네가 이기나 내가 이기나 한번 해보자. 빨랑 안 불어?"

나일은 선불맞은 멧돼지마냥 길길이 날뛰면서 사내를 압박했다.

그동안 노진이 다시 한 번 피해 상황을 보고했다. 피해액은 전무. 도둑은 나일의 방에서 나는 소리에 놀라 제대로 작업도 하지 못하고 창문으로 도망쳐 버린 것이다. 그러나 나일은 도둑을 용서해 주지 않았다.

"끄윽… 말하겠습니다."

사내도 더 이상 맞는 것에 지쳤는지, 아니면 더 이상 버티어봤자 무모한 저항이라는 생각이 들었는지 나일의 말에 순응했다.

길들어가는 것. 그것도 맞으면서 길들어가는 것에 대해 같은 경험을 공유한 펀봉타와 마협지도 한순간 사내와 동지 의식을 느꼈다.

'나도 저렇게 맞았던 거였군.'

그러면서 둘은 나일이 도둑을 후두려 패는 모습을 보며 그 대상이 자신이 아닌 것에 대해 감사드렸다.

"그놈 어딨어! 빨랑 대. 아니, 안내해."

"예, 예… 알겠습니다."

나일은 사내의 목을 거세게 틀어쥐고는 펀봉타에게는 객잔을 지키라 이르고 마협지만 데리고 길을 나섰다.

"뭐야, 이게."

꼬불꼬불하게 이어진 길 사이로 따닥따닥 붙어 있는 집들.

나일은 이곳이 빈민가라는 것을 어렵지 않게 알아보았다.

"조금 더 올라가야 합니다."

사내는 나일의 목소리에 움찔 놀라고는 손가락으로 빈민가들이 모인 곳에서도 가장 높은 지대에 위치한 판잣집을 가리켰다.

"거의 다 왔습니다. 그런데……."

"그런데 뭐?"

나일이 아직 화가 덜 풀렸기에 퉁명스럽게 대꾸했다.

"아직 안 들어왔을지도 모르는데… 제가 먼저 들어가면 안 되겠습니까?"

사내가 나일에게 무언가를 감추는 듯한 인상으로 말했기에 나일의 얼굴이 일그러졌다.

"도둑놈 주제에 어딜, 같이 들어가는 거다."

나일이 마협지에게 눈짓을 주었다.

자신이 들이닥칠 때 아무도 빠져나갈 수 없도록 준비를 하란 뜻이리라.

가까이서 본 판잣집은 더욱 가관이었다.

두 사람이 몸을 뉘이면 딱 들어찰 것 같은 크기에 그 집 자체에서는 얼마나 오래되었는지 곰팡이 냄새가 물신 풍겼다.

"이 집입니다."

사내의 얼굴에는 안타까움이 철철 흘렀다. 도둑도 의리는 있다. 웬만하면 붙잡힌 사람이 모든 죄를 덮어쓰겠지만 그러기에는 나일의 주먹이 너무 강했다.

"그러게 누가 죄를 지래? 잘못했으면 벌을 받아야지."

내심 자신의 돈을 훔치려 든 사내에게서 돈을 뜯을 작정이었던 나일의 얼굴에도 실망감이 흘렀다.

도저히 돈이 나올 만한 집이 아니었던 것이다.

"잠깐만요. 잠시만 기다려 주십시오."

나일이 대답할 틈을 주지 않고 사내가 방 안으로 들어갔다.

"넌 여기서 수상한 놈 있나 망 잘 봐."

나일은 사내가 무슨 꼼수를 쓴다는 판단 아래 방 안으로 발걸음을 재빨리 옮겼다.

몇 년, 아니, 몇십 년을 덮었을지 모를 이불과 구석에 있는 피죽 그릇과 한약 탕재들.

방 안은 나일의 생각만큼 작은 방임에도 을씨년스러웠다.

사내는 이불에 몸을 뉘인 아이와 이야기를 하고 있었다.

한눈에 보기에도 병색이 완연해서 곧 죽을 날이 멀지 않아 보이는 소녀였다.

"아빠는 아직 안 왔니?"

"으응, 삼촌. 그런데 밖에 있는 사람은 누구야?"

아이의 물음에 사내는 옆구리를 콕 찔린 듯한 곤혹스러운 표정을 잠깐 지었지만 이내 음침한 인상과는 어울리지 않는 밝은 웃음을 보였다.

"흠……."

아무리 도둑놈 집이라 해도 남의 집에 들어가는 것. 나일은 인기척을 내고는 자신이 소녀의 아버지를 잡으러 온 사람이라고 말하려 했다.

"어어… 삼촌 친구야. 우리 귀여운 소혜, 오늘 약 먹었지?"

사내와 아이는 아주 친해 보였다. 마치 친조카와 삼촌처럼 다정하게 그 둘은 일상적인 대화를 나누었다. 그렇기에 나일은 그 틈에 끼어들 수가 없었다.

"응… 근데 약을 먹어도 너무 아파. 소혜가 죽을 날이 얼마 안 남았나 봐. 헤헤……."

소혜라는 이름의 아이는 배시시 웃어 보였지만 사내의 얼굴에는 안타까운 기색이 가득했다. 사내는 소혜의 머리를 말없이 쓰다듬었다.

나일은 그 둘의 그런 광경을 뻘쭘하게 지켜보았다. 막상 방 안에 들어오기는 했지만 어떻게 행동해야 하는지가 머리 속에 떠오르지 않았다. 아무것도 모르는 병든 소녀에게 아비를 찾아내라고 닦달할 수는 없는 노릇 아닌가?

"안녕하세요, 삼촌 친구."

놀랍도록 귀여운 미소였다. 양 볼에 피어나는 보조개가 깊게 파인 미소. 그리고 눈가에 웃음과 같이 자글자글 피어나는 잔주름.

"어어… 그래."

나일은 소혜의 인사를 대한 순간 자신도 모르게 웃음이 절로 지어졌다. 순수함 가득한 소혜의 미소를 대하자 한순간 마음이 따뜻해짐을 느낀 것이다. 사람을 천 명 죽인 살인마조차도 감화시킬 수 있을 것 같은 미소가 소혜의 얼굴에 스며 있었다.

참 이상했다. 왠지 모르게 저 소녀에게는 나쁜 짓을 하면 벌을 받을 것 같은 기분이 들었다. 그래서 나일은 여기 온 목적도 잊고 무릎으로 살짝 소혜의 곁으로 다가가 사내처럼 머리를 쓰다듬었다.

"아직 안 온 모양입니다."

사내가 소혜가 들을세라 나일의 귀에 작게 소곤거렸다.

"삼촌, 우리 아빠가 또 무슨 일 저질렀지."

사내의 말을 들었는지 소혜의 얼굴에는 아빠에 대한 염려로 시무룩해졌다. 그에 따라 사내는 낭패스런 기색을 짓고는 소혜의 머리를 한 번 쓰다듬고는 방 안을 나갔고 방 안에는 나일과 소혜만이 남았다.

소혜가 계속 시무룩한 표정을 지으니 방 안이 온통 시무룩한 것 같다. 자신이 죄를 진 것도 아닌데 나일은 마치 자신이 죄를 저지른 기분이 들 정도였다.

"삼촌 친구, 우리 아빠가 무슨 잘못 했어?"

시무룩하니 담요를 걷고는 소혜가 끙끙거리며 허리를 세웠다. 이불 아래 드러난 다리는 그동안 소혜가 얼마나 방 안에서만 누워 있었는지를 말해 주는 듯 가늘었다.

도리도리.

나일은 소혜가 걱정하는 모습을 보고 싶지 않았다. 말없이 고개를 저은 후 나일이 소혜의 머리를 쓰다듬었다.

"귀여운 우리 소혜, 무슨 병 있니?"

소혜에게는 왠지 모를 친근함이 느껴졌다.

소혜의 얼굴은 하늘에서 내려온 선녀라고 착각이 들 만큼 순수했다. 그 순수함에 시무룩함이 겹치자 보는 사람이 다 안쓰러웠다.

"흐음."

아직까지 얼굴이 시무룩한 상태로 소혜는 나일의 눈동자를 바라봤다.

"음… 소혜는 많이 아파. 무슨 병인지 모르겠어. 여섯 살 때부터 머리가 깨질 듯이 아파서 한 번도 집 밖에 나가질 못했어. 이 쓴 약을 먹으면 나가서 놀 수 있다는데… 거짓말 같아."

띠잉.

나일은 머리 속에 거대한 쇠종이 울리는 것처럼 느껴졌다.

자신도 그랬지 않은가. 완치는 됐지만 아직까지도 잊혀지지 않는 선천성 골수 불혈의 통증.

어린 시절에는 그 아픔이 싫어서 오히려 밖으로 싸돌아다니며 사고를 쳤다.

모든 걸 다 잊은 채로 자유롭게 살고 싶었다. 그것이 강진의 전설이 된 초특급 날건달 나일의 시작이었다.

"자, 손 좀 내밀어봐."

나일이 소혜의 맥을 잡았다.

맥박이 느릴 뿐 아니라 불규칙하기까지 하다.

황생에게 제일 먼저 배운 것은 의술이었다. 활(活). 사람을 살리는 기술. 그리고 그만큼 의술에 조예가 깊다고 할 수 있는 나일이었다.

소혜의 맥은 심장이 급속도로 나쁠 뿐 아니라 내장 기관이 제대로 작동하지 않는 것을 알려주었다. 나일이 소혜의 맥에 천천히 진기를 주입시켰다.

"와… 따뜻하네. 아앗!"

소혜의 입에서 감탄사가 터져 나왔다.

"쉬잇."

나일이 입가에 손가락을 대어 말하지 말라는 시늉을 했다.

진기를 주입할 때는 진기가 빠져나갈 구멍을 만들면 안 된다. 입을 벌려서도 안 되고 하다못해 방귀를 뀌는 것도 되도록 참아야 한다. 진기가 흩어질 염려가 있기 때문이다. 진기가 흩어지면 그만큼 효과를 볼 수 없고 지금처럼 약한 진기를 주입해도 고통을 느끼기 때문이다.

소혜의 입가에 작은 미소가 지어졌다. 잠시 그동안 아파왔던 두통과 가슴의 고통이 씻은 듯이 사라졌기 때문이다. 그런 소혜를 보며 나일은 더욱 안타까워졌다. 이 모든 것이 부질없는 짓이라는 것을 나일이 가장 잘 알고 있었기 때문이다. 방 안에 들어왔을 때부터 나일은 소혜의 병이 심각하다는 것을 단번에 알아봤다. 그리고 진맥을 하고 나서는 그것이 지금의 자신은 고칠 수 없는 병인 것도 확인했다. 나일이 불어넣어 준 진기는 그저 한순간 소혜의 심장과 내장 기관에 자극을 주어 일시적으로 아픈 것을 완화시켜 주는 효과가 있을 뿐이었다. 지금의 소혜는 자신이 아니라 설사 대라신선이 와도 구해줄 수 없는 절망적인 상태였다.

잘 먹고 좋은 환경에서 일찍 치료를 받았으면 가망이 있을 터인데 지금은 그런 것들이 너무 늦었다. 소혜의 환경은 오히려 병을 키웠던 것이다. 이 비좁은 방에서 피죽을 먹으며 병치레를 한다면 저 어린 몸으로는 하찮은 감기조차도 떨어뜨리지 못할 터이다.

또 다른 자신의 모습. 나일은 소혜에게서 그것을 보았다.

그리고 소혜는 나일 자신이 얼마나 운이 좋고 행복한 환경에서 자랐는지를 감사하게 해주었다.

"기분이 좀 나아졌지?"

나일이 마치 자신의 친동생인 것처럼 친숙하게 소혜의 볼 살을 꼬집었다.

"음… 콜록… 그런데 우리 아빠 때릴 거야?"

소혜는 자신의 몸이 좋아진 것보다 아빠가 맞을 것이 두려운지 잠깐 웃었지만 이내 다시 시무룩해졌다.

"어, 그것은… 소혜는 뭐 좋아하는 것 없어?"

나일은 마치 방심하다가 허를 찔린 듯한 표정을 지어 보이고는 다른 것으로 화제를 돌리기 위해 말을 돌렸다. 노진 등이 보면 까무러치겠지만 나일은 무언가 소혜가 좋아하는 것을 선물하고 싶었다.

동정. 그래, 그런 것이라고 불러도 상관없다. 어쩌면 그 말보다 더 적절한 단어는 없을 테니까.

자그마한 선심. 소혜는 너무나 귀엽고 마음씨도 착했다.

나일은 소혜가 자신에게 그런 대접을 받을 자격이 충분하다고 생각했다. 어쩌면 이것이 나일의 본모습일지도 모른다. 평소에는 사람들을 함부로 대하지만 감싸주고 싶은 사람에게는 한없이 약한.

"왜, 왜… 물어보는 거야?"

소혜는 시무룩한 얼굴에 경계하는 기색을 덧붙였다. 나일은 그 모습이 더욱 안타까웠다.

"소혜는 그런 거 필요 없어……."

소혜가 나일의 눈과 마주치자 누덕누덕 기운 이불을 끌어당겼다.

"그냥. 소혜가 너무 예쁘고 사랑스러우니까."

나일이 이불 속으로 손을 집어넣어서 작고 앙상한 소혜의 손을 꼬옥 잡았다.

"헤… 소혜는 좋아하는 거 없어."

나일의 행동에 다른 뜻이 없다는 것을 깨달았는지 소혜가 또 한 번 배시시 웃었다. 생긋 웃는 표정이 어찌 보면 마냥 어린아이다운 웃음 같기도 하고 한편으로는 물욕이 없는 노승려에 모습도 같았다.

"그러지 말고, 그런 거 있잖아. 먹고 싶은 음식이나 갖고 싶은 노리개 같은 거. 그런 거 없어?"

무엇을 사주지 못해 안달난 표정으로 나일은 소혜의 머리를 쓰다듬었다.

"음… 그런 거 말고 우리 아빠 안 때리면 안 돼?"

이렇게 자신의 아버지를 생각하는 예쁜 마음을 가졌는데 그 누군들 때리겠다고 말할 수 있겠는가?

나일도 잠시 주저하다가 안 때리겠다고 말했다.

"약속."

앙상한 새끼손가락을 나일의 손가락 사이로 억지로 끼워 넣는 소혜를 보며 나일은 그저 소혜의 머리를 쓰다듬어 줄 뿐이었다.

와당탕!

"채주님, 잡았습니다!"

마협지가 흰머리가 듬성듬성 나 있는 추레한 사내를 나일의 앞에 내동댕이쳤다.

"살려주십시오! 용서해 주십시오!"

나일의 다리에 매달린 사내는 자신의 죄를 아는지 무조건 빌고 있었다.

이런 경험이 많은지 능숙한 솜씨로 입 안의 침을 눈가에 찍어 발라가며 애처롭게 애원했다.

"아빠."

소혜가 아픈 몸을 이끌고 사내에게 다갔다.

사내는 소혜가 다가오자 별일 아니라는 듯 한쪽 눈을 찡긋해 보였다.

"한 번만 용서해 주시면 다시는 이런 짓을 하지 않겠습니다."

반성의 기미가 별로 없어 보였지만 나일은 소혜랑 이미 약속한 것이 있어 사내를 매정하게 뿌리칠 수 없었다. 마음 같아서는 사내를 흠씬 두들겨 패버리고 사내의 품을 뒤져 돈이 될 만한 것을 갖겠지만…

"이번만 용서하겠소. 다음에 또 걸리면 그땐 죽일지도 모르오."

나일이 차갑게 말을 하고는 방을 나왔다.

그곳에는 잡혀온 사내가 걱정됐는지 먼저 잡힌 음침한 사내가 밖에 서 있었다.

"거기서 뭐 하는 거요?"

사내는 나일이 다가가자 바짝 긴장했다.

"소혜가 너무 아파서… 할 수 있는 일이 이것뿐이었습니다."

갑자기 무릎을 꿇고는 사내가 나일에게 절을 했다. 방 안에서 들려온 대화를 여기서 들은 모양이었다. 나일이 사내를 일으켰다.

세상에 아름답고 재미있는 것만이 있는 것은 아니다.

무릎을 꿇은 사내뿐 아니라 저 사내도 어쩔 수 없이 자신의 딸을 위해 범죄를 저지를 수밖에 없었다.

그것이 과연 나쁜 것인가?

차라리 가만히 딸이 죽는 것을 바라만 보는 것보다는 자신의 온몸을 던져 딸의 병을 고치기 위해 범죄를 저지르는 게 부모의 마음 아닐까?

자신이 저 사내의 입장이라면… 자신도 저럴 수밖에 없었을지 모른다. 가진 재주 없고, 감당하기 어려운 약값을 마련하기 위해서 좀도둑이라도 해야지 별수있겠는가. 그래서 사내에게 도둑질하지 말 것을 다짐받지는 않았다. 하지 말라고 했다 해도 해야만 할 것이다. 딸을 조금이라도 오래 세상에 있게 하기 위해선.

제41장

소혜야, 행복해야 돼!

"음… 지금이 몇시냐?"

시끄러운 수다 소리에 나일이 눈을 비비며 일어났다.

새벽에 들어와서 잔 덕에 나일 일행은 대부분이 오후 늦게야 일어난 것이다.

물론 그중에는 나일이 가장 늦게 일어났다. 어젯밤에 일어난 소동 덕에 일행은 새벽이 터오기 시작할 무렵에야 잠이 들었고 당연히 노숙은 모종의 이유 때문에 포기하고 하루를 더 객잔에 머물기로 했다.

"우리 놀러 가요. 저쪽 시장 공터에서 야시장이 열린다는데, 우리 거기 구경 가요."

어젯밤에 무슨 일이 있었는지 모르는 손환희는 미혼향에 취해 점심 무렵에야 개운하게 일어나서는 또 수다를 떨기 시작했다.

'쩝, 쟤는 자는 게 도와주는 건데…….'

나일이 손환희의 등장으로 방 안이 시끄러워지자 입맛을 다셨다. 나일이 손환희를 피해 창문을 열었다. 어둠보다도 먼저 검은 구름이 시야에 들어왔다.

"오늘 밤에 한바탕 비가 쏟아지겠는데……."

야시장은 일반인들의 쉼터이자 생활 공간이다.

무언가를 살 것이 있어 들르는 곳이 아니라 재미 삼아 놀러 오는 곳이다. 적어도 나일에게만은 그렇다. 그러나 야시장을 처음 구경한 노진과 손환희는 모든 게 신기해 보였는지 쫑알대며 눈에 든 멋있는 장신구들을 사들이고 있었다.

'젠장할… 야시장 처음 보나. 저런…….'

안 그래도 돈이 없어서 구경만 하려는데 장래에 자신의 것이 될 돈들이 노진과 손환희의 품에서 장사꾼들에 손으로 넘어가는 것을 목격하고는 나일의 눈이 커졌다.

"야, 다 살래? 아껴 써. 그러다가 호남성에 가보지도 못하겠다."

그들의 과소비에 나일이 버럭 화를 내고는 노진에게선 산채 운영비를 뺏었지만 손환희만은 들은 척도 하지 않았다. 물론 산채 운영비는 노진이 집에서 타온 돈을 말함이다.

"아이야, 저거나 먹자."

어느새 돈이 곧 힘이라는 판단에 편봉타는 손환희에게 달라붙어서 거리의 간이 주루를 가리켰다.

"음… 좋아요."

마침 아직 저녁도 먹지 않은 터라 손환희가 승낙했다.

"채주, 우리 저것 먹으러 가죠. 환희가 사준대요."

세상에 공짜 싫어하는 사람은 없다. 그러나 노골적으로 공짜를 밝히는 사람만큼 추해 보이는 것 또한 없다. 편봉타의 얼굴을 보며 나일은 그렇게 생각했다.

"와아! 맛있겠다!"

편봉타가 나일에게 돈을 뺏겨 풀이 죽은 노진의 어깨를 치며 기운을 북돋았다.

야시장에서 가장 흔한 요리는 '굴지짐'과 '굴국수'이다.

간이 주루에서도 오색등 아래 그것들만을 팔고 있었다.

굴지짐은 싱싱한 굴을 주재료로 하여 감자 전분과 계피 가루, 계란과 각종 야채를 함께 버무린 후 지짐판에서 부쳐 만든 향긋한 요리이다. 먹을 때 달콤하면서도 매운 장을 뿌려 먹으면 맛이 한층 살아난다. '굴국수' 맛의 비결은 신선한 굴과 홍면을 사용해 만든 면발에 있다. 굴국수를 먹을 때는 흑식초나 마늘 양념을 곁들인다. 이것은 세 냥이면 일행이 떡을 칠 정도로 싸고 양이 많았기에 일행은 그것들을 주문했다.

"취두부도 먹어도 될까?"

편봉타가 예의 불쌍한 표정으로 손환희에게 물었다. 나일은 그런 편봉타의 얼굴을 보고는 눈살을 찌푸렸지만 때리지는 않았다. 사실 나일도 취두부가 먹고 싶었다.

이것은 냄새가 많이 날수록 좋은 두부로 꼽히며 많은 사람들은 두부의 역한 냄새 때문에 먹어보기조차 꺼리지만 한입이라도 먹어본 사람이라면 그 독특한 맛에 쉽게 매료된다.

그리고 무엇보다도 취두부는 사천성의 대표 음식이다. 먼 타향에서 자기 지방의 음식을 보기는 쉬운 것이 아니다. 고향이 떠오른 것이다. 나일도 어렸을 때 야시장에 놀러 가면 취두부를 많이 먹곤 했다.

"우엑!"

노진이 취두부의 향기를 맡고는 코를 쥐었다.

사실 어린아이들이 먹기에는 벅찬 음식이긴 했다. 자신도 맨 처음 이것을 먹었을 때는 꼭 저랬었다. 나일은 노진과 손환희가 코를 쥐고는 다시 야시장을 구경 나가자 취두부를 한 수저 뜨고는 같이 따라나섰다. 안 그래도 치안이 엉망인 도시인데 야시장은 더욱 그럴 것이 뻔했기 때문이다.

"우와! 예쁘다."

손환희가 노리개 하나를 들고는 감탄사를 터뜨렸다.

피식.

나일이 쓴웃음을 지었다. 자신이 보기에는 그저 그런 아류 제품이었다. 세상에 나오기 전 황생의 레어에서 안목을 높이는 것을 배웠기에 나일은 손환희가 손에 든 것이 겉보기에는 화려하지만 금방 망가질 것이 뻔한 물건이라는 것을 한눈에 알아봤다.

"나 이거 사야지. 얼마예요?"

"열다섯 냥입니다, 예쁜 소저."

장사치가 사근거리며 손환희의 비위를 맞췄다.

"안 돼. 잠깐."

손환희는 지금껏 산 것도 많으면서 또 예쁜 노리개를 보자 주머니에서 돈을 꺼내려 든 것이다. 나일이 다급히 손을 들어 손환희의 손목을 쥐었다.

"또 사는 거냐?"

손환희가 돈을 이런 곳에 쓰면 안 된다. 자신이 필요할 때 쓰려고 잠시 손환희에게 맡긴 돈이다. 최소한 나일은 그렇게 생각했다. 어차피 호남성까지 가는 동안의 경비는 손환희가 제공하기로 했지만 지금 이렇게 돈을 쓰면 호남성에 도착했을 땐 남아 있는 돈이 거의 없을 것이다. 그러면 손환희에게 기대어 거하게 술을 마시려는 자신의 희망이 수포로 돌아갈지도 모른다.

"왜요, 내 돈인데."

손환희가 한시라도 상인의 손에 들린 노리개가 갖고 싶다는 표정을 지었다.

"그 노리개는 너무 천박해 보이잖아. 그런 걸 자그만치 열다섯 냥이나 주고 산다고?"

"이게 어때서요."

자신의 물건 고르는 안목이 형편없다는 식으로 나일이 말하자 손환희의 얼굴도 시뻘게졌다.

"지금이야 이 유등 아래에서 보니까 노리개의 세공이 화려하고 섬세하게 보일지 몰라도 단언하건대 내일 아침에 보면 후회할 거다."

은근히 겁을 주었지만 손환희도 결코 쉽게 물러설 기세는 아니었다.

"아니, 그럼 어떤 게 좋은데요?"

"음… 대부분 이런 야시장에서 파는 노리개는 유등을 이용해서 아름답게 보이도록 물건을 만든다. 이것을 조명발이라고 하는데 조심해야지. 화려하다고 해서 좋은 것은 아니야. 화려한 것은 그저 잠시 보기에 좋을 뿐 금방 다시 싫증이 난다고. 차라리 단순미를 살려놓은 장신구가 가지고 있는 입장에서는 더 오래 사용하게 된다. 그것이 노리개든 은비녀든 지 간에 단순미를 살리는 것은 그 분야에서도 최고 장인의 솜씨가 아니면 어렵지."

주저리주저리 손환희가 은 세공 노리개에서 흥미가 떨어지도록 눈물겹게 떠들어댔다. 사부에게서 물건의 가치를 아는 것을 배우느라 무려 이백 년 동안 보물 창고를 청소하지 않았던가? 그리고 자신의 기억 속에서 사부가 보물이라고 생각하면서 애지중지하는 것의 대부분은 단순미를 잘 살린 것들이었다.

"그럼 이것은요?"

손환희가 나일의 말에 넘어갔는지 고개를 한번 끄덕이면서 호박 노리개를 가리켰다.

'소혜가 좋아하겠는걸.'

나일은 손환희가 가리킨 노리개가 아주 색깔이 고와서 잠시 소혜 생각이 들었다. 얼마 전에만 해도 이런 것이 눈에 띄면 구비화에게 주려고 사서는 노진을 통해 건네곤 했다. 그런데 그 구비화보다 소혜가 먼저 생각난 것이다.

"그거 얼마예요? 하나 주세요."

나일이 눈을 반짝이며 상인을 향해 물었다. 물론 그 눈빛 밑에는 가격을 속이면 가만두지 않겠다는 껄렁한 표정을 깔았다. 그것이 통했는지 상인이 흠칫 놀란 표정을 지었다.

"그건… 열 냥입니다."

방금 나일의 일장 연설 비슷한 노리개 강의가 있었기에 호박 노리개에 대해 가타부타 아무 말 없이 사겠다고 하며 돈을 꺼내자 손환희가 펄쩍 뛰어올랐다.

"저 사주시는 거예요? 아이, 좋아라."

"아니, 이것은 줄 사람이 있어."

나일이 잽싸게 손환희의 손에서 빼앗아 자신의 손 위에 올려놓고는 한참 호박 노리개를 바라보았다. 호박 노리개에는 광대노린재가 들어 있었다. 광대노린재는 녹색 바탕에 옅은 홍색의 줄무늬가 금속 광택을 띠고 있는 아름다운 곤충으로 남만에서 서식하는 것으로 알려졌다.

이 광대노린재는 여인들의 노리개용 호박 문양으로 이용될 정도로 아름다운 무늬를 갖고 있다. 나일이 들고 있는 호박 노리개는 알을 낳고 죽은 광대노린재 성충을 수지 속에 박제로 만든 뒤 옥으로 그 곁을 감싼 것인데 대단한 장인의 솜씨는 아니지만 살아 있는 것처럼 느껴질 정도로 생생한 수작이었다.

'혼자 있는 소혜에게 좋은 말동무가 되어줄 수 있겠지.'

노리개를 보며 나일이 살짝 눈웃음을 지었다.

"그런 게 어딨어요. 나도 하나 사줘요."

어지간히 갖고 싶은지 손환희가 나일에게 매달렸다.

"그럼 저것도 예뻐 보이는데……."

나일이 가리킨 것은 풀꽃으로 장식을 한 비녀였다. 손환희의 눈에도 많이 쳐도 두 냥이 채 나가지 않을 싸구려였다.

"흥. 나는 뭐 눈이 없는 줄 알아요."

손환희가 실망한 얼굴로 뽀로통해졌지만 나일도 뜻을 굽히지 않았다.

"싫으면 마. 여기는 나쁜 사람들이 우글거리니까 조심해서 다니라고. 우린 그만 가자, 노진."

나일이 노진에게 다시 객잔으로 돌아갈 것을 명하자 손환희는 발을 동동 굴릴 수밖에 없었다. 손환희는 낯선 곳에 혼자 떨어지는 것을 감당할 만한 나이가 아직 아니었다.

"같이 가요."

손환희가 헐레벌떡 나일을 부르며 뒤쫓아왔다.

어느새 마협지와 편봉타도 나일과 같이 객잔으로 돌아갈 준비를 마쳤다.

나일 일행은 휘황찬란한 야시장의 오색등을 뒤로하고 객잔으로 발걸음을 향했다.

나일은 기분이 매우 좋았다.

그 이유는 차츰 자신의 부하들이 때리지 않아도 알아서 기고 눈치껏 자신에게 동조하고 있어서다. 오늘만 해도 사나운 눈빛을 주니 부하들 모두가 자신의 의중을 파악하고는 아쉬웠을 테지만 야시장을 빠져나오는 데 동조했다. 그리고 갈 곳이 있다고 하자 편봉타가 걱정하지 말고 갔다 오라면서 손환희의 방으로 건너갔다.

자신이 없는 사이에 치안이 안 좋은 이곳에서 무슨 일이라도 당할까 걱정스러웠는데 편봉타가 믿음직스러운 얼굴로 다른 방으로 건너가 있겠다고 한 것이다. 조금씩 채주와 부하 간의 상하 호흡이 들어맞고 있는 것이다. 또 하나 기분 좋은 것은 호박 노리개를 소혜에게 건네줄 때 소혜가 보여줄 웃음 때문이다. 겨우 열 살도 돼 보이지 않는 소혜는 지금껏 아이들을 귀찮고 버릇없는 존재라 생각했던 나일에게 아이의 웃음이 얼마나 사람의 마음을 따뜻하게 만들 수 있는지를 알게 해주었다.

나일은 마협지를 데리고 소혜가 사는 곳으로 향했다. 마협지 이놈은 자신이 소혜에게 간다는 것을 알아채고는 자청해서 자신을 따라나섰다.

'술 먹고 주사 부리는 것만 빼면 나름대로 정감 가고 믿음 가는 놈인데…….'

확실히 마협지가 평소에는 나일이 맘에 들어할 만큼 눈치 빠르고 싹싹했다.

마협지와 나일은 천천히 소혜의 집으로 걸음을 옮겼다.

다시 한 번 지나는 빈민가는 어제와는 다른 모습으로 나일에게 다가왔다.

예전에는 이런 곳은 온통 나쁜 것으로 가득 채워졌다는 부정적인 생각이 있었는데 소혜를 보고 나서는 그런 편견이 많이 바뀐 것 같다. 그만큼 소혜는 정이 가는 아이였다.

"협지야, 이것 예쁘지? 소혜가 좋아하겠지?"

나일이 노리개를 꺼내어 마협지의 눈 위에 흔들어 보였다.

"아… 채주님, 그것 때문에 소혜를 찾아가시는 거군요."

마협지가 다급히 감추기는 했지만 분명 의외라는 기색으로 나일에게 물었다.

"음… 소혜가 이것 보고 웃는 모습이 너무 보고 싶어."

나일이 괜히 어색한지 콧잔등을 손으로 문질렀다.

빡!

"자, 빨리 가자."

그러나 변하지 않는 것도 있으니 나일의 마음이 조금 따뜻해졌다 해도 손버릇만은 변하지 않았다.

멀리 산언덕이 붉게 물들었다.

"불이 났잖아!"

나일과 마협지가 서로를 쳐다보고는 급히 달리기 시작했다.

소혜네 집.

불길이 이는 부근은 그 귀여운 소혜가 살고 있는 집이었다.

산 아래에 도착했을 때 나일과 마협지를 맞이한 것은 열기와 비명이었다.

많은 사람들이 양동이와 냄비에 물을 가득 담아 불을 끄고 있었다. 열악한 환경이지만 이곳마저 화마(火魔)에 사라진다면 더 이상 갈 곳 없는 사람들이 태반이었기에 그들은 필사적으로 불길을 잡아갔다.

사람들의 분주한 움직임에도 불구하고 악귀처럼 일렁이는 불꽃은 쉽사리 사그라질 분위기가 아니었다.

"소혜, 소혜는……."

나일이 혼잣말처럼 중얼거렸다.

원체 불이 크게 번졌는지라 소혜의 집이 있는 언덕 정상은 온통 시뻘겋게 뒤덮여 있었다. 사람들은 불을 끄려 노력했지만 판자로 각을 대어 만든 집이 대부분이라 불길이 너무 빨리 번져서 사람들은 그저 더 이상 불길이 번지지 않게 막고 있는 것이 전부였다.

뒤늦게 현장에 도착한 마협지는 나일이 미친 사람처럼 중얼거리다가 불꽃 속으로 뛰어드는 것을 보고는 잡으려 했지만 나일이 먼저 몸을 던진 후였다.

산 아래까지 번진 불에 산 정상에 있는 소혜의 집이 성할 리 없었다. 그런데 그곳을 가기 위해 몸을 던지다니…….

"채주님, 안 돼요!"

마협지도 소리를 지르며 불길 속으로 뛰어들었지만 이내 다시 나올 수밖에 없었다. 너무나 뜨거웠다. 불길 밖으로 나와서 물을 뒤집어쓰며 마협지는 발을 동동 구를 수밖에 없었다.

이제 나일은 운에 맡길 수밖에 없었다. 상상을 초월하는 무공을 가졌으니 마협지는 그것을 믿을 수밖에 없었다.

마협지가 자신을 부르는 소리가 들려오지 않을 리 없는 나일이지만 도저히 더 이상 가만히 있을 수 없었다. 혹시 소혜가 아직 살아서 그 을씨년스러운 방 안에서 몸을 움직이지도 못하고 아빠를 기다리고 있다면…….

거기까지 생각이 미치자 가슴속에서 울컥 무엇인가가 솟구쳐 가만히 있을 수가 없었다. 불길 속으로 들어와서 눈을 뜨자마자 가장 먼저 마주친 것은 온통 화마로 일그러져 피어나는 잔상, 아니, 잔상조차도 시커멓게 타다 허물어지는 가옥들의 모습이었다. 누군가의 숟가락이 빨갛게 녹고 있었고 저쪽 구석에는 지난겨울 쌓아둔 장작이라도 있었는지 잘 타고 있는 판자에 더욱 강한 불길을 일으키는 것들이 쌓여 있었다.

나일은 우선 소혜의 집이 있는 곳으로 방향을 잡아 나갔다. 온통 빨갛게 보여서 방향 감각이 무뎌졌지만 나일은 정신을 가까스로 가다듬으며 산 정상을 향해 걸음을 옮겼다.

"크윽!"

나일의 입에서 신음성이 흘러나왔다.

화염 지옥 같은 열기도 못 견디게 고통스러웠지만 더욱 나일을 곤란하게 한 것은 숨을 들이마실 수 없다는 것이었다. 나일은 모르고 있지만 나일의 신체는 단청의 마법이 걸린 이후 다시는 마법에 걸리지 않으려고 흩어진 진기가 피부 속 모공을 막고 있었다. 그것 때문에 뜨거운 열기에는 더욱 저항력이 생겼다. 하지만 원래 있던 진기의 반만이 몸을 통제하기에 무공 실력은 감소된 상태였다. 그것은 지금 같은 상황을 곤경으로 몰고 간 것이다.

화염 속에는 사람이 죽을 수도 있을 정도의 인체에 유해한 독기가 들어 있다. 이것을 나일의 신체가 스스로 거부하고 있는데, 결국 그 말은 숨을 들이마실 수 있는 이곳의 공기가 평범한 곳의 십 분지 일도 되지 않는다는 것이다. 그리고 그마저도 계속 줄어들어 종내에는 아예 숨을 쉬는 것 자체를 몸이 거부하는 지경에 이르게 된다.

"끄윽… 끄윽……."

나일이 숨을 들이마시기 위해 힘껏 코로 공기를 빨아들였으나 그것은 단지 죽지 않으려는 발악밖에는 되지 않았다.

나일이 무한신공을 끌어올리려다 포기했다.

이런 상태에서 무공을 사용하기 위해 진기를 끌어들이려는 것은 자살 행위밖에 되지 않았다. 궁극의 경지에 이르지 않은 이상 이 불이 난 곳을 파괴하려 해도 많은 내공이 필요한데 무하신공의 원동력이라 할 수 있는 자연의 맑은 대기는 이곳에선 너무나 희박했다. 애초에 이곳을 들어오기 전에 파괴했다면 가망성이 조금은 있었을 텐데 지금 상태로는 몸을 추스르는 것도 벅찼다. 나일도 무인을 떠나서 결국 재해 앞에서는 무기력한 인간이었다. 그때 나일의 눈에 화마가 잠시 멈춘 곳이 보였다.

무공을 펼칠 수 없는 상태인지라 정신력만으로 한 발 한 발 힘겹게 발을 이끌고 올라온 산 정상에 위치한 소혜네 집.

"꾸우욱……."

나일의 코에서 실핏줄이 터져 나왔다.

빨아들이려는 공기와 거부하는 자신의 진기가 이런 식으로 표출된 것이다. 더 이상 숨을 쉬지 못하면 질식사할 것 같았다. 갑자기 '내가 이런 곳에 왜 있지?' 하는 생각이 스쳤다. 죽음이 바로 눈앞에 보이는 듯했다. 인간이 숨을 쉬지 않고 견딜 수 있는 시각은 일각. 무공을 익혔다 해도 귀식대법 같은 공기를 필요치 않고 신체 활동이 이루어지지 않는 경우를 제외하면 이각을 넘지 못한다. 그러니 이렇게 몸을 움직이면서 숨을 참는 것은 그것에 겨우 오 분지 일도 버티지 못한다.

어떻게 보면 이곳까지 올라온 것이 기적 같은 일이었다.

나일의 눈이 점점 감겨져 왔다. 정신이 없어져 금세라도 쓰러질 것 같았지만 나일은 용케 정신을 추스르며 소혜가 있을 법한 곳을 향해 둘러봤다.

"소혜야… 소혜야……."

간신히 목소리를 짜내어 나일은 소혜를 불렀지만 이곳에 사람이 살아 있을 턱이 없었다. 온통 화마에 휩싸여 불탄 소혜네 집은 그 터만 남겨두고 잿더미로 변한 지 오래였다.

나일도 한 걸음 한 걸음 소혜의 이름을 부르며 마지막까지 잡던 정신을 놓았다. 아니, 놓으려 했다.

"안 뜨거운 곳 없나."

어디서 그런 여유가 생겨났는지 나일 자신조차도 몰랐다. 마지막이라는 생각을 하자 가슴 한 켠이 차분해져서 쓰러질 곳을 찾을 여유까지 생긴 것이다.

털썩.

"소혜야, 미안. 소혜한테 이 노리개 주려고 했는데……."

나일은 시커먼 손으로 가슴 속에서 곱게 지킨 노리개를 꺼냈다.

기분이 이상했다. 자신이 이런 행동을 하는 것이 스스로도 너무 어울리지 않아 보였다.

"소혜는 너무 예쁘고 착한걸… 마치 우리 엄마처럼, 우리 비화처럼."

무슨 생각을 하는지 나일의 입가에 살며시 미소가 지어졌다.

사람이 죽을 때가 되면 지난 일들이 머리 속을 빠르게 지나간다더니 확실히 맞는 것 같다.

후두둑. 후두둑.

"비다! 살았다!"

힘없이 처져 가는 어깨 너머로 아주 멀리서 사람들의 환호성이 들려왔다. 어찌나 컸든지 제법 먼 거리에 있는 나일이었지만 아련하게 그들의 목소리를 들을 수 있었다.

"젠장, 누군 이렇게 죽어가는데……."

나일이 사람들을 욕하며 정신을 놓으려다가 벌떡 일어났다.

숨이 마음대로 쉬어지는 것이다.

"후우욱."

코로 힘껏 공기를 들이마셨다.

어렸을 때부터 우울하다고 그렇게 싫어하던 비는 화마를 잠재우고 있었다. 나일의 생명을 구해주면서.

하늘로 승천하려는 적룡(赤龍)을 비는 땅 밑으로 꼬꾸라뜨리고 있었다.

"우와! 비다! 살았다."

나일이 풀쩍 뛰었다.

쏴아아~

비는 뜨거운 열기를 조금씩 식혔고 매캐한 연기를 땅 밑으로 물리쳤으며 무엇보다도 나일의 정신을 맑게 해주었다.

그러나 잠시 나일은 자신이 살았다는 것에 감사를 했지만 이내 시무룩해졌다.

손에 들고 있는 노리개의 주인이 될 소혜는 이 비를 맛보지도 못하고 죽었을 것이다.

그런 생각이 들자 괜히 안쓰럽고 미안한 생각이 들었다.

"소혜, 소혜야, 하늘에서도 건강해야 해."

툭.

나일이 소혜의 집터에 노리개를 던졌다.

빙글빙글 마치 하늘을 날듯이 호박 노리개 속의 광대노린재가 날개를 푸덕이는 것처럼 느껴졌다. 나일이 돌아서려다 마지막으로 한 번 더 소혜의 집 근처를 뒤지기 시작했다. 소혜의 유해가 이 근처에 있을 것 같았기 때문이다.

"그 여린 몸으로 멀리 못 갔을 텐데……."

혼잣말을 중얼거리면서 나일은 잿더미 속을 헤집고 다녔다.

한참을 그렇게 뒤지다가 이제 그만 산 아래로 내려가려고 나일이 허리를 세웠을 때였다.

"채주님, 무사하시군요."

마협지가 걱정을 많이 했다는 얼굴로 나일에게 다가왔다.

"……."

평소 같았으면 '그럼 무사하지 않기를 바랬냐?' 라고 말하고는 한 대 때렸을 법한데 나일은 그냥 멀뚱히 마협지의 얼굴을 쳐다보았다.

"저기, 채주님… 이런 말씀 드려도 될까요?"

마협지는 머뭇거리며 말을 주저했다. 마치 무슨 잘못을 저지른 아이처럼.

"뭔데? 빨리 말해. 참고로 나 아주 기분 안 좋다."

"저기, 혹시 소혜 찾으세요?"

나일의 얼굴에 당연한 것을 묻는다는 듯 귀찮은 기색이 역력했다.

"소혜, 저 밑에 있는데요."

빠악!

"이런 죽일 놈! 왜 이제 얘기해! 하마터면 죽을 뻔했잖아!"

나일이 참았던 손바닥을 휘둘렀다.

소혜가 살아 있다는 기쁨과 한편으로는 죽을 고생을 한 것이 억울해서 괜히 마협지에게 그 감정을 표출한 것이다.

비가 오는 덕에 불에 탄 재들이 노리개의 수실을 온통 더럽혔지만 나일은 개의치 않고 마치 세상에서 가장 비싼 물건이라도 되는 양 소중하게 다시 가슴에 품었다.

"소혜한테 가자."

'채주한테 저런 면이 있었네.'

마협지는 잿더미에서 호박 노리개를 찾아 가슴에 잘 갈무리하는 나일을 바라봤다. 독사같이 나쁜 면만 보았는데 지금 나일의 모습은 왠지 인간다워 보였다.

'채주는 절대로 죽지 않는구나.'

또 하나 깨달은 이 사실로 마협지는 그 불난리 속에서 살아난 나일의 뒷모습을 혀를 차며 보고는 따라갔다.

쇄애애~ 주루룩.

화마가 삼킨 산동네를 무너뜨리기라도 하려는지 비가 점점 더 거세졌다.

"봄이 가는 소리가 들리는군. 고맙다, 마지막 봄비야."

비가 쏟아지는 하늘을 향해 목숨을 구해준 것에 대한 답례라도 하듯이 나일이 손을 흔들어 보였다.

"소혜, 안녕."

나일이 단숨에 마을 아래로 내려와서 비를 맞으며 어디로 가야 할지 몰라 하는 소혜의 아버지를 만났다.

소혜는 아버지에게 안겨 있었다. 불이 났기에 정신없이 빠져나왔는지 얇은 옷차림 그대로였다.

불이 난 것을 알고는 소방이 소혜만 안고 급히 빠져나온 덕에 부녀는 화를 면할 수 있었다. 어차피 가진 것도 없었고 방 안에 있는 물건도 모두 합해 은 열 냥치 값도 되지 않았기에 미련없이 최고의 보물만 챙긴 채 빠져나온 것이었다. 물론 소방의 최고 보물은 소혜다.

"어… 콜록. 삼촌 친구네."

소혜는 오랜만에 밖으로 나와서 그런지 목소리가 한껏 들떠 있었다. 똘망똘망한 눈을 굴리며 눈가에 잔주름을 짓고는 나일을 반겼다.

"소혜는 오늘 몇 년 만에 밖에 나왔다. 콜록, 콜록. 그래서 너무 기분이 좋아. 너무너무 나오고 싶었는데 나왔다. 콜록, 콜록. 헤헤."

배시시 웃는 게 영락없이 꼬마 선녀였다. 나일은 소혜에게 다가가 호박 노리개를 손에 쥐어줬다.

"소혜야, 이것 받아."

"뭐야? 노리개네. 우와! 감사합니다."

시커멓게 더러워져서 싫은 기색이라도 낼 법한데 소혜는 나일이 미안할 정도로 무척 고마워했다.

"콜록… 근데 소혜… 너무… 너무 아프다. 아빠, 우리 그만 집에 가자. 소혜 너무 추워. 콜록, 콜록. 그리고 너무 아파. 약 먹어야 돼… 소혜 약

먹고 다시 건강해지면 또 나와도 되지……?'

소혜의 얼굴이 어느새 시커멓게 변하고 있었다.

안 그래도 병이 심한데 갑자기 뜨거운 열기와 차가운 비를 번갈아 대한 것이 급속도로 병세를 악화시키고 있었던 것이다. 그리고 그 증거로 가장 먼저 호흡 기관이 나빠지고 있었다.

"소혜야… 소혜야… 정신 차려!"

"소혜야, 왜 그러니!"

지쳤는지 아니면 너무 아파서 신음을 참는 것인지 모를 고통에 소혜가 움직이지 않았다.

"아빠… 콜록. 아빠… 그동안 너무 미안해… 콜록. 이제 나 엄마한테 가야 할 것 같아. 콜록. 아빠… 이제는 소혜 때문에 나쁜 짓 하지 마……."

힘없이 소혜가 고개를 떨구었다.

나일이 맥을 잡았으나 이미 맥은 너무나 희미하게 들려왔다.

"의원! 의원한테 갑시다!"

나일이 소혜를 안은 소방을 끌었다.

"아니, 소용없습니다. 소혜는 만족할 겁니다. 집 밖으로 나왔으니까요……."

"그런 말 마시오! 의원한테 가면 소혜는 다시 정신을 차리고 일어날 거요!"

나일이 소방의 손을 끌었지만 소방은 요지부동 다만 고개만 저었다.

"돈이라면 걱정 마슈! 내가 다 대겠소. 그러니 걱정 말고……!"

나일이 소방의 손을 끌어당기며 고래고래 소리를 질렀지만 소혜가 가망이 없다는 것을 누구보다 잘 아는 사람이 자신이었다. 그래서 의원을 찾는 것인지도 모른다. 자신이 살릴 수 없다는 걸 알기에 그 책임을 의원에게 떠넘기려고.

"고맙습니다. 소혜는 아주 좋아했어요. 노리개를 받고는 정말 웃었어요. 늘 억지로 웃는 것처럼 보였는데 오늘은 진짜로 웃더군요."

세상에 어떤 부모가 자신의 딸이 죽어가는데 살리고 싶지 않겠는가?

자신의 내장을 팔아서라도 자식을 살리고 싶은 게 부모의 마음이다. 그 때문에 소방은 좀도둑질까지 마다하지 않았다. 그러나 이제는 그것이 결말을 맞고 있는 것을 느낌으로 알 수 있었다.

소방의 눈에 눈물이 흘렀다. 쏟아지는 비와는 확연히 다른 뜨거운 눈물이.

나일이 힘없이 고개를 돌려 마협지를 불렀다.

"가자."

나일의 걸음은 무언가가 빠져나간 듯 비틀거렸다.

누군가 앞에서 나일을 봤으면 알 수 있었으리라, 눈물이 눈에서 빠져나간 무게를 감당하지 못하고 있음을.

어젯밤에 소혜를 떠나보내고 나일은 아침에 느긋하게 누워 있을 수가 없었다.

갑자기 시간이 아까워졌다. 사람의 인생은 생각보다 짧다.

"끝이라……."

나일은 감산도를 들고는 이른 새벽에 객잔 뒤 정원으로 향했다.

'천마, 아니, 치우천왕…….'

자신의 머리 속에 잠들어 있는 천마를 마음속으로 불러봤다. 그러나 천마의 목소리는 들려오지 않았다. 이미 천마는 잠들어 버린 지 오래였다. 곧 천마를 부르던 것을 그만두고 감산도를 한 손으로 들어 올렸다.

오랜만에 하는 수련이었다. 그것도 감산도를 들고 수련하는 것은 거의 하지 않았던 일이었다.

지금까지 감산도는 자신의 멋을 돋보이게 하는 장신구일 뿐이었다.

풀벌레 소리가 귀에 들어왔다.

찌르르…….

한순간 나일이 무하신공을 운용했다.

이것으로 인해 살기라고 하기에는 너무 맑았고, 자연에 흐르는 대기와는 아직 미묘한 불협화음을 이루는 파장이 만들어졌다. 그 파장에 놀라 풀벌레들의 울음소리가 수그러졌다.

나일이 감산도를 횡으로 그었다.

간단한 동작에 또다시 공기의 파장이 변하고 있었다. 마치 자신의 몸이 공기를 빨아들이는 자석인 듯 몸 주위에서의 대기에 떨림이 잦아지기 시작했다.

예전보다 훨씬 안 좋아졌다. 아마도 단청 때문이리라. 그전까지만 해도 이처럼 눈에 보일 정도로 공기가 떨리지는 않았다.

'좋지 않아.'

나일이 속으로 침음을 삼켰다. 대기에 떨림이 많은 것은 자신의 무하신공에 대한 성취가 많이 무뎌졌다는 것을 의미한다.

산고천하립(山高天下立) 수심지상류(水深地上流).

산이 높아도 하늘 아래 서 있고 물이 깊어도 땅 위를 흐르도다.

모든 것은 상대적인 것이다. 절대적인 것은 없다.

나일이 마음을 가라앉히고 차분한 마음으로 몰아에 들어가자 예전에 지나갔던 길이 다시 희미하게 보였다.

감산도가 이번에는 종으로 그어졌다.

눈에 보이지 않는 대기를 가르며 또 다른 무언가를 잘라내듯이. 공기의 움직임이 방금 전보다는 많이 줄어들었다.

손과 다리의 느낌은 예전 그대로로 돌아왔다.

원하는 미묘한 힘의 조절, 아니, 떨림까지도 제어가 가능할 듯했다.

다만 부족한 것은 가슴속의 진기.

진기의 흐름은 단조로웠다.

마치 종마처럼 힘센 움직임도, 폭풍우에 범람하는 파도 같은 거센 움직임도 보이지 않았다. 그저 묵묵히 자신의 길을 가고자 하는 시냇물처럼 어느 한 군데 새어 나가지 않고 진기는 흐르고 있었다. 나일은 그 진기를 가슴속에서 점점 빨리, 그리고 세게 돌리기 위해 노력했다.

천천히 어디선가 물이 흘러나와 시냇물에 합류하기 시작했다.

아이가 겨울에 눈을 굴리듯 끊임없이 커져 가는 진기는 자연스럽게 늘어가는 단전을 채워갔다.

"휴우……."

이 느낌을 뭐라 말해야 하나?

열흘 굶은 편봉타가 진수성찬을 대할 때 이런 느낌을 가질까?

몸은 점점 나른해지고 따뜻한 무엇인가가 자신을 감싸면서 충만감이 몸 구석구석에 피어올랐다. 마치 아름다운 석양을 바라보는 것처럼 점점 무아지경에 빠져들었다.

황홀.

아마 그것과 비슷하리라.

나일은 그 기분을 만끽한 후에 감산도를 휘두르기 시작했다.

종도 없고 횡도 없었다. 격식은 어차피 예전부터 나일에게는 존재하지 않았다.

스윽. 사악. 쐐악.

무하천도(無下天刀).

도(刀)를 가지고 무하신공을 사용할 때면 휘두르는 손짓이라고 할까?

하늘 아래에도, 하늘 위에도 있는 것은 없고 없는 것은 있다.

이렇게 생각해 볼 수 있다. 사람은 꿈을 꾼다. 꿈도 삶이다.

현실에 불행한 사람도 꿈속에서 행복하면 삶이 행복하다.

반대로 꿈에서 있는 시간이 현실보다 긴 사람이 현실에서 행복하지만 꿈에서 불행하다면 그는 불행한 사람이다.

행복은 먼 곳에도 가까이에도 있는 곳이 없다. 그저 마음먹기에 달렸다. 마치 꿈처럼.

나일의 몸이 빙그르르 돌았다. 신선이 하늘에서 하강하는 듯한 유장한 모습이 그에게서 펼쳐졌다.

감산도는 나일의 신형과 맞물려 사방을 점하고 빈틈을 보이지 않는다.

현경의 고수는 결코 아무나 될 수 없다. 그 신위가 강호에서 과장되어 구전되고는 있다지만 실제로 현경에 다다른 고수에게 틈이 보일 리가 없다.

산을 무너뜨리고 바다를 가르는 신위.

나일이 감산도를 마치 경극을 보여주는 것처럼 과장된 몸짓으로 날렸다.

나일이 원해서 이런 몸짓을 보이는 것은 아니다.

힘에 부치는 것이다.

지금 현재 자신이 가진 모든 내력을 다 쏟아도 무하천도의 무한한 효용을 발휘하기에는 모자랐다. 조금이라도 더 내력을 끌어들이기 위해 벌이는 몸부림이 이렇게 표현된 것일 뿐.

하기사 인간을 초월한 존재가 만든 무하신공을 기반으로 펼치는 무공.

어찌 인간의 힘으로 자유롭게 모든 것을 발현하기를 기대하겠는가?

나일은 단청이, 아니, 자신의 사부 황생이 무하신공을 처음으로 가르쳐 주던 그때를 떠올렸다.

눈부시도록 시린 백의를 갖춰 입은 선풍도골의 노인이 잔뜩 졸린 얼굴을 하는 청년을 보면서 이야기하고 있었다.

"사부, 아직도 멀었나요?"

"내 하고 싶은 말을 어찌 다 하겠느냐. 금방 끝낼 테니까 조용히 듣거라."

청년은 그런 노인을 미심쩍은 눈으로 바라보다가 어쩔 수 없다는 표정을 지으며 노인의 입술을 바라봤다.

"사부, 빨리 끝내야 해요."

청년의 말에 순간 표정에 불쾌함이 떠오름과 동시에 노인은 오른손을 들어 청년의 뒤통수를 후려갈겼다.

빡!

"아야! 왜 때려요."

"반항이냐."

"그런 건 아니지만……."

청년의 졸고 있던 눈에 어느새 맑은 빛이 흐르는 것을 보면서 노인은 헛기침을 두어 번 했다.

"자, 이제 너도 잠이 깬 듯하니 이야기를 다시 시작하자꾸나."

인간의 몸이 금강불괴(金剛不壞)가 되는 것이 가능하다고 생각하느냐?

무천(武天)의 경지에 이르면 사람의 몸이 금강불괴가 된다고 생각하는데, 그건 금강불괴가 아니다. 자연적으로 일어나는 몸의 반응에 의한 호신강기(護身剛氣)가 극성으로 나타난 것뿐이지 결코 금강불괴가 아니다. 그것은 무천이 아닌 더 높은 경지일지라도, 금강불괴를 무(武)의 끝이라고 인간이 규정하는 한 영원히 금강불괴는 이루어질 수 없단다.

사람의 몸은 태어나면서부터 조금씩 파괴되어 가지.

사람이 숨을 쉰다는 것 자체가 자신의 몸을 파괴하면서 성장시켜 간다는 것이니까.

많이 파괴되어 가면, 예를 들어 검에 의해 파괴된다면 그것은 죽음으로 이어지고 조금씩 조금씩 다른 사람보다 많이, 그러나 검이 아닌 자연적으로 천천히 조금씩 파괴된다면 몸이 병들게 되는 것이라고 생각하면 되는 거지.

사람의 몸이 파괴되지 않는다면 그건 광석이지 사람의 몸이 아닌 게야.

가끔 철포삼(鐵布衫)이나 금종조(金鍾罩), 십삼태보횡련(十三太保橫鍊)을 극치에 이르게 익힌 사람들을 보고는 금강불괴라고 놀라는 사람들도 있지만, 그것은 사람의 겉 표면을 단단히 하는 무공일 뿐 사람의 내부는 서서히 파괴되고 있다는 걸 모르고 과분하게 말하는 것이지.

만약 금강불괴, 즉 내부적으로나 외부적으로 몸의 파괴가 멈추게 된다면 그 사람은 죽지도 못하게 될지도 모르겠다.

사람 몸이 금강불괴인데 그를 누가 죽일 것이며 세월이 아무리 흐른다 해도 그의 신체는 변하지 않을 테니, 시간조차 그를 어쩌지 못해 그는 영원히 죽지 못할 것이야.

내 여지껏 만 오천 년의 세월을 살아오면서 이곳에서도, 그리고 원래 있던 세계에서도 그런 사람이 있다는 소리는 못 들어봤다.

무천에 이르렀다는 전설의 고수 무천대협(武天大俠) 황생조차도 끝내는 영원한 안식을 따를 수밖에 없었던 것이고 보면, 그 역시 금강불괴는 이루지 못했단 것을 말해 주는 사실이지.

그렇다면 나는 어떻게 그 오랜 시간을 살아왔느냐고? 허허, 나 역시도 사실은 몸속이 조금씩 파괴되어 가고 있단다. 다만 인간들보다 그 속도가 현저하게 느릴 뿐이지. 영원한 삶을 살 수 있는 존재는 없단다. 다만 신이라 불리우는 그 존재만이 가능할 뿐이지.

그렇지만 나는 불가능하리라는 것을 알지만 지난 오천 년의 시간을 투자해 금강불괴를 이룰 수 있는 방법을 찾길 몰두하면서, 내 가진 모든 역량을 토해낸 바 그것에 근접할 수 있는 방법을 탐구해 보았단다. 그리하여 금강불괴의 실현에 대한 가능성을 찾아낼 수 있었지.

이 사부는 맨 처음 그 방법이 인간들이 믿는 종교 속에 잠재하리라는 생각을 했다. 난 아직도 종교에는 정말 엄청난 무언가가 숨어 있다고 생각한다. 사실 무공의 깨달음이라는 것도 어찌 보면 종교의 깨달음과도 일맥상통하는 부분이 있기 때문이기도 했다. 종교에 대한 믿음이 커지면서 깨달음을 얻는 것과 무공의 그 참뜻을 깨달음으로써 그 경지가 깊어지는 것에는 말로는 표현할 수 없는 유사점이 있기도 하고, 실제로 대부분 무공의 바탕에는 거의 종교적인 깨달음이 개입되어 있기도 하단다. 그렇게 종교에 대해서 연구를 하다가 도가의 신선술(神仙術)에까지 손을 대게 되었고, 거기에 이르러서야 내가 찾는 비슷한 해답을 발견하게 되었다.

바로 장자의 무하유지향(無何有地響)이란 구절이었는데, 나는 이 구절에서 영감을 받아 그 무하유지향에 닿을 수 있는 방법을 모색하기를 수백 해 고심했다. 결과적으로 말하자면 이 무하유지향을 완성하게 된다면 나는 금강불괴 또한 그 길의 여정에서 거쳐 가는 하나의 점이 될 수도 있다는 믿음을 갖게 되었다.

장자의 무하유지향이란 구절은 '아무것도 있는 것이 없다' 라는 뜻이지. 이것은 장자 소요유(逍遙遊)편의 백미인데, 나는 이 구절에서 내가 찾는 그 종점이 무엇인지 어렴풋이나마 깨달은 거란다.

내가 수백 년간 고심 끝에 깨달은 것은 아주 간단하단다. '본래 아무 것도 없는 것인지도 모른다'는 것, 쉽게 말하자면 '강하다는 것은 종내 엔 무(無)로 돌아간다는 것'이라고 막연히 생각하게 된 거지.

내가 감명 깊게 보았던 장자의 소요유편의 한낱 서문인 북명(北溟)편 이 절세의 무공이 되었는데, 너도 들은 적이 있을 것이다. 바로 마교의 역대 교주들이 천마의 역천대법을 기반으로 구성한 천마경에 수록된 북 명신공이다.

따악!

청년의 눈이 조금씩 감겨져 종내에는 눈동자가 보이지 않게 되자, 노 인은 다시 청년의 뒤통수를 후려갈겼다.

"사부님 말씀 잘 들었습니다."

두 눈이 떠짐과 동시에 습관적으로 내뱉은 청년의 말에 노인은 이럴 줄 알았다는 듯한 표정을 지었다.

"그래, 내가 뭐라고 했는데?"

노인의 말에 순간 청년의 얼굴이 노래졌다.

"그러니까… 저기… 사부님은 정말 대단하시군요."

청년은 나름대로 상황 파악을 하고는 엄지손가락을 곧추세우며 노인 을 치켜세워 얼렁뚱땅 넘어가려고 했지만, 노인이 다시 뻗은 손바닥은 그대로 돌아오지 못하고 청년의 머리를 후려쳤다.

"이놈아! 너는 어떻게 이 사부가 말만 꺼내면 조는 거냐!"

노인의 말에 청년은 노인에게 맞은 머리가 아픈 듯 긁적였다.

"그거야 사부님의 말씀이 워낙 기니까……."

"뭐라고! 이놈이 뭘 잘했다고!"

노인의 손이 한 대 더 때리려는 시늉을 하자 청년의 얼굴에 비굴한 웃음에 감돌았다.

"헤헤… 그게 아니라, 사부님 얘기 잘 들을게요."

겉으로는 용서를 구하지만 청년의 마음속에서는 연신 노인에 대한 불만이 나왔다.

'자기 자랑을 짧게 좀 하면 안 되나, 어떻게 얘기 좀 들어보려면 자기 자랑으로 빠지냐.'

아마도 방금 전 노인을 향해 치켜세운 엄지손가락의 의미도 노인의 얘기를 수없이 들으면서 혼자서 터득하고 강구해 낸 방법일 것이다.

'얘기 안 들어도 뻔하지. 뭐, 자기 자랑 하고 있던 거였겠지.'

속으로는 이런저런 불만을 토해냈지만 겉으로는 정말 깊이 반성하고 뉘우치는 행동을 보였기에 노인은 그런 청년을 앞에 두고 다시 이야기를 계속해 나갔다.

"졸지 마라. 너한테 피가 되고 살이 되는 얘기니까."

"네, 사부님 각골명심(刻骨銘心)하겠습니다. 계속하시죠."

우렁차게 대답하는 청년을 미심쩍게 쳐다본 후 노인은 다시 말을 이어 나갔다.

"좋아 그럼 다시 시작해 볼까… 그러니까, 그래서 말이다."

이 북명신공의 본래 구결 내용을 보자면, 이 무공은 마교의 무서운 마공(魔功)이 아니라 어쩌면 세상 널리 퍼진 도가의 무공 중에서도 가장 도가적인 무공일 것이다.

그렇지만 이 북명신공을 익히는 마교의 인물들이 내력을 높이기 위하여 사람의 몸에서 내기를 흡수해 자신의 것으로 만드는 바, 그 과정을 악하게 함으로써 결과적으로는 전 무림인들의 분노를 자아내는 마공으로 낙인찍힌 것이지.

아무튼 그럼에도 단지 이 북명신공은 소요유의 첫 구절에 지나지 않는 것을 이용했음에도 불구하고 절세의 마공으로 불리우니…

과정을 올바로 하여 세상에서 가장 멋지고 유식한 존재인 이 사부가, 소요유의 백미(白眉)를 가지고 무학을 만들었으니… 무하유지향을 이루기 위해 내가 만든 이 무하신공은 아마도 가장 빠른 도를 이룰 것이다.

언젠가 신선이 되었다던 무당의 개파시조(開派始祖) 장삼봉은 이런 말을 했다.

태산(泰山)은 하나지만 태산을 오르는 길은 여러 가지라고. 하남 숭산(嵩山)을 통해서 강남을 거쳐 가는 길과 더 돌아서 사천(四川)을 통해 오르는 길, 그리고 바로 태산 아래에서 아무 곳도 거치지 않고 오르는 길 등… 길은 무수히 많다고.

비록 내가 이 길을 만들었지만, 이 길이 금강불괴에 도달하는 유일한 길이 아닌 여러 가지 길 중 하나일 뿐이란 걸 알아둬라. 또한 세상에서 가장 유식한 존재인 나 역시 이것이 옳은 길이라고 확신하지는 못한다. 그저 가장 빠른 길이길 바랄 뿐이란걸.

제자야, 너는 내게 이 무하신공을 배워서 언젠가 이 무림이란 세계의 인간들이 추구하는 무공을 익힌 자의 마지막 모습을 넘어서거라.

사부는 자신에게 말미에 분명히 이렇게 이야기했다.

"익혀라. 끝을 볼 때까지 익혀라."

거기다가 자신없는 말투로 몇 가지 말을 덧붙였다.

"잊어라. 깨끗이 잊어라. 그리고 잃어라. 잊은 것에 더해서 잃어버리면 자연적으로 무하신공은 완성될 것이다."

별로 신뢰할 수 없는 표정으로 말한 것이라 잊고 지냈는데 문득 다시 끝을 보고 싶어졌다.

사부의 긴 생에서 필생의 역작, 무하신공.

이것은 최강의 무공은 아니었다. 최고의 무공은 더더군다나 거리가 멀었다.

무하신공은 최선의 무공이었다.

그 유식하고 잘난 척하던 사부조차 힘없이 지금의 자신이 할 수 있는 모든 것을 담은 최선의 무공이라 말했으니…….

이러쿵저러쿵 말은 많았지만 결국에 자신조차 그 끝을 알 수 없었노라고 실토했던 최선의 무공.

나일은 다시 한 번 감산도를 머리끝에 올리고는 대기를 갈라 버렸다.

파바박!

하나 역시 파공음이 마음에 들지 않았다.

문득 이 모든 게 자신의 몸이 굳어 있어서 그런 것이라는 생각이 들었다.

신체는 정신을 따라가게 된다. 정신은 상상의 파편이다.

원하고 있었던 것이다, 무의식적으로 자신의 몸이 강해지기를, 그리고 무천에 이르기를.

본능적으로 자신의 몸은 그 모든 사념에 반응하며 더 높은 곳에 오르기 위해 준비 중인 것이다. 그것이 불필요한 몸의 상태를 만들어내는 것이다. 정신과 육체는 함께 성장해야 한다. 그렇지 못할 시에는 오히려 퇴보하는 것이다. 무공의 발전은 원한다고 계속 이루어지는 것이 아니다.

많은 고민과 깨달음이 동반되어야 한다. 사부는 그걸 알고 자신이 그것을 깨닫길 원했기에 세상에 내보낸 것이었다.

겉으로야 무릉도원을 더 이상 파괴하는 짓을 두고 볼 수 없어서라 했지만 사부의 숨은 뜻은 이것이다. 나일은 그런 생각이 들었다. 정작 사부가 들었으면 미치고 팔짝 뛸 일이겠지만 나일은 그것이 맞다고 생각했다.

'사부, 다음에 뵐 때는 정말 잘해 드리겠습니다.'

생각해 보지 않았던 사부에 대한 존경의 맘까지 품는 나일이었다.

경험에서 오는 심득. 사람과 사람이 만나면서 얽히고 깨닫는 경험만큼 소중한 것은 없다. 그것이 생각과 사고를 넓힌다. 나일의 눈에 어느새 세상이 멀리 보이고 넓게 보이기 시작했다. 아마도 소혜의 일이 없었으면 겪지 못했을 깨달음이다. 감산도를 등에 매달고는 나일이 객잔의 방으로 향해서는 여행을 떠나서 처음으로 그들을 깨웠다.

"자, 출발하자."

아침을 먹은 후 나일 일행은 주루를 떠나왔다.

어딘지 모르게 나일의 모습이 이상했지만 아무도 그 이유를 알려 하지 않았다.

이런 일을 알려면 적어도 주먹 두세 대는 얻어맞는다는 것을 몸소 경험해 본지라 스스로 조심하는 것이다. 다만 어제 나갔던 일에 무슨 문제가 있었다는 것을 어렴풋이 짐작할 뿐이었다.

나일의 분위기가 바뀐 이유를 알고 싶었지만 워낙에 마협지가 말이 없는 편이라 노진 등은 마땅한 방법이 없었다. 결국 그들은 나일의 눈치를 보면서 비위에 거슬리지 않도록 행동하는 것을 택했다.

누구나 이런 날에 길을 나서는 것은 좋아하지 않는다.

어젯밤에 내린 비로 땅이 온통 축축하게 젖어 있어서 신발에 진흙이

뭉텅이로 묻기 때문이다.

"저기를 어떻게 건넌다?"

고요한 분위기를 깬 것은 손환희였다.

여태까지 입을 다물고 있었던 것이 용하다 싶을 정도였지만 어김없이 분위기 파악 못하고 손환희가 웅덩이를 보고는 재잘거렸다. 일행의 앞에는 삼 장가량의 웅덩이가 패어 있었다. 대로의 한가운데에 있어서 웅덩이를 피해 가려면 왔던 길을 돌아서 나 있는 소로로 가야 했다.

웅덩이를 가장 먼저 건넌 것은 나일이었다. 나일은 그냥 훌쩍 뛰어넘어 버렸다. 멋들어진 경공을 발휘하여 우아하면서도 세련되게 뛰어넘었고 땅에 착지했을 때도 진흙 한 덩어리 튀지 않았다.

"뭘 이런 걸 겁내."

편봉타는 바지를 종아리까지 걷고 신발을 벗었다. 그리고 일행에게 시범을 보이는 것처럼 그냥 걸었다. 물론 그 역시 경공을 펼칠 수는 있지만 일상에서는 거의 무공을 사용하지 않는지라 그런 행동을 취한 것이다.

첨벙첨벙.

생각보다 깊은지 걸어 올린 바지 바로 아래까지 물이 찼지만 개의치 않고 걸었다. 누가 전직이 거지 아니랄까 봐 거지 티를 꼭 냈다.

손환희는 어느 틈에 멀찌감치 뒤로 돌아갔다. 달려오는 힘을 이용해 웅덩이를 건너기로 했는지 빠르게 두 다리를 휘저으며 손환희가 높이 뛰었다. 그러나 웅덩이의 길이는 예상보다 길었기에 손환희는 웅덩이에 두 발을 담글 수밖에 없어 보였다.

"에잇."

손환희가 땅에 떨어지는 다리 하나를 들었다. 하나만. 두 다리 중 하나만 적시겠다는 그녀의 간절한 의지가 담긴 행동이었다.

쿠덩!

그러나 세상일이 다 자기 맘대로 되던가?

하나만 적시겠다고 욕심을 부렸지만 손환희의 다른 다리는 그렇게 굳건하지 못했다. 뛰어오른 체중을 견디지 못하고 비틀거렸고 불행히도 최악의 상황을 맞은 것이다.

손환희는 그 웅덩이에서 수영이라도 하려는지 개구리처럼 널브러졌다.

나일이 안색을 찌푸리며 폴짝 뛰었다. 물방울이 자신에게 튀는 것을 막기 위해서였다. 그러나 곧 머리를 긁적이고는 손환희에게 다가가 손을 내밀었다.

"일어나."

어제와는 전혀 다른 나일의 행동에 모두가 나일을 주시했다. 친절을 베푸는 나일이라니… 상상만으로도 소름이 돋을 만한 일 아닌가?

"윽!"

쥐구멍이 있을까? 손환희는 갑자기 하늘의 태양이 되고 싶었다. 그렇다면 이 창피한 상황에서 도망칠 수 있을 테니까.

'아~ 이 사람들이 나를 어떻게 볼까? 실수만 연발하네. 혹시 푼수로 비치지는 않을까?

손환희는 당황해서 어쩔 줄 모르면서도 사람들에게 비칠 자신의 모습이 걱정됐다. 여인의 몸으로 이런 게 걱정이 아니라면 또 무엇이 걱정이겠는가? 나일의 목소리를 듣기는 했지만 또 놀리는 것이란 생각에 그쪽은 일부러 쳐다보지도 않은 상태였다.

"거기서 목욕할 거야? 수건 좀 갖다 줘라. 하하하."

고개를 푹 숙이고 도통 움직이지 않는 손환희를 보며 나일이 참았던 웃음을 터뜨렸다. 그 모습을 보며 다들 '그러면 그렇지' 하는 표정을 지었다.

"하하하."

"킥킥킥."

편봉타도, 그리고 뒤에 있던 노진과 마협지도 소리를 죽여 웃음을 터뜨렸다.

나일이 하루 종일 무거운 분위기를 풍겼기에 노진 등은 이 웃기는 상황에서도 제대로 웃지 못하고 나일의 눈치만 보고 있었던 것이다.

"너희 빨랑 안 와!"

나일이 노진들을 보며 입꼬리를 치켜들었다.

"갑니다, 가요."

노진이 나일에게 대답하고는 마협지의 손을 잡았다.

"형! 나 좀 데리고 건너줘."

"그래."

마협지가 노진을 등에 업었다.

훌쩍~

"자, 가자."

나일이 다시 등을 돌리며 걸음을 재촉했다. 이미 손환희도 일어선 상태였다.

그런 나일의 등을 보며 편봉타가 중얼거렸다.

"참 독특한 산채야, 웅덩이 하나 건너는 데도 저마다의 개성이 드러나니."

서 있는 편봉타를 향해 나일이 손짓했다.

"빨리 안 오면 맞는다!"

후닥닥!

편봉타가 걸음을 빨리하며 일행 속으로 끼어들었다.

제42장

지금 황궁에서는…

"만쉐이!"

"만세! 만세! 만세!"

나일 등이 학관을 떠난 지 일주일째 되던 학관 곳곳에서는 때 아닌 만세삼창 열풍이 불어닥치고 있었다.

모두들 쉬쉬하고는 있었지만, 학관 내의 골칫거리였던 나일이 갑자기 사라지자 나일의 행방을 궁금해하던 차였다. 그때부터 나일이 학관을 떠나 호남성으로 향했다는 소문이 퍼지고 곳곳에서는 그 사실을 입증하는 단편적인 증언들이 터져 나왔다. 그것은 영웅학관이란 장소가 당분간 나일의 얼굴을 보지 않고 편안하게 자신들의 공부에 전념할 수 있는 곳이 되었다는 것을 의미한다. 툭하면 이유도 없이 길 가던 사람들의 머리를 후려치던 행패쟁이 나일이 떠났다니…….

"관부에 의해 납치됐다."

"무림고수에게 끌려간 거야."

"설마 그놈이 그럴 리가 있냐? 아마 하늘이 노해서 나일을 바위 구덩이에 가두었을걸."

관생들 간의 대화는 그만큼 나일의 대한 사람들의 인식이 나쁜 쪽으로 한결같음을 알 수 있는 대목이었다. 원래 영웅연이 끝나고 나면 매년 스무 명 정도의 기재들이 스스로 학관을 떠나곤 한다. 스스로의 모자람을 깨닫고 떠나거나 아니면 이제 됐다는 마음으로 떠나거나. 물론 떠났다고 해도 십 년 기한 동안에는 언제든지 돌아올 수가 있다. 이번 해에도 나일과 단청, 그리고 철미인 연하선 등등 해서 스무 명가량이 학관을 떠났다.

특히나 무관사 하동구가 애지중지 키우던 산해라는 개를 죽인 죄로 참회관에서 무기한 정신 교육을 받고 있던 혜진이 나일 때문에 학관을 떠난 사연은 눈물겹기까지 했다. 정신 교육 도중에 나일이 학관을 떠났다는 소문을 들은 혜진은 입이 찢어졌다. 그리하여 스스로에게 석가탄신일보다 축복스러운 기념일로 잡고는 참회관을 몰래 빠져나와 술을 마시다가 하동구에게 걸려 끝내는 퇴관 조치를 당하는 사태를 맞았다. 울며불며 매달렸지만 전례가 있었던지라 조용히 짐을 싸서 소림사로 떠날 수밖에 없었다.

또한 생떼를 쓰며 달려드는 나일에게 물경 이만 냥을 강탈당한 하동구는 손수 기숙사에 남아 있는 나일의 짐을 미리 빼서는 나일의 집으로 표물 운송을 의뢰했다는 후문이었다.

그러나 성격이 개차반 같고 자기 멋대로 사는 인간이라도 그를 좋아하는 인간이 한두 명은 있는 법. 단골 고객이 떨어져 나가 울상을 짓는 북향루의 점소이와 나일을 그렇게 그리워하던 북궁주희가 그에 속한다.

"만세! 그 진드기 같던 놈이 사라졌구나."

되지도 않은 선물 공세까지 펼쳐 대던 나일이 사라졌다는 소문에 구비화의 입가에도 웃음이 걸렸다. 나일은 어쩐지 미운 놈이었다. 세상에는 자기를 좋아해 주고 도와줘도 괜히 싫은 사람이 있다. 구비화에겐 나일이 그런 사람이었다. 얼마 전 자신을 불러다 놓고 이상한 소리를 지껄이더니 결국 이렇게 사라져 간 것일 테다.

어렸을 때의 기억은 아주 희미하다. 그때는 철모르던 그야말로 어린 시절이었다. 그래서 이렇게 느끼하고 건들거리는 나일이 멋있어 보였을지 모르지만 지금은 절대 아니다. 여자는 나이가 들면 남자를 보는 눈이 변한다고 한다. 멋모르는 어린 시절에야 외모나 남자다움을 보지만 나이가 들고 가치관이 변하면서 멋있는 남자의 형태도 변한다.

돈, 그리고 학벌, 남자의 집안 그런 것 등.

구비화도 학관 내에 돌아다니는 '나일 강호 여행설'을 듣고는 환호를 하고 있었다. 나일에게 끌려간 두 명의 관생이 있다고는 하지만 그들에게 행운을 빌어줄 뿐 당사자가 아닌 사람들은 대부분이 이렇게 환호를 하고 있었다.

그렇게 하루를 보내고 있는데 누군가가 비화의 방을 다급하게 열며 들어왔다. 구비화의 방문을 연 것은 뜻밖에도 북궁주희였다.

"정말이야?"

북궁주희는 나일이 구비화에게 편지를 주고 또 추근거렸다는 이야기를 들었던 것을 떠올리고는 떠나면서 나일이 구비화에게 무슨 말을 남기지 않았을까 하고 물어 물어서 이곳까지 오게 된 것이다.

"무슨……."

북궁주희의 물음이 무엇을 뜻하는지 몰라서 구비화는 어떤 대답을 해야 하는가를 물었다.

"나일과 단청이 사라졌다는 것."

그렇다.

나일에게 가려져 사람들의 관심에서는 멀어졌지만 영웅문제에서 우승한 단청도 사라졌다. 세상의 이치가 그러하듯 똑같은 일이 벌어져도 사람들은 자신과 관계있는 혹은 관심있는 일에 먼저, 그리고 많이 신경을 쓰게 된다.

"아! 사실이에요. 단청이란 사람은 잘 모르지만… 그것 때문에 학관도 활기 차게 돌아가잖아요."

구비화의 말을 빌자면 나일이 있을 때는 학관이 암울하기라도 했단 말인가?

나일이 들으면 몹시 서운한 기색을 지었겠지만 구비화의 이 말은 사실 학관의 분위기를 잘 표현한 것이다. 나일은 언제, 어디서, 괜히, 아무 이유 없이 사람을 건드려 웬만한 관생들은 나일의 모습이 학관에 보이면 문밖 출입을 자제할 정도였다. 그것이 믿기지 않는 현실이었다.

"혹시… 나일이 무슨 말은 남기지 않았어?"

북궁주희는 참았던 자신의 궁금증을 드러냈다.

"없는데요. 그나저나 다행이지 뭐예요. 호호. 그 진드기 같은 나일이 사라지니까 이렇게 편한걸요."

구비화의 말에 북궁주희는 입술을 깨물었다.

'나일, 하필이면 왜 쟤냐?'

북궁주희는 나일이 사라진 것에 대해 고소해하는 구비화를 좋아하는 나일이 못마땅해졌다. 물론 나일의 마음을 몰라주는 구비화도 함께.

"정말 아무 말도 없었어?"

다짐을 받는 듯한 북궁주희의 말에 구비화는 고개를 가로저으며 입을 열었다.

"네."

"알았어. 쉬어."

북궁주희는 힘없이 어깨를 늘어뜨리며 구비화의 방을 나섰다.

"그때… 이럴 줄 알았다면… 만나보는 건데……."

구비화는 나일이 떨어져 나갔다는 말을 듣는 순간 무정왕룡 주연발과 복면산선의 모습이 떠올랐다. 비록 복면산선의 얼굴은 입술 부위만이 떠올랐지만.

"흐흐……."

절로 웃음이 나왔다.

"휴우, 그 두 사람이 동일 인물이었으면 얼마나 좋을까?"

한때는 주연발과 복면산선이 동일 인물일지도 모른다는 생각을 했었다. 하나 영웅무제 결승전을 같이 구경하며 주연발을 넌지시 떠본 구비화는 주연발이 복면산선이 아니라는 사실을 확인했다.

우선 얼굴 아래 턱 선이 달랐다.

사람들의 얼굴 윤곽은 대개가 비슷해 보이지만 자세히 보면 아주 다양하다. 더군다나 그림을 그리던 자신은 아주 작은 분위기까지도 화폭에 다르게 옮기는 연습을 해왔다. 그래서 단언하건대 주연발은 복면산선이 아니었다. 습관처럼 붙은 행동들과 전체적인 체구와 분위기를 조합해 보았을 때도 주연발은 절대 복면산선이 될 수 없었다.

"혹시 나일……."

그러고 보니 요즘 나일과 함께 다니는 꼬맹이가 복면산선을 만났을 때마다 보았던 꼬맹이였다.

"말도 안 돼."

구비화는 다급하게 자신의 입을 막았다. 말이 끝나는 순간 자신의 불길한 상상이 들어맞을 것 같아서였다.

"그럴 리 없어. 절대 그럴 리 없어!"

구비화는 두 주먹을 으스러져라 쥐었다.

자신에게 나일은 절대 복면산선이 아니어야만 하는 사람이었다.

북궁주희는 자신의 방으로 돌아가면서 영웅연이 벌어졌던 날을 떠올렸다.

정말 보고 싶었다. 그러나 볼 수 없었다. 이것은 육체적인 문제가 아니었다.

자신의 눈이 보인다 해도 나일임을 확인받고 확인하는 그런 것을 할 수 없었다.

그러기에 자신은 나일에게 너무 많은 죄를 지었다. 그 벌로 두 눈이 멀었지만, 또한 자신의 이런 모습을 보여주기도 싫었다.

영웅무제의 결승전까지 오른 사람에게 자신이 그 옛날 너를 두들겨 팼던 사람이라고 밝히는 것도 우스운 노릇이지 않은가?

지금의 자신은 그저 초라하고 불쌍한 소녀의 모습뿐이었다. 그럼에도 불구하고 한참을 갈등하고 나서 이긴 것은 먼발치에서 목소리만이라도 듣고 싶다는 것이었다.

북궁주희는 자신의 마음속에서 간절히 울리는 바람을 뿌리치지 못하고 영웅무제가 끝나고 시상식을 하던 그곳으로 가고 말았다. 그러나 들을 수 없었다. 이미 나일은 영웅무제 결승전에서 입은 내상으로 인해 입을 벌릴 수 없는 상태라고 했다.

"확인해 봤어야 하는데……."

북궁주희의 눈두덩이가 점차 달아올랐다.

나일을 생각하면 자꾸만 눈물이 난다. 그 이유를 도대체 모르겠다.

"그랬어야 하는데……."

걸음을 멈춘 채 북궁주희는 그 말을 다시 되뇌었다. 너무나 아쉬웠다.

지금 만나지 못하면 언제 또 기회가 찾아올까?

자신이 아는 그 나일이 맞는지 확인했어야 했다. 그것을 놓친 것이 못내 가슴에 걸렸다. 그리고 한편으로는 다행이라는 생각도 들었다. 만약 자신이 아는 나일이 아니라면…

흡사한 조건.

이를테면 자신이 아는 나일과 동명이고 표국의 아들이며 또한 산적을 숙부로 둔 다른 나일일지도 모른다는 생각을 가슴속에 막연히 품고 있었던 것도 사실이다.

그것은 나일이 산산이 부서지는 모습을 자신의 눈으로 직접 보았기 때문이다.

"휴우."

북궁주희는 한숨을 내쉬고는 다시 자신의 방으로 발걸음을 옮기기 시작했다.

"그런데 단청은… 단청은 어떻게 된 거야."

단청이라도 떠나지 않았다면, 그랬다면 자신의 이 안타까운 심정을 이야기할 수 있을 텐데… 그마저 갑자기 하늘로 증발했는지 종적을 찾을 수 없어 애가 탔다. 그만큼 북궁주희는 어느새 단청에게 의지하고 있었다. 영웅문제의 우승자가 단청이라는 사실을 알았을 때 북궁주희는 또한 번의 비애감을 맛보았다.

자신의 이야기를 다 들어줘서, 그리고 자신과 같은 장애를 가지고 있어서 남 같지 않은 친밀한 감정을 느꼈던 것도 사실이었다. 그런데 단청 또한 자신과는 너무 멀리 떨어진 높은 곳에 있다는 느낌이 든 것이다. 그리고 그후 단청은 식물원에 오지 않았다.

왜 오지 않았을까? 자신이 기다리는 것을 몰랐을까?

어쨌거나 단청도 자신의 가슴 한구석에 있다는 것은 부인할 수 없는 사실이었다.

아직은 나일이 훨씬 더 많은 부분을 차지하고 있지만.

                    *   *   *

　금룡회 북경 분타 제삼전장에서 근무하는 화우명에게는 오늘이 생애 최고의 날이었다. 그렇기에 화우명의 입은 찢어져라 웃어 젖히고 있었다.

　"크하하! 이렇게 좋을 수가… 그놈이 그런… 하하… 쉿."

　다급히 자신의 입에 손가락을 대고는 화우명은 주위를 살폈다. 오늘의 일은 절대 입 밖에 내지 말라는 엄명이 자신의 상관의 상관의 상관으로부터 직접 내려졌기 때문이다. 다시 말하면 금룡회를 총괄하는 금룡회주에게서 직접 받은 명령이었다. 화우명은 얼마 전에 손님이 맡기고 간 금패 덕에 은자 이백 냥과 자신이 근무하는 전장에서 두 단계나 승진했다.

　"어쩐지 호감 가는 인상이기는 했어. 잘생긴 얼굴을 믿고는 맡은 거였는데 그놈이 그렇게 복을 내려줄 줄이야. 아니지, 내가 그동안 너무 착하게 살아서 하늘이 준 선물이지. 암, 그렇고말고."

　속으로 다시 한 번 그 손님이 오면 최고의 대우를 해주겠노라고 다짐하며 화우명은 콧노래를 불렀다.

　"라랄라랄… 오늘은 화월이한테 은잠(銀簪)이라도 사가지고 가서 점수를 따야겠다. 이제 나도 전장에서 직책이 올랐으니 화월이네 부모님 보기에도 당당할 거야. 암."

　자신이 좋아하는 여인의 부모님이 자신을 탐탁지 않게 여기고 있어 늘 주눅 들어 있었는데 이제는 제법 당당하게 나가도 된다는 생각이 들자 절로 웃음이 지어졌다.

　"화월아! 보고 싶다."

　좋아하는 여인의 이름을 한 번 더 부르며 화우명이 가슴에 고이 간직한 전표를 만졌다.

　"아싸, 정말 내 생애 최고의 날이구나."

이와는 반대로 골머리를 싸매며 울상인 사람이 금룡회 내에 있었다.

그 사람은 바로 금룡회주 정덕화였다.

"휴우… 이걸 어쩌란 말이냐."

한숨까지 푹 내쉬면서 정덕화는 자신의 손에 들린 금패를 바라보고 있었다.

대동창이란 글자가 선명하게 박혀 있는 금패는 분명 동창대영반의 신물이었다.

"이런 바보 같은 놈들. 아무리 멍청하다 해도 그렇지 이런 걸 맡으면 어떡해."

생각 같아서는 이 물건을 맡은 타보(打報:전장에서 일하는 사람)를 죽도록 때려주고 싶었다. 상인은 권력에 관심이 많다. 그것은 권력을 직접 소유하고 싶다는 의미가 아니다. 상인은 오직 돈을 추구한다. 돈을 벌기 위해서 받쳐 줄 수 있는 힘, 그것을 빌리고 싶다는 것이다. 그러나 아무리 큰돈을 벌 수 있는 일이라 해도 그만큼 위험이 있다면 상인은 그것을 기회라 부르지 않는다. 그것은 도박일 뿐이다.

정덕화는 이 금패를 어떻게 처분할까 고민에 휩싸였다.

몸을 기대고 있는 것은 푹신한 의자였건만 나무로 만든 의자보다 더 불편했다. 어제만 해도 이런 고민 없이 편히 있었는데… 울화가 치미는 것을 간신히 참았다. 때려죽여도 시원치 않은 놈에게 거하게 상까지 내린 마당이었다. 비밀리에 어떡해서든 이것을 처리해야 한다.

"모른 척하고 돌려줘?"

벌떡 일어나며 정덕화가 중얼거렸다.

이것이 자신들의 금력을 노린 동창의 자작극이라면 생각만 해도 아찔하다. 가지고 있는 것은 더 큰 화를 부를 수밖에 없었다. 이럴 때는 자초

지종을 이야기하고 솔직하게 상대가 원하는 것을 받아들이는 것이 최선이다. 시간을 끌면 끌수록 의혹은 더 커지고 나중에는 감당할 수 없는 폭풍우가 되어 금룡회를 난타할 것이다. 중원 최대의 상회라는 이름이 대류에서 사라질지도 모른다.

"이것이 최선인가?"

그러나 마음 한구석이 찜찜하다. 과연 동창에서는 어떤 요구를 해올 것인가?

아무리 생각해도 요구는 결코 쉽지 않은 것이리라. 그러나 그것을 피할 뾰족한 수가 없었다.

"이참에 연왕에게 붙어……."

정덕화는 고개를 저었다.

아마도 그렇게 하기 전에 동창에서는 금룡회의 재산을 몰수할 것이다. 그리고 그것으로 금룡회는 끝이 될 것이다. 금룡회를 세우면서 총단을 북경으로 잡은 것이 잘못이라면 잘못인 것이다.

"휴우… 총관, 이리 오너라."

정덕화는 자신의 방 너머에 있는 총관을 부르고는 이것저것을 지시하기 시작했다.

봄이 온 것은 확실하지만, 아직도 여전히 매서운 바람이 휘몰아치는 성벽에 군건해 보이는 갑주를 찬 은빛 무장의 사내가 바람을 맞으며 멀리 보이는 군락에서 피워 올리는 연기를 바라보고 있었다.

"휴우, 대영반의 명에 따라 두 곳에 선물을 선사했으니 이제 남은 것은 그것뿐인가?"

북로정벌군의 서열 삼위, 정 육품의 보형정랑(步刑政郎)의 관직을 맡고 있으며, 또한 전투가 벌어질 때면 어김없이 선봉에 서는 북로정벌군

예하 일형랑군의 군장, 즉 만부장인 황인욱은 변방의 촌락을 내려다보며 거칠게 한숨을 쉬었다.

"한때나마 따르던 사람이었지만, 이미 마음속에 역모를 품고 있는 자. 그 또한 살릴 수는 없지. 대원수(大元帥)… 당신을 죽일 수밖에 없는 내 마음을 알아주시오."

황인욱은 성벽 위에서 천천히 동북쪽을 둘러본 후 자신의 손바닥 위에 있는 서찰을 바라보았다. 원래는 북경으로 갔어야 할 서찰이었지만 빼돌려서 얻은 서찰에는 이렇게 적혀 있었다.

어림군 통령 이병성 장군 친전.
잘 지내는가?
…….
이번에 북로정벌군이 남하할 수 있는 기회를 잡았다네. 밖에서 내가 대군을 이끌고 안에서 자네가 어림군을 이끈다면 우리의 세상이 될 것이네. 어떤가? 우리의 천하를 만들어보는 것이.

황인욱은 한 번 더 그 서찰을 읽어 내린 후 힘을 주어 움켜잡았다.
"이래서는 안 됩니다. 저도 어쩔 수가 없군요."
고개를 저으며 황인욱은 삼매진화를 일으켜 서찰을 태워 버렸다.

북경을 향해 떠난 지 이틀째, 북로정벌군의 병사 십만 명은 석양이 지려 하자 진마평원(陳馬平原)에 진을 치고는 쉬어가게 되었다.
그날 밤.
유난히 어두운 밤중에 대원수 진부철은 자신의 오른팔과 같은 황인욱과 단둘이 술잔을 나누고 있었다.

"앞으로 두 달. 그 후에는 세상이 바뀔 것이네."

황인욱을 단단히 믿는 듯 진부철은 자신의 속내를 드러내었다.

"축하드립니다, 대원수님."

"그때가 되면 내 자네에게 부와 명예를 안겨주겠네."

호기있게 진부철이 외쳤건만 황인욱은 진부철의 말에 손을 저었다.

"아닙니다. 소장은 그런 것은 바라지 않습니다."

무언가 조금 어색함을 느낀 진부철이 잠시 멈칫거렸지만 이내 껄껄 웃었다.

"자네는 보기보다 욕심이 없었군. 하하, 그래도 자네의 공을 생각하지 않을 수 없으니, 내 자네를 크게 중용하겠네. 이 변방이 아닌 중원 심장부에서 좋은 음식과 미녀들에 묻혀 살게 해주겠네."

진부철의 말에 황인욱은 고개를 저었다.

"잘못 이해하시는군요. 당신은 그럴 수 없기 때문입니다."

싸늘한 빛을 발하는 황인욱의 말이 무슨 뜻인지 한순간 이해를 못하던 진부철은 갑자기 자신의 몸 안에서 개미가 마구 찔러대는 듯한 고통이 밀려오자 방금 마신 술 속에 독이 들어 있음을 깨달았다.

"이 극악한 놈… 내 너를 아꼈거늘……."

손을 휘저으며 다리가 풀려서 일어서려다 다시 쓰러지는 진부철에게 냉소를 지어준 후 황인욱은 허공에 대고 소리쳤다.

"어서 시작하게!"

그 순간 천막 위의 지붕에서 한 사내가 뛰어내려 와 아직도 꿈틀대는 진부철의 얼굴을 도려냈다.

"삼위의 충심을 황제 폐하께서 직접 치하해 주실 것이오."

사내는 황인욱을 향해 웃음을 보였지만 정작 황인욱의 표정은 밝지 않았다.

"내 나라를 위해 한때 모셨던 주군을 버렸다네. 진실로 믿고 따르지는 않았지만, 그래도 가슴이 쓸쓸하구나."

"어쩔 수 없는 일이었소. 이자가 크게 욕심을 부리니 우리의 일이 틀어지기 전에 제거해야 했습니다, 삼위."

아직도 착잡한 표정을 지으며 서 있는 황인욱을 위로하며 그 사내는 바삐 손을 움직였다.

"어서 빨리 인피면구나 완성하게. 나는 진부철의 시체를 없앨 테니."

황인욱은 미리 이 상황을 예측하고 준비한 화골산을 꺼내어 얼굴 피부를 벗겨낸 진부철의 시체에 부었다.

화르륵.

"당신은 욕심이 너무 컸소. 그래서 죽은 것이오. 그러나 당신은 진정 사내다웠소. 부디 극락왕생 하시오."

황인욱은 단 한 줌의 혈수로 변한 진부철에게 몇 마디를 중얼거린 후 팔위를 향해 고개를 돌렸다.

"아직 칠위는 돌아오지 않았나? 그가 모든 것이 대영반 각하의 뜻대로 되었다고 전해줘야 하는데."

황인욱이 말하는 사이에 벌써 진부철의 얼굴 피부를 약물에 담근 후 말려서 자신의 얼굴에 씌운 팔위가 고개를 들었다.

"아마 곧 오겠지요. 그나저나 제 얼굴이 어떻습니까?"

"정말 똑같군. 얼굴도 똑같고 덩치도 똑같고. 놀라울 따름이네. 다만 어딘가 어색한 분위기를 풍기는 것도 없지 않군."

팔위는 이 분야의 전문가였다. 무려 한 달간 모든 준비를 끝마치고 기회를 노려온 것이다. 하나 인피면구를 만들어 써도 금세 다른 사람이 될 수는 없었다.

"자, 그럼 저는 당분간 대원수가 돼볼까요? 하하하."

"휴우."

동창대영반 정염은 한숨을 크게 내쉬었다.

창피했다. 자신의 신물이 고작 전장에서 돈을 빌리는 데 사용되다니. 동창의 위사 일만 명을 부릴 수 있는 자신의 신물이 금자도 아니고 은자 이천 냥의 값어치라니…….

정염은 할 말을 잃었다. 범인은 한 사람이다. 그러나 자신의 이 분노를 풀기에 그 사람은 너무 강했다. 맞을 것이다. 아니면 그 사악한 대법을 당하거나.

이런 일로 반항하고 자신의 불만을 표출시킨다 해도 그 사람은 개의치 않고 때릴 것이다. 논리 같은 것은 상관하지 않는다. 다만 자신의 마음에 들지 않는다는 이유로 어떡해서든 자신을 괴롭힐 것이다. 차라리 그냥 포기하는 게 자신에게 이익이었다.

"어이구, 내 신세야."

생각해 보면 그를 만난 이후로 좋은 대접을 받아본 기억이 없다. 만나지 말았어야 할 사람이었다. 처음에 산적 흉내를 내면서 통행세 운운할 때 그냥 은자 몇 푼을 쥐어주었으면 이런 악연을 만들지 않았을 것이다.

가만히 그동안 당했던 것들을 생각하니 은근히 뒷골이 당겼다. 정염은 손을 뒤통수에 갖다 댔다.

바로 그 부분이었다. 한 치의 오차도 없이 그가 즐겨 때리는 부위. 정염은 맞지 않았지만 방금 맞은 것처럼 그 부위를 쓰다듬었다. 문득 이것도 운명이라는 생각이 들었다. 파란만장했던 자신의 운명을 돌이켜 보았다. 그러나 나일을 향해 궁시렁거리는 것을 잊지 않았다. 막상 그 앞에서는 아무 말 못하고 비위만 맞추지만 없는 자리에서는 황제의 욕도 한다. 요는 걸리지만 않으면 어떤 짓을 해도 된다는 것이다. 그것이 정염의 인생 철학이었다. 그러다가 한편으로는 이것을 기회로 보는 시각을 가졌다.

중원 상계의 절반이라는 금룡회와 친분을 쌓는다면… 아마도 적지 않은 힘이 될 것이다.

이제 얼마 후면 전쟁이 벌어진다. 지금 꾸며놓은 계책이 성공하든 성공하지 않든 전쟁이 발발하는 것은 막을 수 없다.

전쟁에서 가장 중요한 것.

전략, 전술, 강병 등이 아니다. 전쟁에서 가장 중요한 것은 자금이다.

전략과 전술이 전쟁에서 중요한 위치를 차지하고 강한 군사들이 약졸을 물리친다는 사실을 부인하는 것은 아니지만 그것은 어디까지나 부가적인 것이다. 가장 중요한 것이, 그리고 기본적인 것이 바로 자금이다. 자금이 충분해야 군사를 늘리고 배불리 먹일 수 있으며 상대보다 더 좋은 무기로 무장시킬 수 있다. 그런 것이 바탕이 된 후에야 전략과 전술도 펼칠 수 있는 것이다. 당연한 얘기지만 좋은 무기와 배불리 먹어서 훈련시킨 병사들이 강병이 된다. 그만큼 겉으로는 미천하게 여기면서도 가장 중요한 것이 돈이다.

지금 황태자 측에 자금이 없다는 것은 아니다. 재정은 넉넉하다. 그러나 전쟁이 조금이라도 길어지거나 세력을 더 넓히기 위해서는 많은 자금이 필요하다. 정염도 그것을 알기에 금룡회와 몇 번의 접촉을 가졌지만 번번이 실패했었다. 상계의 정보는 관이나 강호보다도 한발 빠르다. 그들은 그것이 자신의 먹고사는 것에 관련되어 있기에 필사적이다. 남들보다 빠르고 정확한 정보를 통해 물류와 유통을 최상으로 구현시켜야만 살 수 있는 곳이 상계이다. 그것 때문에 힘을 모아 탄생한 곳이 금룡회이다.

그런 만큼 금룡회는 빠른 정보 전달의 수단을 가졌다. 그들이 연왕부의 심상치 않은 전조를 눈치 채지 못했을 리 없다. 아직 그들은 누구 편에도 붙지 않았다. 어둠 속에서 날카로운 이빨을 숨기며 지내고 있는 것이다. 세력이야 연왕부가 강하다고는 하지만 명분은 이쪽에 있다. 금룡회는 결정적인 순간에 몸을 드러낼 것이다. 그전까지는 움직이지 않을 것이다. 그것이 동창과 연왕부에서 보는 공통된 시각이다. 왜냐하면 그 결정적인 순간에 도와주는 것이 최대의 이익을 얻으면서도 최소의 피해만 얻기 때문이다. 그래서 그들과의 접촉은 아직 이루어지지 않았다.

"이것을 기회로……."

다시 한 번 정염은 중얼거렸다.

모략(謀略).

머리 속에 번뜩이는 영감이 있었다.

이 금패를 금룡회가 자신에게서 훔쳐 가지고 있었다면…….

그렇게 누명을 씌우겠다고 한다면 금룡회는 많이 고민하다가 결국 자신들 쪽으로 붙을 수밖에 없다는 생각이 들었다. 연왕부에게 갈 확률은 십 분지 이, 그리고 자신 측으로 올 확률은 대략 팔 할.

꼼꼼히 가능성을 떠올리며 정염은 계산에 열을 올렸다.

아직 전쟁의 불은 붙지 않았다. 연왕부가 있는 남경은 대략 이곳에서 보름 거리.

지금 당장 금룡회에 제안을 한다면… 금룡회는 자신들의 말을 들을 수밖에 없다. 자신의 제안을 거부한다면 동창대영반의 직권으로 금룡회의 재산을 몰수할 것이다. 그렇게 된다면 금룡회에는 유형의 재산 중 절반을 잃어버리게 되고 무형의 재산은 남게 되겠지만 지금 같은 성세를 다시 부흥시키기 위해서는 적어도 이십 년은 죽을 고생을 해야 할 것이다. 그리고 동창에서 그 재산을 이용해 세력을 키운다면…….

어차피 금룡회에게 원하는 것은 재산이다. 그들이 적극적으로 자신들 편에 붙는다 해도 그들이 절반의 재산을 내놓을 리는 없다. 따져 보면 이렇게 찔러서 어떻게 반응하든지 간에 자신 쪽에서 볼 때는 손해나는 일이 아니었다.

천재일우(千載一遇)의 기회.

가만히 생각해 보니 그런 것이었다.

"그가 나에게 이익을 줄 때도 있군. 이렇게 되리라고는 예상하지 못했 겠지만."

정염의 입가에 미소가 걸렸다.

"그나저나 무림인들을 포섭하는 것은 정말 쉽지가 않아."

고개를 절레절레 흔들며 정염이 자신의 집무실에 있는 의자에 몸을 기 댔다.

현재 무림 세력을 끌어들이기 위해 백방으로 뛰어다니고 있었지만 소 득이 없었다. 연왕부는 암묵적으로 정파의 기둥인 정도맹의 지지를 받고 있었다. 허울뿐인 정도맹이라고는 하지만 상징적인 의미는 대단했다. 지 금 정파를 이끌고 있는 것은 과거의 구대문파가 아니라 오대세가이다. 그 들이 연왕부에 가담한 것이다. 게다가 구대문파 중 다섯 개의 문파들도 그들에게 동조하고 있었다. 정염은 나머지 구대문파 소림, 무당, 곤륜, 아 미를 자신 쪽으로 끌어들이기 위해 노력했지만 그들은 관에서 벌어지는 일에는 흥미가 없는지 어느 쪽의 사람들도 만나주지 않고 있었다.

"소림과 무당만이라도 도와준다면……."

정염이 고개를 흔들었다. 오대세가가 찬란히 떠오르고 있는 태양이라 면 소림과 무당은 서서히 지고 있는 태양이었다. 그럼에도 그 두 문파를 무시하는 이들은 없었다. 빛나는 전통과 숨은 저력이란 것은 무시할 수 없는 것이다. 그래서 정염은 그 둘만이라도 자신 쪽으로 끌어들이기 위 해 공을 들였지만 그들은 강호상에서의 위명은 관심이 있지만 관과 연계 하는 것은 탐탁지 않게 여겼다. 협의는 숭상하지만 부귀와 공명은 배척 한다. 그것이 그들이 밝힌 거절 이유였다.

무림 세력을 끌어들여야만 균형을 이룰 수 있다는 것을 아는 정염으로서는 애가 탔지만 포기할 수밖에 없었다.

"오대세가… 오대세가……."

정염이 의자에 앉으며 책을 꺼냈다. 오랜 시간 동안 자신이 동창의 일을 하면서 써온 동창일지(東廠日誌).

정염은 그 속에서 그들을 능가할 만한 무력을 가진 단체들을 찾았지만 그전에 먼저 자신은 알고 있었다.

해답은 오직…

"마교… 다시 도움을 받아야 하는가?"

불현듯 영웅연에서 파천검으로 목각 인형을 조각하던 소녀가 떠올랐다. 그녀는 자신의 주인이었던 마천신군 마득풍의 직계 후손일 가능성이 컸다.

"그녀를 통해서……."

아니다. 분명 그녀가 영웅학관에 있다는 사실은 아무도 모르는 것일 테다. 영웅학관 내에서 신분이 단 한 명에게라도 발각되었다면 그날로 그녀는 죽었을 것이다. 마득풍의 신물인 파천검을 아는 이는 얼마 되지 않는다. 이름이야 강호상에 퍼졌지만 지금까지 기억하는 이는 드물 터이고 그 모습도 세상에 드러나지 않은 지 육십 년이 넘었다. 자신을 빼고 아마 파천검을 알아볼 수 있는 사람은 기껏해야 마득풍 측근들 대여섯 명뿐.

그들도 지금에 이르러서는 파천검을 몰라볼지도 모른다. 그렇다면 그녀는 자신이 은밀히 만나는 것이 좋을 것이다. 어쩌면 자신이 아는 척하는 것을 반기지 않을지도 모른다. 더구나 자신에게는 곳곳에 감시의 눈길이 있다. 정염이 파악하고 있는 간자보다 전혀 예상치 못한 간자들도 있을 것이다. 일부러 위험에 노출시켜 그녀를 만났다가는 그녀에게 해가 될 수 있다.

마교와 접촉할 수 있는 방법.

일지를 덮으며 정염이 얼굴을 찌푸렸다. 그들에게 다시 도와달라고 부탁하는 것이 얼마나 염치없는 짓인지 알고 있다. 역시는 항상 그들을 이용하고 끝내는 그들의 존재를 없애려 했다. 셀 수 없을 만큼 도움을 받고 결국 마지막에 가서 원하게 되는 것은 도와준 그들의 피.

그리고 그들에게 도움을 받는다면 자신도 종국에는 그들의 존재를 없애려 들 것이다.

그들은 강호상에 유수한 무력 단체가 아니라 종교 단체였다. 저 동쪽에 있는 동이(東夷)의 종교 단체. 그들의 종교가 중원을 뒤덮는다면…

중원인들은 불쾌해하고는 일어설 것이다. 중화사상(中華思想).

세상의 중심은 중원이어야 한다. 그런데 자신들이 하찮게 보는 동이의 신(神)인 치우천왕 천마를 모시는 종교 단체 하나가 자신들을 구하고 그 종교를 포교한다면…….

당연히 그들은 그것을 없애려고 들 것이다. 아니, 실제로도 몇 번이나 그랬다. 가장 최근에도 홍무제가 그랬지 않은가?

그것만이 중원의 자존심을 지키는 것이라고 생각할 것이다. 아무리 그 종교 단체의 교리가 마음에 와 닿고 행동이 선하다 해도 좋은 눈으로 보지 않고 곳곳에서 그들을 깨부수기 위해 봉기할 것이다. 그것이 역사 곳곳에서 드러난 사실이다. 분명히 그들의 힘은 무림에서 열세인 황태자의 세력을 절대 우세로 만들 수 있겠지만 그럼으로써 중원에 있는 모든 강호인들이 자신 쪽에서 등을 돌리는 요인이 될 것이다. 정염은 눈을 감고 고민하기 시작했다.

"피할 수 없다면 그것을 즐겨라. 그리고 죽도록 힘들다면 차라리 죽었다고 생각해라."

마땅한 방법이 없었다.

자신의 채주 나일이 바다를 갈랐던 엄청난 신위로 자신들을 돕는다면 든든한 힘이 될 것이다. 자신이 가장 존경하던 마천신군도 그 정도의 신위를 보여주지는 못했다. 하나 그는 그것을 거절하곤 다른 곳으로 떠났다. 더 이상 시간을 끌 수는 없다. 이제 곧 시작될 것이다. 싸움이 시작되기 전에는 누구나 자기편과 상대편을 갈라놓고 가늠한다. 그리고 싸움의 시작은 상대가 열세이고 자신이 강한 것에서부터 시작된다.

"어쩔 수 없어… 그분도 용서해 주실 거야. 내가 하려는 일은 백성을 위하는 일이니까."

정염이 고민을 끝냈는지 홀가분한 표정으로 붓을 놀렸다.

*　　　　*　　　　*

자금성의 황태자궁, 그곳에는 황태자 주성치와 황궁학사 노림, 그리고 동창대영반 정염, 이른바 와룡채의 핵심 삼인방이 모여 회의를 하고 있었다. 훈훈한 향의 용정차를 앞에 놓고 있는 그들 세 사람의 얼굴은 대조적이었다.

"태자 전하의 성혼 시에 맞춰 북로정벌군을 끌어들이는 데 성공했습니다."

"대영반이 해낼 줄 믿고 있었소. 수고했소."

정염의 말에 주성치가 정염을 치하했다.

"신 노림은 그를 포섭하는 데 실패했습니다."

노림은 말을 하면서도 내내 어두운 표정을 지었다. 한 사람의 손이라도 필요한 시기에 결정적인 무기인 나일이 북경을 떠나 버린 것이다. 나일에게 노진을 딸려 보내기는 했지만 분위기를 봐서는 나일은 북경으로 돌아오지 않을 것 같았다. 이제 딱 두 달이 남았을 뿐이다, 그들의 거사일까지.

"학사도 수고하셨습니다. 다른 사람을 구하면 되겠죠. 뭐, 딱히 나도 그가 마음에 들진 않으니까. 오히려 잘됐어요. 그럼 어떻게 연왕을 잡을 것인지에 대해 이야기해 볼까요?"

주성치의 말에 정염이 나섰다.

"계획은 아주 단순합니다. 북로정벌군으로 연왕의 세력을 묶어두고, 궁 안에서는 강호고수들을 동원해서 연왕을 잡는다는 것입니다. 세부적인 사항은 적절한 시기를 이용해서 빈틈없이 일을 처리한다는 정도. 이번에 연왕은 호랑이 굴 속으로 들어온 것을 뼈저리게 후회할 것입니다."

"나는 대영반만 믿겠소."

"목숨 걸고 임무를 완수하겠습니다."

"그런데 무림인들을 동원하면 우리가 밀리지 않을까요?"

주성치가 노림 쪽을 힐끔 보고는 물었다. 강력한 비밀 병기인 나일이 북경을 떠났다 하니 그에 버금가는 인물을 포섭해 놓아야 한다.

"그 부분은 지금 추진 중인데… 아직 마땅한 대안이 없습니다. 정 안 되면 북로정벌군을 나누어서 연왕을 잡는 수밖에 없겠습니다. 그리고… 아닙니다."

정염이 무언가를 감추듯이 말꼬리를 흐렸다.

"왜 그러시죠?"

주성치가 궁금한 듯 물었다.

"성혼식 당일은 자금성에 많은 하객들이 몰리는 것을 피할 수가 없습니다. 대군을 나눈다 해도 함부로 대군이 자금성에 머무를 수는 없는 노릇입니다. 요는 저희는 연왕만을 향해 달려들어 그를 제압해야 하는데 마땅한 고수가 없다는 것이……."

"그래요. 쯔쯔. 참, 성혼식 날 황제 폐하께서도 거동을 하실 수 있을는지……."

노림이 정염의 말을 듣고 혀를 차고는 분위기를 바꿔서 황제의 병을 걱정하자 순식간에 방 안이 무겁게 가라앉았다.

"아마도 힘들 듯합니다. 워낙 독이 골수에 깊이 스며들었는지라 점점 더 거동이 힘드십니다."

주성치의 얼굴에 언뜻 눈물방울이 비쳤다.

"이 원수를 꼭 갚아드리겠습니다. 기필코 연왕을 잡아서 자금성의 망루에 목을 걸 것입니다."

정염이 주먹을 부르르 떨며 외쳤다.

"신 노림도 최선을 다하겠습니다!"

동창대영반의 집무실. 누군가가 문을 두드렸다.

"누구냐?"

"예, 저 정화입니다."

"그래, 어서 들거라."

화려하지는 않지만 방 구석구석 보이는 골동품들은 방 주인이 예술에 대해 무척 관심이 많다는 것을 알려주었다.

그 하나하나의 작품들은 화려하게 보이지는 않아도 훌륭한 장인이 수백 번의 인고를 하면서 깨달은 투박함 속에 순수를 살린 것이었다.

그중 하나가 지금 이 방 주인인 동창대영반 정염이 매만지고 있는 고려청자이다. 빛깔이 투명한 듯 푸른색을 내는 도자기 표면의 장식은 단 한 번 붓을 놀려 난을 그린 듯 적당한 여백을 향유하면서 어쩐지 은은한 향기가 나는 듯했다.

"초벌구이 후 유약의 재료가 무엇이길래 이다지도 빛깔이 고운 것이지."

정염은 알 수 없다는 듯 고개를 갸우뚱거리다 도자기를 내려놓았다. 도자기 중에서도 가장 좋은 것으로 치는 것이 바로 동이의 도자기이다.

방금 만진 고려청자는 그가 예전에 큰맘먹고 구입한 중원에 몇 남아 있지 않은 상등품의 고려청자였다.

"거기에 앉거라."

정염이 자신의 양자인 마정화를 의자에 앉게 하고는 자신도 그 맞은편에 앉았다.

"그래, 영웅무제 준결승에서 패했다고? 너를 이긴 녀석이 누구냐?"

"저와 친한 친구입니다. 그 녀석은 꼭 이기고 싶었는데……."

아쉬움이 많이 남는 듯 마정화는 말끝을 흐렸다.

"그렇겠지. 그렇지만 패배도 늘 나쁜 것은 아닐 거야. 그동안 알지 못했던 자신의 단점을 알 수 있는 기회로 삼아 더 정진한다면 승리보다 더욱 값진 경험이 될 것이다."

정염은 마정화의 어깨를 두드리며 인자한 미소를 지어주고 천천히 먹을 갈기 시작했다.

"오늘 너를 오라 한 것은 네가 꼭 해주어야만 할 일이 있기 때문이다."

정염은 잠시 뜸을 들였다.

"이번에 북로정벌군이 돌아온단다."

"네?"

놀란 기색이 역력한 마정화를 보며 정염은 빙그레 웃어주었다.

"놀랐느냐? 북로정벌군이 온다는 사실에?"

"그러하옵니다. 북로정벌군이 왜 이 황성으로 온단 말입니까? 여진족과 몽고족들이 쳐들어오면 그들은 누가 막는단 말입니까?"

걱정스럽다는 듯 말하는 마정화를 보면서 정염은 다시 한 번 빙그레 웃어주었다.

"그렇지. 너의 말대로다. 그들이 있기 때문에 세력이 균형을 이루어 전란을 막고 있는데, 그들을 빼낸다면 나라의 주춧돌을 빼내는 것과 다름없는 위험한 일이지."

"하면 어째서 그러셨는지 감히 여쭙겠습니다."

"나름대로 방도를 취해놨고 또한 여기 일이 지금은 훨씬 급박하기 때문이지."

마정화가 이해하지 못한 표정이어서 정염은 차분하게 설명해 주기로 마음먹었다.

"두 달 후면 황태자 전하의 성혼식이 있다는 것은 알고 있겠지?"

"예, 물론 알고 있습니다."

"그래, 그날 바로 연왕이 이곳에 올 거다."

일순간 정염의 눈빛에 한광이 일렁거렸다.

"그날 우리는 연왕을 붙잡을 것이다. 그를 잡아서 불순한 생각으로 사람들을 선동하는 그의 목을 베어 이 북경성 밖에 매달 것이다."

정염은 눈에 어린 싸늘한 기운을 털어내기 위해 희미한 웃음을 마정화에게 지어주었다.

"도저히 감이 오지 않습니다. 그렇다 해도 북로정벌군을 빼오다니……."

"나름대로 그것에 대한 방책은 이미 세워두었단다."

"아무리 허장성세(虛張聲勢)를 부린다 한들 그쪽에서 금방 눈치 챌 텐데……."

"그렇지. 단순히 허장성세를 벌인다 해도 그것만으로는 역부족이지. 나는 그것 때문에 두 개의 보물을 그들에게 주었단다."

입가에 희미한 웃음을 머금으며 정염이 탁자에 놓인 찻잔을 들었다.

"겨우 보물 때문에 쳐들어오지 않을까요? 보물을 주고 병력을 뒤로 뺀다면 그들도 바보가 아닌 이상……."

아마도 마정화는 정염이 보물을 그들에게 선물해서 싸움을 하지 못하도록 요구한 것으로 생각한 듯했다.

"하하, 그렇지. 다만 '보물이 어떤 것이고 누구에게 주었느냐'가 중요하지. 내가 우선 몽고족에게 건넨 것은 일명 '징기스칸의 칼'이라고 불리는 백황도(白黃刀)이다. 그 칼은 우리가 원나라를 몰아낼 때 원나라 황제의 침실에 남아 있던 것이다. 그런데 몽고족에게는 이 칼의 주인이 그들 부족의 주인이라는 생각이 아직도 남아 있단다. 나는 그것을 몽고족 중 두 번째로 강대한 합부르 족에게 주었단다. 아니, 그들 부족장의 거처에 두고 왔다는 표현이 정확하지."

정염이 여기까지 말하자 마정화는 일순 다음 상황이 이해됐는지 얼굴이 환해졌다.

"아, 그렇군요! 몽고족을 하나로 끌어 모을 수 있는 신물을 두 번째로 강대한 부족에게 준다면 가장 강한 부족과의 마찰이 이제부터 심하게 벌어지겠군요!"

"그렇지. 그들은 우리에겐 눈도 돌리지 못하고 서로가 몽고족의 칸이 되기 위해 싸울 것이다. 하나 그 후 그들 중 하나가 몽고족을 통합했을 때, 그때를 놓치지 말아야 한다. 내가 이 이야기를 한 이유를 아느냐?"

마정화는 그 이유만은 모르는 듯 고개를 흔들었다.

"이번 일이, 우리가 도모한 일이 성공하든 실패하든 후환을 남겨놓은 것을 너에게 이야기한 것은 만약에… 만약에 우리가 실패한다 해도 너만은 기필코 살아남아서 지금 내가 뿌려놓은 씨앗을 제거하기를 바라기 때문이다."

비장하게 이야기하는 정염의 입술은 떨렸다.

그만큼 이번 일은 자신의 일생일대 도박이었다.

언젠가 후환이 될 씨앗을 던져 놓았지만, 자신이 모시는 황태자 주성치가 아닌 다른 사람이 이 나라의 주인이 되더라도 다시 몽고인에게 이 나라를 넘길 수는 없는 것이다. 그래서 지금 뿌려놓은 불씨를 미리 마정화에게 얘기해서 이번 거사가 실패하더라도 어떡하든 마정화가 살아남아 천하 백성을 보호하길 바라기 때문이다.

"그리고 두 번째 보물은 바로 여진족의 포로들이지."

이번에도 마정화는 그것이 어떻게 보물이 될 수 있는가를 궁리하는 표정이 역력했다.

"포로들이 어떻게 보물이 되죠?"

급기야 마정화가 궁금증을 참지 못해 입을 열자 정염이 느긋이 웃으며 말했다.

"만약 그 포로들이 우리 편에 증원군이 왔고 빠져나간 대군이 그들의 배후를 습격할 것이라는 믿음을 심어준다면 어쩌겠느냐?"

그제야 자신의 머리를 두드리며 마정화도 맞장구를 쳤다.

"그렇군요! 그러니까 우리에게 증원군이 와서 국경성을 지킬 수 있고, 나머지 인원은 그들의 내부를 치러 돌아서 나갔다고 한다면… 그들은 자신들의 근거지를 보호하기에 바빠서 한동안은 국경 근처로 쳐들어오지 못하겠군요."

"그렇지, 바로 그렇지. 포로들에게 그런 소문을 주입시키고 은근슬쩍 죽지 않고 도망칠 수 있는 기회를 준다면 이 계책으로 한동안 시간을 벌 수 있지. 우리는 그 보물이 될 포로를 여진족의 족장 아들인 완안창으로 찍었다. 하나 이것도 한동안일 뿐 시간이 흐르면 그들도 눈치 채고 다시 국경을 침범하려 할 것이야. 그전에 북로정벌군은 그들이 왔던 곳으로 되돌아가야겠지. 이 방법을 몽고족에게 쓰지 못한 것은 그들은 기마 민족이기에 근거지를 버리고 오히려 기회를 노릴지도 몰라서 아까운 보물을 쓰게 됐지."

정염은 못내 아까운지 혀를 차다가 마정화를 바라보았다.

"북로정벌군의 힘을 빌릴 수 있을 테지만 아직도 난관은 많다. 지금 너에게 맡길 일은 아주 중요하고 기밀을 요하는 일이다. 할 수 있겠느냐?"

"……."

심상치 않은 정염의 말에 마정화가 고개를 숙였다. 목숨을 걸고 완수하겠다는 무언의 행동. 정염은 그런 마정화를 찬찬히 바라보며 창가로 걸음을 옮겼다.

"지금부터 네가 해야 할 일은 그 누구도 알아선 안 되는 일이다. 설령 황제 폐하께서 물으신다 하더라도 너는 입을 열어서는 안 된다."

"그렇게 하겠습니다."

정염의 고개가 돌려졌다.

"너는 한 장의 편지를 산동성의 북선문이란 곳에 전달하면 된다. 궁금하느냐, 그곳이 어떤 곳인지?"

마정화의 고개가 살짝 들렸다.

"그곳은 네가 알면 안 되는 곳이다. 궁금증은 묻어두거라. 그곳이 어떤 곳인지 아는 동시에 너는 죽게 된다."

싸늘하게 말은 했지만 그 속에는 마정화를 걱정하는 마음이 담겨져 있었다. 혹시라도 마정화가 궁금증을 참지 못하고 그곳의 정체를 캐려고 하는 것을 방지하기 위해서였다.

"소자 절대 그곳을 알려 하지 않겠습니다."

마정화의 대답이 들려오자 정염은 갈던 먹을 멈추고 한 장의 서찰을 쓴 후 그에게 건넸다.

"지금 떠나라."

마정화가 물러가자 정염의 입에서 한숨이 흘러나왔다.

"절대로 그곳의 힘은 빌리지 않으려 했는데 면목이 없습니다."

열어둔 창으로 달빛이 은은하게 내리기 시작했다.

제43장

세상에 완전한 비밀은 없다

광동성의 혈악산(頁岳山)에는 어느 날부턴가 거대한 거각이 들어서 있었다.

그러나 보통 사람들은 그 모습을 볼 수 없었다. 혈악산 자체가 워낙 흉흉한 소문이 많이 나오는 산이었고, 거대한 거각을 보기 위해서는 그 앞에 운무로 펼쳐진 하나의 진을 넘어야 하기 때문이다.

거각의 대청에는 지금 수백 명의 사람들이 모여 있었다. 더 특이한 것은 그들 모두가 엎드려 있다는 것이다. 대청의 상단에는 흑오목으로 만든 태사의엔 금포에 복면을 쓴 인물이 의자에 기대앉아 있었다.

스스로를 남마교라 부르는 이들의 교주. 바로 매두 노괴(每斗老怪)이다.

언뜻 보면 있는 듯 없는 듯 미동도 하지 않지만 금포복면인의 기도는 대청 안 사람들에게 엄청난 경외감을 느끼기에 충분했다.

"그래, 군사, 말해 보게."

복면인의 앞에 엎드려 있던 삼안사뇌 신무환의 고개가 들려졌다.

"드디어 곤명검의 비밀을 풀었습니다."

신무환의 말은 계속 이어졌고 그에 따라 복면인의 고개가 끄덕여졌다.

"그래, 그렇다면 구해야 하겠군. 북해빙궁의 빙정과 남만의 마라혈수라……."

"그렇습니다. 남만의 만독궁은 저희 교에 이미 복속되었기에 어려움이 없지만 북해빙궁의 경우에는 절대 응하지 않을 것입니다."

"그렇겠지. 빙궁의 신물이니 쉽지는 않을 거야."

무언가를 생각하는 듯 복면인의 고개가 잠깐 하늘을 향했다.

"좋은 방법이 있는가?"

갑작스레 툭 던진 복면인의 질문에 신무환이 희미하게 웃음을 지었다.

"멸궁(滅宮). 그뿐입니다."

복면인이 다시 고개를 하늘로 향했다.

"멸궁이라……."

잠시 갈등을 하는지 다시 한 번 중얼거리 후 복면인이 신무환에게 고개를 돌렸다.

"대사를 앞두고 우리 쪽 피해도 제법 클 텐데."

"그렇습니다. 북해빙궁이 강호에 나오지 않은 지는 꽤 됐지만 결코 무시할 수 없는 세력인 것은 확실합니다. 그러나 빙정을 얻기 위해서는 어차피 북해빙궁을 지상에서 없애야 합니다. 전초제근(剪草除根). 그것만이 최선입니다. 또한 우리는 북해빙궁을 공격하면서 우리의 힘을 자각해야 합니다. 싸움을 하지 않은 지 오래되어 교 내 사람들의 마음에 불만이 가득 쌓여 있을 것입니다. 그것을 그쪽으로 돌리면서 한편으로는 비대해진 세력 중에 필요없는 부분을 소모해야 합니다."

신무환의 말에 대청 안의 사람들 중 몇몇의 안색이 변했다.

세외사세 중의 한 곳인 북해빙궁.

그곳을 멸궁시키기 위해서는 적잖은 피해를 입는 것은 불문가지(不問可知). 아마도 이참에 신무환은 자신이 판단하기에 쓸모없고 밥만 축내는 무리라 생각하는 이들은 제일 먼저 사지로 보낼 것이다.

"그럴 필요가 있을까? 어차피 교 내에서 훈련하고 있는 혈천대를 포함한 서너 개의 대(隊)를 보내면 승리할 텐데."

남마교는 원래부터 있던 마교도인들을 통괄하며 다섯 개의 대와 세 개의 전(殿)이 있는 내원(內院)과 외부에서 영입한 전대 거마들이 있는 호법전과 흡수한 세력으로 이루어진 네 개의 패를 거느린 외원(外院)으로 이루어졌다. 당연히 외원보다 원래부터 있던 내원의 무력이 강하고 교 내에서의 입지도 상대되지 않게 높다. 그중 혈천대, 마천대, 흑천대, 사마대, 군마대 이 다섯 개의 대 중 혈천대가 내원에서는 중추이다.

"내원의 무사를 보낼 수는 없습니다. 그들은 본 교의 주력입니다. 빙궁은 본 교와 극과 극으로 떨어져 있습니다. 그들이 돌아오기까지 너무도 오랜 시간이 걸릴 것입니다. 그럴 리 없겠지만, 북쪽에서 공격해 온다면 커다란 피해를 볼 것입니다."

"그것도 그렇군."

복면인의 고개가 끄덕여졌다. 지금 자신들의 유일한 적, 그들이 혈천대가 없는 사이에 공격해 들어온다면 큰 피해를 입을 뿐 아니라 교의 존폐 자체가 위험해질 것이다.

"좋다. 그렇다면 외원의 사패를 동원하라. 그리고 혈천대를 붙여라."

신무환의 안색이 미미하게 찌푸려졌다.

혈천대를 붙이면 그만큼 외원의 인물 중 실력없는 놈들이 살아남을 수 있는 확률이 높았다.

"그리고 나는 이제부터 그를 치러 갈 것이다."

못 박듯이 복면인이 말을 뱉으며 신무환의 얼굴을 쏘아봤다.

"예."

놀란 듯 신무환의 고개가 들려졌다. 세력이 이제 그들을 능가하니 서서히 그들을 압박해도 늦지 않는데 왜 이리도 서두른단 말인가?

"이제 드디어 강호 일통의 첫발을 내딛는 것이다!"

복면인의 선언에 대청안의 인물들이 모두 목청을 높였다.

"천마군림(天魔君臨)! 강호일통(江湖一統)!"

광동성에 있던 금포복면인이 어느 사이엔가 대륙의 반대 편인 십만대산 절봉인 천도봉 아래에 서 있었다. 그는 밤하늘에 떠 있는 달을 바라보고 있다.

"월광천추(月光千秋)."

달빛은 천 년이 흘러도 변하지 않는다.

"그리고 강호인은 원한을 절대 잊지 않는다."

복면인은 나직이 시를 읊으며 자신의 앞에 서 있는 중년인을 향해 주먹을 쥐어 보였다.

"사형, 오늘 밤은 무척이나 긴 밤이 될 듯싶군요."

잔잔하게 울리는 옥음은 분명 여인의 음성.

그것이 복면인에게서 흘러나오고 있었다. 그렇다면 남마교에 교주인 금포복면인은 여인이란 말인가?

거기다가 지금의 말투는 방금 한 행동과는 상반되게 마치 야심한 이 밤 자신의 앞에 있는 사내를 꼬시기라도 하려는 듯 보였다.

"허허, 나도 언젠가 이런 날이 올 줄은 알았지만 예상보다 빨리 왔군."

호탕하게 울리는 중년 사내의 말은 여인이 사내를 꼬시려는 시간이 너무 빨리 와서 아쉽다는 뜻일까? 그럴 리는 없을 테다. 여인이 꼬시는데 그 시간이 늦어 투정이라면 몰라도.

"나 역시 오늘이 그날이 될 줄은 몰랐어요. 한 십 년은 더 지난 후에야 사형을 만날 수 있을 줄 알았어요."

여인은 분명 복면 안에서 방긋 웃고 있을 것 같다는 착각이 들 정도로 음성에는 여유로움이 가득했다.

"그런가? 어때? 나를 이길 자신이 있으니 이 십만대산에 왔겠지, 남마교의 교주 매두 노괴?"

중년인은 금포복면인의 정체를 정확히 알고 있었다.

그렇다! 남마교의 교주로서 현재 강호에 위명을 떨치는 오대세가를 이미 휘하로 복속시켰으며 구파일방 중 다섯 개의 방파를 뒤에서 조종하는 남마교의 교주가 바로 이 여인이었다.

"호호호. 그렇겠지요, 사형."

한순간 복면 속에서 웃음이 그쳤지만 여인에게서는 뜻 모를 여유가 흘러나왔다.

여유.

현재 마교는 분열된 상태였다.

남과 북으로 나뉘어진 마교는 서로가 정통 마교라 주장했다. 그리고 지금 복면을 쓴 여인의 여유로움에 쓴웃음을 보이는 사내가 바로 십만대산에 위치한 북마교의 전대 교주로 올해 일흔두 살의 불비철마(不飛鐵馬) 마신풍이다.

마신풍은 외호에서도 알 수 있듯이 날아오르지 못한 불비(不飛)와 일반적으로 마교인이 쓰는 마(魔) 대신에 강철 같은 말이란 의미의 철마(鐵馬)를 별호로 사용하고 있었다. 한마디로 능력은 출중했으나 시대가 따라주지 않은 비운에 교주였다.

마신풍은 젊었을 때 자신의 아버지인 마천신군 마득풍의 위명이 너무

커서 그것을 뛰어넘지 못하는 재능을 알고는 한참을 실의에 빠지기도 했었다. 하지만 곧 자신의 역할을 깨닫고 자신이 해야 할 것들에 대해 최선을 다해 매달렸다. 그래서 마교의 성세는 역대에서도 최고라 꼽힐 만했지만 그것이 불행이었다.

너무 강한 강물은 강둑을 넘는 것.

마득풍의 은거 뒤에 강호제패를 원하는 마교인들을 제대로 통솔하지 못하고 떠나보내 마교의 분열을 초래한 비운의 교주가 되었다.

현재 마신풍은 마교가 분열된 책임을 지고 교주의 자리에서 물러나 은거한 상태였다.

"사매, 오랜만에 만났는데 복면은 치워 버리지. 어쨌거나 우리는 사형제지간이 아니냐?"

마신풍의 말에 금포복면인이 아무 말 없이 복면을 벗었다.

예상대로 드러난 얼굴은 여인이었다.

고귀한 기품을 흘리는 사십 대의 여인. 그러나 나이 많은 마교인들은 알고 있다. 이 여인이 바로 지금 매두 노괴라 불리는 섭혼마공을 극성으로 익힌 남마교의 교주이며 사실은 칠십 세를 넘긴 나이라는 것을.

매두 노괴는 젊었을 때는 무척이나 아름다웠을 얼굴과 아직까지도 시선을 끄는 몸매를 가졌다. 세월의 흐름을 거스를 수 없어 늙어갔다지만 여전히 그녀는 젊은 날의 모습처럼 아름다웠다.

"아버지는 이렇게 얘기하고는 했지, 사매의 재능은 자신조차도 뛰어넘는다고. 하나 난 믿지 않았어. 아버지의 그림자를 제대로 벗어날 수조차 없는 사람이 어떻게 또 다른 사람을 인정할 수 있었겠어."

마신풍도 일흔이 넘는 나이라고 볼 수 없는 외모와 목소리를 가졌다. 그리고 그의 음성에는 미세한 떨림도 함께했다.

"사형, 사형은 정말 좋은 사람이었어요. 사부님만 의식하지 않았다면 확실히 지금보다도 더 뛰어났을 텐데."

또 한 번의 여유.

여인의 음성은 마치 마신풍이 자신의 적수가 되지 못한다고 말하고 있는 것 같다.

"후후. 무섭군. 나도 한마디 하지. 한때 사매를 좋아했었지. 그런데 그런 점이 사매를 곧 질리게 하더군. 그랬어. 그래서 그때 그럴 수밖에 없었지. 너무 무서웠거든."

마신풍의 말에 여인의 눈썹이 사르르 떨렸다. 옛사랑에 대한 추억.

세상에 어떤 여자가 이런 말을 듣고 동요하지 않을 수 있겠는가?

여인의 눈은 아련한 옛 추억을 떠올리고 있었다. 벌써 오십 년이 훌쩍 넘은 그 옛날의 이야기였다. 여인은 지금 자신의 눈앞에 있는 마신풍을 사랑했다.

당시 여인은 매두선자(每斗仙子)라는 별호로 강호에 거칠 것이 없던 무인이자 아름다운 미모로 뭇 청년 영웅들의 가슴을 사로잡았었다. 그렇게 강호를 종횡하다가 그녀가 마교인이라는 사실이 밝혀졌다. 협행을 많이 행했음에도 불구하고 강호인들은 그녀가 마교인이라는 것만으로 인식을 새로이 하고 그녀를 무림공적(武林公敵) 대하듯 단번에 변했다. 여인은 그런 강호가 싫어졌다. 그래서 다시 마교로 돌아오게 되었다. 그리고 강호에 실망하고 다시 마교에 들어갔을 때 그녀를 보듬어주고 다독여준 사람이 지금 자신의 눈앞에 있는 마신풍이었다.

사랑은 그렇게 시작된 것이다.

그때까지 마신풍과 매두선자는 사형제지간이기는 했지만 서로 간에 남다른 감정을 지니지는 않았었다. 처음부터 누군가를 좋아할 때 그 사람의 전체를 보고 좋아하지는 않는다.

막연한, 끌리는 어떤 일부분이 좋아지게 되면 무턱대고 좋아하게 되고 그것으로 인해 그 사람의 전체를 사랑하게 되는 것이다. 여인의 경우도 그랬다. 자신의 상처를 알아주고 위로해 주는 마신풍을 좋게 생각하다가 어느 날 뒤돌아보니 그것이 사랑이었다.

"알고 싶군요."

주저하면서도 매두선자는 끝내 마신풍에게 물음을 던졌다. 자신에게서 마음에 들지 않은 것이 무엇이었기에 마신풍은 그런 선택을 할 수밖에 없었던가?

"……."

그러나 마신풍은 그런 매두선자의 물음에 말없이 그저 씁쓸한 눈빛만을 빛냈다.

"어떤 점이었나요?"

매두선자의 눈빛이 조금씩 떨리기 시작했다.

마득풍이 자신의 옷깃을 살짝 털었다. 그리고는 어색하게 웃었다.

"하하. 사매가 아직도 그런 것에 연연할 줄은 몰랐군. 사매는 항상 나를 보며 조금 더 조금만 더… 그렇게 발전하기를 바랬지. 나의 그릇은 고작 물 한 동이를 담기에도 벅찬데 사매는 나를 보며 그렇게 무거운 짐을 올려놓곤 했어. 얼마나 그 압박감에 시달렸는 줄 알아?"

마신풍은 지난날 자신이 매두선자에게 느꼈던 감정을 줄줄이 털어놨다.

"그래서… 겨우 그것 때문에… 고작 그것 때문이었다면 말해 줄 수 있었잖아요."

매두선자의 처연한 음성에 마신풍의 몸이 흠칫했다.

"세상에는 그 무엇을 가져도 만족할 줄 모르는 사람이 있어. 사매가 그런 사람이야. 사매는 그 어떤 것으로도 충족시켜 줄 수 없는 그런 그릇을 가졌거든."

마신풍이 고개를 흔들며 지난 세월을 반추했다.

그 행동 하나하나가 거스를 수 없는 위엄을 풍겼다.

"호호호. 그래요. 난 어려서부터 욕심이 많았어요. 사형도 가지고 싶었는데 그럴 수 없어 속이 많이 상했죠. 내가 가질 수 없다면……."

챙!

매두선자가 거칠게 검집에서 검을 꺼내어 마신풍을 향해 겨누었다.

"태어나서부터 내가 소유할 수 없는 것은 없었어요. 누구나 나를 떠받들었으니까. 그런데 생각해 보니 두 가지가 있더군요. 강호와 사형. 내가 가질 수 없는 게 남의 손에 넘어간 기분… 그것은 내게 패배감이었어요. 언제고 그것을 없애야겠다고 생각했죠. 먼저 사형을 없애고 그 다음엔 강호예요."

스윽.

마신풍과 매두선자의 주위로 미묘한 파장의 공기가 집중되었다.

폭풍 전야(暴風前夜).

이런 말로밖에 표현할 수 없을 정도의 숨 막히고 무언가 커다란 사단이 일어날 것 같은 분위기가 천도봉을 휘감았다.

"몰라보게 강해졌군."

매두선자의 기도에 침음을 삼키면서 마신풍도 검을 뽑아 들었다. 하나 그에게서 보이는 것도 일세를 풍미한 대종사의 기운.

"사부님이 그랬다면서요, 제 재능이 사부님을 뛰어넘는다고. 호호호."

매두선자의 활짝 웃는 모습이 마치 십대 소녀를 연상시켰다. 그리고 그 짧은 순간 매두선자는 여유를 다시 갖추고 있었다. 과연 고수다운 풍모를 갖춘 것이다. 고수들끼리의 싸움은 실력의 차이보다는 기세나 정신적인 측면에서 엇갈리는 경우가 많았다. 마신풍은 그것을 노리고 일부러 매두선자의 마음을 흔들었던 것이다.

'힘들겠군.'

마신풍의 눈은 매두선자가 검을 든 모습에서 떼지 않으며 약점을 찾고 있었다. 방금 말한 대로 매두선자의 기도는 자신의 예상을 초월한 것이었다. 교를 떠나던 때에 매두선자는 자신의 적수가 아니었다. 그런데 지금은 자신이 감당할 자신이 없었다. 자신이 밀리리라는 예감을 한 것이다. 이 상태로 싸움이 시작되면 백전백패(百戰百敗). 어떡해서든 다시 한 번 매두선자를 흔들어야 했다.

마신풍은 매두선자의 눈에 눈동자를 맞췄다. 연민을 가득 담은 눈동자로 그렇게 물끄러미.

"사매는 예전 그대로군⋯ 그대로야."

"또 무슨 이야기를 하려는 거죠?"

매두선자의 눈에서 갑자기 한광이 스쳤다. 옛날의 자신은 이미 버렸다. 그리고 되돌아가지 않기 위해서 살아왔다. 저 남자가 자신을 택하지 않고 자신보다 못하다고 생각했던 여인을 선택하면서부터.

"이제 인사는 그만두죠. 그러기에 우리는 서로 너무 오래 다른 길을 걸어왔어요."

매두선자의 싸늘한 말 한마디에 십만대산에서 가장 높은 천도봉이 다시 경직되었다.

그리고 잠시 후⋯

먼저 공격해 들어온 것은 매두선자였다. 마교의 자랑이라는 천마검법 중에 기수식인 군림천마(君臨天魔)를 펼치며 난도질하듯이 쳐들어오는 기세는 이 불편한 일전을 바삐 끝내려는 마음이 담겨 있었다.

"회두성이(回頭星移)!"

마신풍 또한 천마검법으로 상대해 나갔다. 천마검법은 마교의 자랑이라는 수식이 담겨 있다. 천마검법이란 이름 때문에 천마가 만들어낸 검법이라 생각하지만 사실 이것은 개발형이었다. 천마검법은 형(形)이 없다. 아직 만들어진 초식이 그저 열 초식. 무려 이천 년간 이어져 내려온 천마검법은 역대의 마교인들이 강호에 나온 무공을 모두 하나로 통합하며 하나하나를 완성해 가고 있을 뿐 끝이 없는 무공이었다.

강력한 반탄강기가 매두선자를 몰아쳐 갔지만 매두선자는 손쉽게 검을 돌리며 막아내고 있었다.

'나도 저렇게 할 수 있을까?'

처음부터 마신풍은 매두선자의 몰라보게 발전한 기도에서 자신이 그녀의 적수가 아님을 직감했다. 그리고 방금 자신이 떨쳐 낸 회두성이를 단번에 막아내는 매두선자를 보며 자신이 과연 그녀처럼 저리 쉽게 막을 수 있을지 떠올렸다.

'이제 난 그녀의 발끝도 못 따라가겠군.'

감히 비교하건대 그녀는 마(魔)의 하늘이라는 자신의 아버지 마득풍과 비견될 정도의 경지에 올랐다. 아무리 재능이 뛰어나다지만 살아온 세월 동안 맨 앞자락에서 달린 아버지와 비슷한 정도의 신위(神威)라니……

다시 매두선자의 검이 마신풍을 향해 찔러 들어왔다. 분명 천마검법임이 분명한데 흑색 강기에 절묘하게 섞여 돌아가는 붉은색의 강기는 무엇이란 말인가?

마신풍이 고개를 떨어뜨렸다. 도저히 막을 수가 없었다. 흑색의 강기만 해도 자신이 감당할 수 없을 지경인데 붉은색 강기는 흑색 강기의 파괴력을 무한적으로 증폭시키고 있었다.

쩌쩌정!

매두선자의 검을 막아내기는 했지만 그 속에 담겨 있는 경력을 모두 감당할 수는 없었다. 자신의 예상대로 매두선자에게 밀린 것이다. 그것은 자신의 검이 쪼개져 천도봉의 하늘로 비산하는 것으로 알 수 있었다.

"쿠울럭!"

한바탕 각혈을 하면서 마신풍이 매두선자의 곁으로 달려들었다. 거리를 두기보다는 근접전이 차라리 자신에게 유리하리라는 판단이다. 그런 마신풍을 보며 매두선자가 뜻 모를 미소를 지었다.

순간적인 움직임으로 매두선자에게 따라붙은 마신풍이 비도를 날리듯 자루만 남은 검을 여인의 등 뒤로 날렸다. 후위를 막으며 붙겠다는 계산. 그러나 마신풍은 매두선자에게 주먹을 날리며 다시 한 번 절망감을 맛보아야 했다. 매두선자의 몸은 금강불괴. 십만 근의 바위도 깨뜨릴 수 있는 자신의 주먹이 오히려 부드러울 것 같은 여인의 몸에 부딪치고는 피투성이가 되어서 튀어나오는 것이 아닌가?

"후후, 끝났군."

마신풍이 자조 섞인 웃음을 터뜨리며 다시 물러섰다. 그와 동시에 매두선자의 손에서 검이 날아왔다.

이기어검(以氣馭劍).

내공의 힘을 이용해 손에서 떠난 검을 자유자재로 움직이는 수법이 매두선자의 손에서 펼쳐진 것이다.

촤악!

마신풍이 물러났던 발끝에 다시 한 번 힘을 실었다.

날아오는 검을 피해 다시 매두선자의 몸으로 붙은 것이다.

매두선자의 몸이 단단하기 그지없어 절대로 육체를 부술 수 없다는 것은 경험했으나 짧은 순간 생각난 방법은 그것뿐이었다.

누군가가 그랬다. 상대가 이기어검을 사용하면 검이 날아오는 순간에 상대에게 붙는 것이 유일한 승부책이라고. 하나 마신풍은 그런 것이 모두 무공이라고는 흔하디흔한 삼재검법도 익히지 못한 이들이나 지껄이는 소리라는 것을 알고 있었다. 이기어검에서 검은 내공에 의해 조절된다. 사람의 움직임이 마음의 움직임을 따르겠는가?

결국 상대에게 달려드는 것은 불을 보고 불나방이 날아드는 것과 같은 이치다.

매두선자의 몸에 마신풍이 펼친 천마대붕(天魔大鵬)의 초식이 닿기도 전에 매두선자의 검은 이미 등에 닿아 있었다.

매두선자의 눈빛이 잠시 흔들렸다. 연이어 마신풍의 눈빛도 흔들렸다.

'싸움을 하면서 무심(無心)이 흔들리다니… 사매는 정말 바보였군.'

마신풍은 쓴웃음을 지어 보였다.

쇄라락.

검이 마신풍의 등에서 멈춰 섰고 마신풍은 그 틈을 놓치지 않고 매두선자의 어깨를 내려쳤다. 그러나 그것은 매두선자에게 피해를 주지 못했다. 왜냐하면 매두선자가 무심을 깨뜨렸기에 약해진 호신강기였지만 마신풍의 주먹은 매두선자를 때리려는 주먹이 아니었기 때문이다. 마신풍은 어깨를 내려친 반발력으로 몸을 틀었다.

깜짝 놀란 매두선자는 검에서 흑색과 적색의 강기를 끌어올려 마신풍에게 쏘아 보냈다. 몸은 일 장 밖에 있었지만 매두선자의 검은 공간을 무시하고 스스로 강기를 쏘아 보낸 것이다. 조종하는 검은 사람이 닿지도 않았는데 스스로 강기를 발출하는 진정한 이기어검이었다.

푹.

마신풍의 가슴으로 검이 내리꽂혔다.

자살.

어깨를 내려쳐서 매두선자의 경각심을 깨워주고 몸을 틀고 마신풍은 스스로 팔을 벌려 검에 가슴을 내준 것이다.

"우아악! 큭큭큭… 그렇군. 사매는… 사매는… 사마세가의 무공을 모두 얻었군……"

매두선자의 안색이 급변했다.

"어떻게 알았죠?"

이것은 자신이 사마가의 사람이라는 시인.

마신풍의 눈빛이 점점 감기어갔다.

짜악.

매두선자는 죽어가는 마신풍의 뺨을 때리며 정신을 차리게 하려 했지만 이미 희미해진 눈동자에서는 생기가 새어 나오지 않았다.

"큭큭… 우리가 모를 거라고 생각했나? 언젠가는 나타날 거라는 걸 알고 있었지. 그런데 그 사람이, 그 사람이 사매라니… 뜻밖이군……."

쫘악. 쫘악.

"아프군. 그만 좀 때려……. 그렇게 때리지 않아도 난 곧 죽는다고. 큭큭큭."

마신풍의 웃음이 잦아들기 시작했다.

"사매는 나를 원망 많이 했겠지. 하나 그것은 아버님의 뜻이었어. 아버님께서 강력히 반대하셨어. 아버님은 사매와 결혼하면 사매를 죽이신다고 했지……. 쿨럭. 사매도 알잖아. 아버님은 입 밖에 내신 말은 무슨 일이 있어도 실천하시는 걸……. 쿨럭. 큭큭… 죽을 때가 되니까 그 의문이 풀리는군, 왜 아버님께서 그토록 반대하셨는지. 사매의 정체를 알고 계셨던 거야……. 쿨럭. 큭큭큭……."

쫘악!

이때까지 때렸던 것이 미움, 아니, 원망 때문이었다면 지금 때린 것의 의미는 미안함, 그리움, 그리고 아픔이었다.

참 많이 원망했었다, 마신풍을.

매두선자도 자신이 진정으로 마신풍을 사랑해선 안 되는 것을 알고 있었지만 그때는 이미 늦어버렸다. 걷잡을 수없이 번져 버린 그 감정을 끄기에는 세상 무엇도 불가능하다고 생각했다. 다만 시간뿐이었다. 시간이 지나면서 치유되는 것을 기다렸다.

그래 왔다. 그런데… 이제는 꺼졌다고 생각했던 그 감정들이 사실은 아직 남아 있었던 것이다. 그리고 그것은 한 줌의 재로 변해가고 있었다. 마신풍은 지금처럼 예전에도 빠져나오기 힘든 사람이었다.

애증.

하늘이 무너지고 바다가 갈라지는 느낌이 이러할까?

어느 날 갑자기 마신풍은 자신을 버리고 다른 여자를 사랑하기 시작했다.

마신풍의 변심. 그것이 무엇 때문인지 의심해 봤어야 했는데. 자존심 때문에 그냥 그렇게 묻어버렸다.

"큭큭… 우웩! 사매… 아버님께는 가지 마……. 아버님은 이미 석년의 천마와 같은 경지에 오르셨어. 천마지체를 이루셨단 말이야. 그 누구라도 아버님을 이길 수는 없어. 지금은 세상일에 초탈하시지만 사매가 기어코 그곳에 간다면 죽음은 피할 수 없을 거야……."

마신풍의 목이 점점 수그러지고 있었다.

매두선자의 무릎에 얼굴을 기대고는 있었지만 마신풍의 전신에는 죽음의 기운이 물씬 풍겼다. 매두선자가 마신풍의 행동을 뒤늦게 알아차리고는 공력을 회수했지만 그것은 단지 절명하지 않게 했을 뿐이었다. 그저 약간의 생명만을 연장시킨 것이다.

"그만 말해요… 정신 좀 차려요."

안타까워서, 너무나 안타까워서 매두선자는 마신풍의 머리를 끌어안았다.

마신풍이 그런 매두선자의 모습을 보며 미소 지었다. 잠시지간 눈빛이 밝아졌으나 그대로 다시 짙은 회색으로 바뀌었다. 너무나 상세가 심해서

회광반조(廻光返照)조차도 제대로 일어나지 않은 것이다.

"갑갑해… 너무 갑갑해……. 이제 이곳은 내가 있어야 할 곳이 아닌 것 같아. 쿨럭… 그만 가봐야 할 것 같아. 사매… 사랑했다, 아니, 사랑한다……."

그 말을 끝으로 마신풍이 고개를 떨구었다. 마신풍의 숨이 끊어진 것이다.

"우아악!"

매두선자가 한동안 마신풍의 머리를 부여잡았던 손을 천천히 땅으로 내려놓았다. 그리고 미친 듯이 이어진 매두선자의 검무. 적색과 흑색의 검기가 섞여 쏘아져 나가며 천도봉 곳곳을 폐허로 만들었다. 끝내 매두선자의 고운 얼굴에도 처연한 눈물방울이 떨어졌다.

"난… 난 울지 않아. 그러기에는 이미 저질러 버린 일이 너무 많아… 난 이미 나를 버렸어."

혼잣말로 자신을 안정시키고 매두선자는 벗었던 금색의 복면을 다시 얼굴에 뒤집어썼다.

"난 울지 않아… 난 울지 않아……. 흐으으… 난 절대 울… 흐아앙……."

복면 때문에 얼굴이 보이진 않았지만 매두선자는 분명 복면 속에서 울고 있으리라.

*   *   *

중원대륙의 끝 부분에 위치한 광동성. 그리고 그곳의 중심에 위치한 주남 땅.

거기에는 무림사기를 저술하며 강호의 역사를 기록하는 한 가문이 있다.

주남(週南)의 사마세가.

사마세가의 중심은 가현전(假現殿)이었다. 대여섯 명의 역사(歷史)를 쓰는 사가들이 그곳에는 항시 모여 있었다. 지금도 그곳에는 일견 범상치 않아 보이는 학자들이 분주히 오가고 있었다.

그 속으로 한 사람이 들어서자 학자들의 고개가 깊숙이 숙여졌다. 그 사람은 가현전을 지나쳐서 사마세가의 가장 깊숙한 곳으로 발걸음을 옮겼다.

팔랑.

태초에 하나의 손이 있었다. 그리고 그 손은 시간을 두고 이렇게 이어져 내려왔다. 지금 이 손도 그렇게 이어져 내려오는 손이었고 앞으로도 이어질 것이다.

손은 책을 잡고 있었다.

책의 제목은 사마가록(司馬家錄) 일편(一篇).

굳이 풀이한다면 사마(司馬)라는 집안의 첫 번째 이야기쯤 되겠다. 이 책이 꽂혀 있는 작은 석실 안에는 온통 사마가록이라는 제목의 책이 숫자만 다른 채 꽂혀 있었다.

손이 뽑은 책은 무척이나 오래된 것인지 양피지를 접은 후에 꿰매어져 있었다.

족히 수천 년 전의 모습처럼 꼬질했지만 손은 경건하게 그 책을 받들었다.

얼마나 오랜 시간 동안, 그리고 많은 손길을 탔는지 금세라도 바스러질 것 같았지만 용케도 책 속의 글은 선명했다. 하기사 선명할 수밖에 없었다. 책 속에 적혀 있는 글은 먹으로 적은 흑색이 아니라 적색으로 적혀

져 있었다. 마치 누군가의 피로 적은 것처럼.

'사마(司馬)라는 성을 가진 후인들에게'로 시작되는 서문을 읽은 후 손의 주인은 감회가 깊은 표정을 지어 보였다. 도대체 몇 번째 이것을 대하는지 모르겠지만 언제 봐도 이 책을 읽을 때면 감회가 새로웠다. 바로 이 책에는 자신의 선조, 자신의 조상의 집념 어린 한이 스며든 첫 번째 이야기가 적혀 있기 때문이다.

사마라는 성은 사(邪)와 마(魔)에서 따왔다.

하나 우리는 그것을 성(姓)으로 사용할 수 없었다.

우리는 지금 우리의 정체를 숨겨야 했다. 그리하여 같은 음(音)을 차용하여 사마(司馬)라는 성을 만들어 사용했다. 그 이유는 나의 조부가 그 위대한 혈마 사마축이기 때문이다.

세상을 온통 혼돈과 파괴 속으로 몰아넣은 그 위대한 이름을 후인들이여 영원히 기억하라…(중략)……. 온 세상은 조부의 것이었다. 피와 살육. 우리는 세상을 멸망으로 몰고 갔다.

그러나 불행히도 그때 그가 나타났다.

치우천왕 자오지.

그는 성지에서 온 인물이었다.

어둠의 일족인 우리와는 정반대에서 살아가는 존재.

무섭도록 치밀하고 냉정한 그에게 고조부는 일주야의 격전 끝에 쓰러졌고 우리 일족은 흩어져서 다시 천하를 도모하기로 했다.

그 당시 조부에게는 두 명의 딸이 있었다. 한 명은 나의 어머니였고 다른 한 명이 요마(妖魔) 사마홍이었다.

사마홍은 어머니께서 이르시다고 만류하셨지만 불구대천의 원한을 갚기 위해 치우천왕에게 접근했다. 화설홍이라는 이름으로.

사마홍의 집념은 대단했다. 치우천왕의 곁에서 삼십 년간 섭혼마공을 조금씩 발휘하여 치우천왕을 치마폭에 가둘 수 있었다. 그리하여 치우천왕은 파멸을 맞이하게 되었다. 하나 안타깝게도 사마홍 또한 그에 의해 봉인되었다. 그러나 남은 일족은 치우천왕을 제거했음에도 모습을 드러낼 수 없었다. 치우천왕보다도 더 강한 존재가 세상을 지배하고 있었기 때문이다.

그가 바로 황제(黃帝)다. 그에게는 치우천왕에게 사용했던 방법이 소용없었다. 그는 사랑할 줄 모르는 존재였다.

우리는 그를 어둠에서 지켜보기로 했다…(중략)……. 드디어 황제가 죽었다. 우리는 긴 기다림 끝에 다시 세상을 파괴 속으로 몰아넣으려 했다. 그러던 어느 날 낙양성을 지나가다 맡은 화옥점향(華屋漸向: 일반인에게는 무취이지만 혈마의 무공을 익힌 사람은 맡을 수 있는 향이다).

나는 경악해야만 했다. 화옥점향은 고조부의 유물이었다. 고조부의 피를 모아놓은 것이다. 세상에 단 한 방울만이 남아 있었고 그 향기는 분명 황제에게만 묻혔다. 그런데 그 향기를 세상에서 맡을 수 있다니…….

놀라운 일이었다.

그는 분명히 자신의 궁에서 죽었는데 어떻게 그 향기가 이천 리 떨어진 곳 일개 장사치의 몸에서 난단 말인가! 우리 일족은 그것을 두고 고민했다. 세상 속에 우리를 쉽사리 나설 수 없게 만든 이유가 그것이다. 그는 다른 모습, 다른 얼굴로 세상을 돌아다니고 있었다. 우리는 다시 그를 관찰하기 시작했다. 그러나 그런 낌새를 눈치 챘는지 그는 곧 사라졌다…(하략)…….

다시 손이 보였다.

손은 책을 덮고 같은 이름의 끝 부분에 칠(七)이란 글자가 쓰여 있는 책을 꺼내 들었다. 그리고는 첫 번째 책장을 펼쳤다.

팔랑.

나는 사마세가의 십칠대 가주로 하오문을 만든 사마달이다…(중략)…….

우리는 이루어냈다. 드디어 그가 사는 곳을 찾아내었다. 무려 천 년간 끈질기게 대를 이어 화옥점향의 향기를 뒤쫓아 천하를 돌아다녔고 우리는 결국 그가 있는 곳을 찾아낼 수 있었다. 그러나 우리는 그곳에 들어갈 수가 없었다. 우리는 들어갈 수 있는 방법을 모색했지만 도저히 방법이 없어 보였다.

그러던 어느 날, 그곳의 길이 열렸다. 아니, 내가 운이 좋았다고 해야 할 것이다. 공교롭게도 그날 내가 그곳을 들어섰는데 그 순간 갑자기 주위가 일변하면서 길이 나타난 것이다. 그곳은 진정 무릉도원이었다. 나는…(중략)……. 다시 세상에 나왔을 때는 이미 백 년의 시간이 지난 후였다…(중략)……. 선조들의 예상대로 그는 내가 무릉도원에서 목격했던 모습과 판이하게 다른 외모를 가지고 강호로 나왔다.

종횡강호(縱橫江湖).

이번에 다시 나타난 그는 무천대협 황생이라는 이름으로 강호를 떠들썩하게 하고는 자취를 감췄다. 그의 무위… 도저히 넘어서기 불가능해 보였다. 그러나 우리는 사마 일족이다. 그는 혼자지만 우리는 대를 이어서 언젠가는 넘어서야 한다. 나는 운이 좋게도 그가 직접 시연한 무공을 기보에 방위와 형세로 담을 수 있었다. 언젠가 그를 꺾을 무공을 새롭게 만들 것이다. 그날부터 우리 일족은 강호의 무공들을 수집했다.

하오문.

나는 정보를 수집하기 위해 기생, 배수, 백정, 점소이 등 비천한 무리들을 모았고 세력을 넓히며 다른 방편으로는 강호에 떠도는 무인들의 서열을 매기도록 했다…(하략)……

손의 주인이 살며시 책을 덮고는 잠시 공상에 잠기었다.

무슨 생각을 하는지 몰라도 무척이나 격정적인 얼굴로 몇 번이고 변했다.

갈등, 고민 그런 것이 느껴지는 표정이었다.

다시 손의 주인이 또 다른 책을 꺼내었다.

나는 사마가의 이십일대손 사마천이다. 아직 우리는 무공을 만들지 못했다. 지금 강호에 있는 무공들을 모두 살폈지만 우리 일족은 그의 무공을 꺾을 수 있는 방법을 찾지 못했다. 다만 그가 남긴 진롱기보를 풀어내기만 한다면…(중략)……. 우리의 손이 닿지 않았던 곳, 마지막으로 우리가 갈 수 없던 그곳을 찾았다. 두 군데. 우리가 아직 뒤지지 않은 곳이 있으니 소림사의 장경각과 황궁 무고이다. 나의 형은 소림사 장경각의 사미승이 되었다. 그는 장경각 주위를 청소하며 무명승으로 전 생애를 보냈지만 결국 그를 꺾을 수 있는 방법을 찾지 못하고 이름도 남기지 못한 채 죽었다.

반면 속세를 등진 형과는 달리 나는 아버지의 죄 때문에 연좌죄에 의해 궁형(宮刑: 거세를 당하는 형벌)을 당하는 수모를 겪었다. 하나 그 당시 젊은 나이에 강호제일고수로 일컬어졌던 나를 황제가 불쌍히 여겨 옥에 갇히는 대신 황궁 무고를 지키는 무고지기가 될 수 있었다.

덕분에 나는 들어갈 수 없다고 여겼던 황궁 무고에 들 수 있게 되었다.

그러나 그렇게 했음에도 황궁 무고 안에서는 어떤 실마리도 찾지 못했다. 그래서 나는 일생을 삼황오제에서 지금의 한무제까지의 역사를 편찬하기로 마음먹었다. 역사 속에서 그 실마리를 찾기로 한 것이다.

도대체 그는 어떤 존재일까? 나는 '사기(史記)'를 쓰며 그라 생각되는 인물을 추적했다…(중략)……. 나는 고민했다. 우리 선조의 원수인 천마 치우천왕을 올바로 기술해야 하는가… 결국 나는 어쩔 수 없는 사마가의 일족이었다…(하략)…….

사마가의 사십오대손 사마의이다. 자는 중달로 하남성 온현에서 태어났다…(중략)……. 우리가 수대에 걸쳐 찾았던 그는 보이지 않았다. 어디로 숨었는지 그를 중원에서 찾을 수 없게 되었고 우리 일족은 다시 세상에 나가기로 결정했다.

우리의 숙적인 그는 양산박에서 녹림 생활을 하고는 한고조 유방을 도운 장자방에게 병법을 전한 후로 근 삼백 년 동안 나타나지 않았기에 우리 일족은 그런 결정을 한 것이다.

가장 먼저 내가 세상에 발을 들였다. 당시 위(魏), 오(吳), 촉한(蜀漢)으로 나뉘어진 혼란한 삼국 시대를 나는 더욱 파국으로 치닫게 하기 위해서 희대의 효웅인 조조의 참모로 세상에 모습을 드러냈다. 나는 일족의 힘을 빌어 승승장구하여 드디어 대도독이 되었고 세상을 파멸시키려던 찰나에 그를 맞닥뜨리게 되었다. 우리 일족이 수백 년을 찾아 헤맨 화옥점향 향기의 소유자.

그가 바로 와룡 제갈공명이다.

호사가들은 죽은 공명이 산중달을 패주시켰다고 사공명주생중달(死孔明走生仲達)이라 하며 나를 비웃었지만 그것은 그를 모르고 하는 말이다.

공명은 죽지 않았다. 그는 불노불사(不老不死)하는 존재였다.

그뿐인가!

사람들은 공명이 거둔 적벽대전에서의 승리도 운이 좋아 동남풍이 부는 때를 맞추었을 뿐이라 하지만 그는 뇌(雷), 풍(風), 운(雲), 우(雨)를 자신의 뜻대로 부려 승리한 것이다. 실제로 나는 그것을 목격했다.

그것을 아는데 어찌 그가 죽었다는 것을 믿겠는가. 그러나 어찌 된 일인지 그 후로 그는 다시 사라졌다…(하략)……

나는 사마가의 사십칠대 가주 사마염이다. 드디어 우리 일족은 염원을 이루었다. 나는 오(吳)의 손호를 항복시켜 천하를 통일하고 진(晉)의 황제가 되었다. 천하를 손아귀에 넣고 혼돈을 만들려 하는 상황이었다. 그러나 불행하게도 우리 일족은 짧은 영광을 뒤로하고 숨어들기로 했다. 그가 다시 중원에 나타난 것이다. 이번에도 어김없이 다른 얼굴에 다른 모습을 하고 나타난 그를 발견했다. 그는 우리 사마 일족을 죽이기 시작했다.

공포.

나는 우리 일족의 안위를 위해 숨어들 것을 명령했다. 원통하다. 그를 어찌해서든 제거해야 하는데 우리에게는 그럴 힘이 없다. 그러니 그저 숨어들 수밖에. 우리는 그에 대해서 너무 모른다.

그를 알아라. 그리고 이제 그를 제압할 자신이 들기 전에는 다시 세상에 나타나지 말라…(하략)……

손은 다시 책을 덮은 채 다른 책으로 시선을 돌렸다.

서가에 늘여진 책들에는 저마다 각기 고유의 번호가 매겨져 있었다. 그러나 유독 번호가 매겨져 있지 않는 책이 있으니 반사마인부(反司馬人簿).

사마 일족의 운명을 거부하고 세상을 구하려던 사람들을 다룬 책이다. 손은 책의 한가운데를 펼쳤다.

악비(岳飛). 자 붕거(鵬擧). 본래 이름 사마비(司馬飛).

금(金)나라 군사의 침입으로 북송(北宋)이 멸망할 무렵 의용군에 응모하여 전공을 쌓았으며 남송 때, 무한(武漢)과 양양(襄陽)을 거점으로 호북(湖北) 일대를 영유하는 대군벌(大軍閥)이 되었다. 그의 군대는 악가군(岳家軍)이라는 정병(精兵)으로 세상을 혼란에 빠뜨려야 하는 자신의 운명을 거역하고 사마가에서 만든 병법을 개량하여 무목유서(武穆遺書)를 만들어 세상을 안정시키는 데 사용했다. 이에 우리 일족은 뒤에서 재상인 진회(秦檜)를 회유하여 누명을 씌우고 죽였다. 후인들이여, 자신의 운명을 거스르지 말라. 우리는 어둠의 일족이다.

손의 주인은 입맛을 다셨다. 오랜 역사 동안 이런 사마 일족의 운명을 거부한 사람이 몇몇 있었다. 사마가는 세상을 파멸로 몰고 간 혈마의 후예이다. 그런 악비를 민간 전설에서는 대붕금시조(大鵬金翅鳥)의 화신(化身)이라고 하는데, 대붕금시조가 바로 가루라다.

가루라 혈마(血魔)의 후예.

성을 버림으로써 그는 자신이 사마 일족의 후예라는 것을 묻어두고 싶었던 것이다. 무척 힘들었을 것이다. 어둠의 일족이면서 그것을 벗어나려 하던 사마비. 하나 사마 일족은 영원히 인정하지 않았다.

손은 자신의 허리에서 단검을 뽑아 들었다. 검끝으로 자신의 약지를 잘라낸 후에 종유에 그 피를 담았다. 어둠 속에서 은은히 빛나는 피. 손은 서가의 끄트머리에서 깨끗한 서책을 꺼냈다. 그리고 그곳에 붓촉으로 피를 찍어 사마가록 구십(九十)이라고 적고는 물끄러미 서책을 바라보았다. 손의 눈동자는 아주 담담했다. 손은 새하얀 종이 위에 붓을 놀리기 시작했다. 피를 먹물 삼아서······.

나의 이름은 사마빈(司馬玭)이다.
선조들의 꿈··· 그것은 정녕 이루지 못할 것이던가?
나는 천지에 퍼진 모든 무공을 모았지만 여전히 그의 무공을 꺾을 수 있으리라 생각되진 않았다. 그렇다면 그의 무공은 대체 무엇을 기반으로 하는 것일까?
기반이 없는 형태는 없다. 완전히 새로운 것이 만들어진다는 것은 불가능한 일이다. 그의 무공도 어딘가에 그 근원을 두고 있을 텐데···(중략)······. 나는 다시 세상에 모습을 드러낸 마교에 주목했다. 천마의 무공. 우리는 그동안 천마의 무공이 원수의 무공이라 경시하고 있었다. 그러나 면밀히 살펴보면 천마의 무공은 우리의 조상인 혈마께서 남기신 무공을 능가하는 면이 없지 않다. 그래서 나의 대에서는 천마의 무공을 손에 넣기로 마음먹었다. 그리고 오십 년. 드디어 우리는 역천마공을 손에 넣을 수 있었다. 나의 손녀에 의해서···(중략)······.
결국 더 이상 기다릴 수 없었다. 나는 시험해 봐야 한다. 그는 우리 일족이 감시하는 무릉도원에서 더 이상 나오지 않고 있다. 나는 우리가 기반으로 삼고 있는 사마가의 시조 혈마께서 남기신 혈천마공(血天魔功)과 불구대천의 원수 천마가 남긴 역천마공(逆天魔功)을 조화시켰다. 이론적으로 성공한다면 우리는 그가 남긴 무공을 능가할 수 있으리라. 우리는 이 무공을 혼천마공(混天魔功)이라 명명했다. 나는 우리 혈족의 염원인 중원 파멸보다 중원을 제패하는 데 초점을 맞췄다.

우리의 힘은 오랜 시간 동안 길러왔기에 지금 최고조에 다다랐다. 그것 때문에 걱정이 된다. 너무나 쉽다면…

중원 제패가 쉬운 것일 리는 없다. 아니, 쉬워서는 안 된다. 그렇게 되면 중원은 사라져야 마땅할 것이다.

타 넘어야 할 담도 없고 피해야 할 늪도 없이 버려할 값진 것도 없고 대적해야 할 적들도 없이 중원을 가진다면, 그런 중원이라면 차라리 나는 갖지 않겠다. 그것을 파괴시킬 것이다.

다만 걸리는 것이 있다면 천마의 무공을 이었던 마천신군 마득풍을 만났던 자리에서 청년이 한 행동이 거슬린다. 일부러 깨려 하지 말고 기다리는 것. 나는 어쩌면 내가 우를 범하고 있는지도 모른다 생각한다. 억지로 혼천마공을 만들었지만 내 조급함이 화를 부를 것 같은 예감. 차라리 혈마의 무공을 좀 더 발전시켰어야 했던 것일까? 조금 더 기다렸어야 하는데… 하나 주사위는 이미 던져졌다…(하략)……

〈제4권 끝〉